陷入爱河吧！
但淹死我不负责、

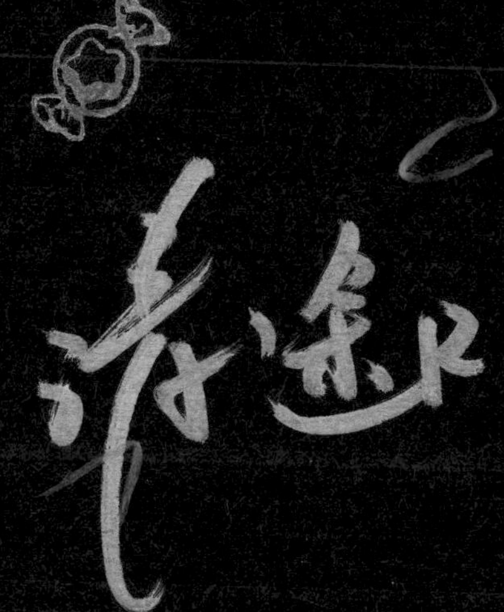

清途R 著

ARCTIME 时代出版
时代出版传媒股份有限公司
安 徽 文 艺 出 版 社

图书在版编目（CIP）数据

春野 / 清途 R 著 .—合肥：安徽文艺出版社，2023.3
ISBN 978-7-5396-7561-9

Ⅰ．①春… Ⅱ．①清… Ⅲ．①长篇小说－中国－当代
Ⅳ．① I247.5

中国版本图书馆 CIP 数据核字（2022）第 193570 号

春野

CHUN YE

出 版 人：姚　巍　　　　　责任编辑：姚爱云
特约编辑：紫　总　小懒菌　　装帧设计：车　球　tomato　徐睿

出版发行：安徽文艺出版社　　www.awpub.com
地　　址：合肥市翡翠路 1118 号　　邮政编码：230071
营 销 部：（0551）63533889
印　　制：北京盛通印刷股份有限公司（010）67887676

开本：880 毫米 ×1230 毫米 1/32 印张：8 字数：300 千字
版次：2023 年 3 月第 1 版
印次：2023 年 3 月第 1 次印刷
定价：39.80 元

永不失联的爱
春野暖阳 64/ 绘

tendy/ 绘

糖谷一／绘

目录 contents

目录 contents

楔　子

林朝白今天打扫卫生的时候从抽屉里找到一本日记本。

日记本的款式很普通，不带密码锁的那种。直到今天，她用过的页数还没有超过“2”字头。

每一页都是简短的几句话，有些标着日期，有些没有。

随手翻开的那一页，是去年。

十月十七号，天气晴。

……

——“世界真小。”

日记内容很简短。

那时候还能记得很清楚，但是现在回忆起来已经不记得自己当时发生了一些什么事情才导致她在日记本上写下这四个字。

林朝白将扫帚靠着书桌立在那里，花了一些时间努力回忆了好久，她才想起来，那天她和姜修差点撞破了他们父母的秘密。

她妈妈和他爸爸。

那天，当看见他们从林朝白母亲的诊所出来的时候，林朝白和姜修都下意识地躲避着自己的身影。

那时候他们大一。

林朝白母亲叫林锦文，是个心理医生，在市里和人合开了一家心理咨询室。她二十三岁的时候生下了林朝白，在林朝白三个月大的时候和丈夫离婚了。

林锦文告诉林朝白自己没有背叛婚姻，只是她忍受不了婚姻。

离婚后，林锦文继续攻读心理学。林朝白被她送到外婆家，外婆在林朝白小学的时候摔了一跤后身体不好，林朝白便跟小姨、舅舅都住过一段时间。

她的童年，是从这户亲戚家搬到那户亲戚家，看人脸色，寄人篱下。

直到她上高中了，才被接回到林锦文身边。

林锦文因为从小就没有亲力亲为照顾过孩子，她能和各种饱受心理疾病折磨的人聊天，但是她应付不了林朝白。

等林朝白稍微大一些之后，就不再和她居住在一起。

林锦文在林朝白就读的大学附近给她买了一套独居的小公寓，以前每个月头林朝白都带着成绩单去诊所找她妈妈要生活费。

成绩好、表现好就多拿一些，这个模式一直保持到她上了大学。参加的大学活动多了，她照旧能多拿几百块的零花钱，林朝白不仅参加了系部的学生会，还参加了院学生会。

那天看见自己老妈和一个男人举止亲密的时候，林朝白其实没有多大情绪变化，甚至觉得有些无所谓。

无意去关心自己母亲的私生活，毕竟一个离婚多年的女人另寻新欢合情合理。

不合礼数的是男方已有家室，没有离婚。

姜修很意外林朝白是那个女人的女儿。在学校，他们除去学生会活动基本没有任何交集，对她的印象仅仅停留在唐旭尧的口中——那个很漂亮很温柔的学生会秘书处的女生。

看着已经从诊所里离开的两个人，姜修收回目光，看了眼站在自己旁边的人，他鬼使神差地问林朝白："要不要聊一聊？"

聊天的地点选择在奶茶店里，姜修省去了自我介绍，虽然不熟，但她应该知道自己，两个人之前在院学生会碰见过几次。

对话开门见山。

姜修告诉她："我爸是不会离婚的，所以这样的私会是没有结果的，作为子女，有义务劝解父母悬崖勒马。"

说完，姜修面前的女生没有任何情绪外露。

她太过于平静，用吸管搅动着奶茶，望着窗外，路边早就没有了他们父母的身影。她喃喃道：“我妈也不会和你爸结婚的。”

末了，林朝白又补了一句：“她不会和任何人结婚的……”

那姜修更无法理解了，这样的私会难道仅仅源于人性的欲望？

“婚姻对于我母亲而言是向男人屈服，她不肯低头的。”林朝白告诉姜修，让他大可放心，就算是私会，这段关系也不会持续多久。

的确如她所说的一样。

姜修母亲告诉姜修，他父亲最近表现得比之前好，每天下班很准时。

后来在学生会例会上，姜修看见了林朝白。她在学生会表现很好，明年交接的时候，不出意外会是副主席。

和那天在奶茶店见她不同，她脸上带着平易近人的笑容，很耐心地回答着新生的问题。

姜修听到有人找她换值周，她也同意了。有人让她帮忙筹备活动，她也应下了。

有求必应，像个烂好人。

唐旭尧说她脾气太好，像是清晨的草地，带着露珠的草尖，是个美梦。

直到他看见这个“美梦”是怎么在巷子里一巴掌撂倒扯她头发的太妹。

姜修站在巷子口，见惯世面的他愣是第一时间找不出合适的表情。

林朝白收了手，捡起书包。看见了站在不远处表情丰富的姜修，她很坦然，一点窘迫和尴尬都没有。

拍了拍书包上的灰，林朝白径直路过他。只是没走几步，她又折返回来，对着他说了三个字：“跟我来。”

还是奶茶店。

她请姜修喝了一杯奶茶。

奶茶杯身上贴着标签，上面写着奶茶的名字：甜度和温度。

“杀人灭口？”姜修虽然这么说，还是用吸管戳破了上面的封口，半糖的还是有点甜。

“那我应该直接在刚才的巷子里弄死你。”林朝白走在前面，最后在护城河旁的围栏处停了脚步。她也不怕掉河里，手一撑，往栏杆上一坐，两只脚钩着围栏，胆大得很。

姜修笑了笑，晃了晃手里的奶茶：“那算封口费？”

入秋的风有些大，她用小拇指将不听话的头发挂到耳后。

林朝白耸肩："我无所谓你说不说出去。我原本就没有打算给自己立什么温柔邻家女的人设。"

姜修努嘴，有些不信："但大家好像都觉得你是那样的人。"

"是吗？"林朝白知道大家对她的看法，但从小的寄居生活让她下意识地就去迎合别人。

本能反应已经刻在她的骨子里，成为她的本性。

她很会使唤人，将手里还有一半的奶茶给了姜修让他帮忙丢掉。

垃圾桶在不远处，他把两杯都扔了，回过头看见她两只手已经松开，张开手臂，做着伸展动作。

看着那动作，姜修的心跟着一紧，生怕她没有稳住摔下河，到时候他还要负责救援。

林朝白从围栏上下来，风带起裙摆，她不得不用手扯着下摆："我听我妈说你爸爸给她介绍了一个病人，好像是你妹妹。学美术的，是吗？可能我们之前误会他们了，估计只是寻找医生，然后有交流。对了，我妈说你妹妹不是很配合，但问题不大。"

她母亲原话其实是"学艺术的孩子都有些与众不同"。

夜色在不知不觉中落下，姜修接到了母亲的电话。那通电话是询问周末放假的儿子怎么下午没课却到这个时间点还没有回家，也提醒着林朝白她是没有人在意的孩子，自由但孤独。

他们回家不顺路，姜修走了几步，听见身后有人喊他。

"我随便你说不说今天我在巷子里的事情，说了我不怪你，不说的话谢谢你省了我不少的麻烦。"她逆着风，被风带起的发梢模糊了她的面容。

姜修盯着她看，四周的一切都虚化，霓虹灯在夜色里失去了光芒，惊讶于她为中心，四周色彩褪去，那画面成了他脑袋里无声寡言的景象。

"不解释一下？"风很大，姜修不确定自己说出口的话她听见没。

应该是听见了，因为她摇了摇头。

可能没有听见，因为她摇了摇头。

Chapter One

第一章

林朝白找到姜修的时候，他没在学生会的活动室内，而是在图书馆里刷题。

大部分学生的最后一节课都结束一个多小时了，但图书馆里的人还是不少。

林朝白快步走到自习区的时候，和从书架后面走出来的几个人撞了个正着。

她险些没有停住脚步撞过去，面对着她的男生吓了一跳，看清是林朝白后，他笑了笑。

“对不起。”林朝白立刻收起自己那副难看的脸色，低着头小声地道歉。

“没事没事。”男生和林朝白擦肩而过后，拍了拍旁边的同学，“长得挺漂亮的，忘记问哪个系的了。”

制造的动静不大，但还是引得四周的人抬头看过来。姜修也不例外，一抬头就看见径直路过自习区的人，明明是来找自己，但故意假装路过。

林朝白走远了几步之后，回头朝着姜修的位置望过去，对上姜修的目光，从口袋里拿出手机晃了晃。

意思很明显，让他看手机。

姜修下意识去找手机，调成静音的手机放在桌肚里，屏幕上显示好几条信息。

一条是一个多小时前唐旭尧的。

唐旭尧：兄弟，今天学生会例会你别忘了。

另一条是半个小时前的，还是唐旭尧的。

唐旭尧：哇！范玮维大战林朝白，精彩。

林朝白：来我家，快点。

就唐旭尧这么两条短信姜修就知道林朝白找他有什么事情了，无非是在例会上吃瘪了。越是知道林朝白着急找他，他便越是不紧不慢地收拾书包。

从图书馆里出来，还能看见不远处操场上正在军训的大一新生。

离开图书馆之后，他双手揣着兜朝着校门口走去。

林朝白不住校，她在学校旁边有房子。

姜修到小区门口的时候，顺道去了趟便利店，要了两罐啤酒和碳酸饮料，又在结账的时候从收银台前面拿了点东西一起结账了。

他有林朝白公寓楼下的门禁卡。刷了门禁卡，按下电梯。

全程他都不紧不慢，一点都不着急。

一开门，朝着客厅望去就看见采光良好的落地窗前站着一个清瘦的背影，她手里像拿烟一样，两指夹着根 Pocky（百奇）饼干。

她一副正在规划未来三十年小区经济发展的样子，可惜表情不是认真，而是强压的愤怒。

林朝白听见开门声，她咬了口 Pocky 饼干，回过头看向门口。

姜修脱鞋，把这里当成自己家一样，脱了鞋之后，去拿鞋柜里的拖鞋。路过沙发的时候，他将书包丢在沙发上："样子、动作真难看。"

林朝白没理他，但他这么一说，林朝白将没吃完的 Pocky 饼干重新塞回了包装盒里。

姜修咋舌："注意素质，你都吃过了还往里面放。"

说完，林朝白拉上窗帘走到姜修跟前，对视不过三秒后，林朝白一脚将旁边的垃圾桶踢飞了，一整包 Pocky 饼干连同纸盒被林朝白捏烂了。

姜修看着那武力输出，抬了抬眉骨，明知故问："怎么了？"

林朝白没有说话，努力地做着深呼吸。

他又问了一遍："怎么了？"

几秒后。

"我去，"林朝白终于开口了，"范玮维神经病。"

姜修嗯哼了一声，示意她继续说下去。

她气得不行："就迎新晚会。院领导的意思是我们院学生会要出一个合唱节目，大家要统一服装，范玮维居然选了一个青草绿搭鸡蛋黄的配色。我就面带微笑，好言相劝，我说这毕竟不是广场舞比赛，他还反驳我说绿色代表青春活力，而且这种提议老师还同意了。凭什么？就因为他姑妈是副校长？”

林朝白越说越气愤，恨不得朝着空气中挥动两下拳头。握住的拳头，手背绷紧，仿佛要把空气捏成小水珠。

姜修：“就这件事？”

虽然是疑问句，但他知道绝对没有这么简单。

“我之前提议红色了，范玮维说我俗不可耐。结果最后部长留下来投票，你那个‘女朋友’苏好居然投给了范玮维，怎么，她不用参加合唱就这样蒙蔽自己的审美良心吗？”林朝白更怒了。

一个小时前，范玮维宣布了选定鲜艳的青草绿色之后，林朝白装了十多年小家碧玉的温柔差点在那一刻没维持住。

她紧紧地抓着裙摆，努力在脑海里下达暗示指令，告诉自己一定不要把屁股下的凳子摔到范玮维脸上。

其实，林朝白认识范玮维比认识姜修还早，早很多。

林朝白和范玮维从幼儿园的时候就是同学，但是关系和青梅竹马相差甚远，如果真的套在他们的关系上，简直就是侮辱了这个词。

林朝白打小就压范玮维一头。

小学的时候范玮维考满分，林朝白就能因为字迹漂亮、卷面整洁而获得附加分。

初中范玮维是班级第一，林朝白还能在全年级的总排名里压他一头。

直到高中因为文理分班，他们结束了从小到大的“孽缘”。

高考的时候范玮维超常发挥，但林朝白以第一名进入了洵川大学的心理系。

大学他们还是同学。

但就在去年学生会干部换届的时候，范玮维好不容易压了林朝白一头，他不“为非作歹”一下都是善良美丽了。

本来自己也可以揍他一顿，可是他和自己外婆是邻居。林朝白谁都可以不放在眼里，但是外婆对她不一样。

她打小就是外婆眼里的好孩子，现在外婆身体不好了，她不想外婆因为自己伤心难过。到时候范玮维变成熊猫眼，被他老妈带去和她外婆告状，林朝白生怕外婆难过。

林朝白当时在看见那青草绿的提议马上就要尘埃落定时，艰难地扯出一抹算得上“和颜悦色”的笑脸，强压怒火，说出口的每一个字都像是从牙缝里挤出来的：“牵扯到要动用资金的事情，还是要部长和主席投票。对吧，副主席？”

“副主席”三个字一出，会议室里所有人都配合地倒吸了一口气。

唐旭尧这时候没忍住的笑声格外明显。

全校没有人不知道范玮维的禁忌，除了在主席姜修面前，没有人可以喊他副主席。

然而投票结果是四个大部门加上范玮维，一共五票。

三比二。

林朝白的红色提议落选了。

结果意料之外又不意外，苏妤和林朝白从来都是死对头，另一个部长和苏妤是室友。

苏妤看着已经胜券在握的结果，得意地显摆起来：“姜修那一票我去说，到时候就是四比二。”

唐旭尧朝着林朝白耸了耸肩，他投的是林朝白，仁至义尽了。

在会议中压制住的怒气，现在翻了倍。

一想起那不是冷白皮就衬托不起来的可怕颜色，再想想自己会穿上那件衣服，而她一辈子都很有可能没有那么丑过。

姜修看着她说起那绿色就抓狂的模样，嘴角扬起弧度：“要不要我帮你一起把他们的项上人头带来？”

林朝白冷哼，整个学生会谁不知道苏妤和他是金童玉女，说：“你能舍得？”

虽然对苏妤昧着良心投票有些生气，但林朝白撇了撇嘴：“算了，看在你对我不错的分上，扯平了。”

说完，她似乎消气了些，看着今天反正来都来了的人，抬起脚碰了碰他的小腿：“你这是直接回去，还是留下来？”

说完，她感觉到打在自己脸颊上的热气，下意识地闭上眼睛。都等了好一会儿，脸上的热气消失了，前面的人一点动静都没有。她睁眼，只看见他已经走到门口。

“你去哪儿？”林朝白没反应过来，看着他拎起书包朝着门外走去。

可下一秒他又转身走回来，将书包重新扔到沙发上。林朝白更不解：“你干吗？”

“范玮维嘴巴是真的碎，懒得找他理论。”姜修重新在她面前站定，接着又笑了笑，“而且我挺想看你穿那么丑的衣服。”

“姜修！”这两个字完全是从牙缝里挤出来的。

姜修走后。

她在书桌前坐下，拿出月计划表，在今天的对应日期写下四个字。

不欢而散。

Chapter Two

第二章

第二天起床后，林朝白腰酸背痛。

她背着一大摞书去上选修课，不过好在没有迟到。好友叶姝买好了早饭，在食堂等她。

今天她们不是“早八人”。

叶姝看着林朝白一脸的憔悴，有些心疼。

林朝白假装听不懂：“我昨天听姜修说要去找老徐做题，你怎么没去？”

姜修和叶姝都是学校竞赛队的。

“我闲着无聊，暑假时就学一些，那位忙着谈情说爱，老徐抓他现补。”叶姝说着，又想起一个小八卦，朝着林朝白勾了勾手指，手挡在嘴巴旁边，“我听说姜修和苏妤暑假见父母了啊，好像还一起出去旅游了。”

这个暑假？

没想到姜修这个暑假和她厮混在一起，隔三岔五来找她进行交流，居然还有空和苏妤出去幽会。

哦，对了，他喂食还撑死了林朝白两条金鱼，把她的一只仓鼠弄进医院，丧葬费和医药费林朝白还没有找他赔呢。

林朝白咋舌：“这才是应该感慨的世风日下和道德沦丧。”

不过，叶姝一愣：“你怎么知道姜修被老徐喊去做题了？”

林朝白被问住了，她和姜修那是不见光的，她立马开启头脑风暴：“昨天我们开例会，他不是没来嘛，我听说是找老徐做题去了。”

叶姝半信半疑，正巧她上课的时间快到了，拿着豆浆背起书包就要走了，说：“中午一起吃饭。”

中午食堂烧了红烧狮子头，但淀粉太多，肉太少。

叶姝咬了一口放在餐盘里没动，林朝白不客气地夹走了另一个她一筷子都没碰的狮子头。

“不挑食是好事，但我的品位实在不能再降低了。”叶姝用筷子戳着米饭，她的胃口和林朝白的成反比。

“我觉得还行。”林朝白吃得津津有味，一度让叶姝怀疑两个狮子头味道不同。

学校只有两人知道林朝白的脾气，一个是姜修，一个就是叶姝。

前者是暗中的“男友”，后者是从小认识的“知己”。

林朝白细嚼慢咽着，抬头看见叶姝的表情里夹杂着些许不屑，那目光朝向林朝白的身后。

林朝白隐隐约约感觉到身后站着人，回过头只看见一个背影，一扭一扭地走了。

叶姝还没来得及解释，林朝白撇嘴：“苏好是吧？整个学校就她走路一扭一扭的。”

叶姝：“所以你又干吗了？她那眼神恶狠狠的。”

林朝白无辜：“她大小姐看不惯我这种平民还需要理由？可能是嫉妒我身材比她好，腿上没有赘肉吧。”

好友之间说别人坏话的默契是天然存在的，但死党之间互损的本能也是天然形成的。

叶姝嗤声：“臭屁。”

林朝白打算再嘚瑟一下，桌下叶姝的鞋子已经轻轻踢在了林朝白的小腿上，叶姝用眼神示意她有人正在靠近。

林朝白一瞬间收起那副表情，脸上的面部肌肉构成一副岁月静好的模样。

来的人是唐旭尧，他揣着一个自诩为大事的情报：“合唱的衣服改了，老师说就穿简单的白上衣。”

果然是个意外的情报。

林朝白想到例会的时候范玮维和苏好稳操胜券的模样，后来投完票就连林朝白自己都觉得合唱衣服改的概率低得可怜。

她好奇地问："怎么改主意了？"

唐旭尧耸肩，他知道得也不多："我也不知道姜修怎么去和老师说的。"

姜修找老师说的？

难怪苏好用那种眼神看自己呢。

"小男友"没有随自己心愿让林朝白穿上丢人的青草绿，所以不开心了呗。

但不管姜修怎么劝说，只要能和青草绿色说再见就是好事。

迎新晚会的合唱团的排练看似轻松，实际累人。叶姝说，不就是动动嘴皮子的事情嘛。

林朝白冷哼："如果有人说你们竞赛队伍有什么累的，就坐在那里想想题目、动动笔，你会是什么反应？"

叶姝瞬间意识到自己观点的果断片面。

再见到姜修就是几天后，林朝白的小仓鼠被接回家了，缩在林朝白手里吃着磨牙饼干。

开门的声音惊到了它，仓鼠将饼干硬塞进嘴里，想往笼子里跑。

林朝白一转头就看见已经开门进来的姜修，他站在玄关处脱了鞋往里走。

姜修看见了林朝白手心里的仓鼠，是那只住院的小老鼠，说："接回来了？"

"废话，花了我好几百呢。说到这事，都怪你喂小榴梿喝自来水，医药费得你赔。"林朝白轻轻地摸着小榴梿的脑袋。

姜修把钱包扔过去："自己拿吧。"

将书包和购物袋扔到沙发上，他一边解扣子一边朝着浴室走去，全然把这里当作了自己家。水流声从浴室传来，林朝白看了眼旁边的钱包，打开，里面全是卡，现金也有一些。

林朝白慷慨地抹了零，拿走了她应得的那一部分。

没一会儿浴室的水声停了，姜修裹着一条浴巾就出来了，发梢还有些水珠滴落下来，落在肩头顺着肌肤滑过胸口腹肌。

姜修走过去，看到钱包已经被打开过，桌上放着三张红票子，说："拿好了？就拿三张？"

“给你抹了个零，就当作对你解决了合唱制服的感激，不用客气。”林朝白耐心地喂着在医院瘦了的小榴梿，磨牙棒、爱宝草圈，小榴梿爱吃的一样不落地准备好了。

“抹零就是感激？”姜修捏了一把林朝白的脸颊。

“怎么就不是感激了？”林朝白喊疼，脸上的手终于松开了，只是指尖留恋地徘徊在她脸颊上，顺着脸颊挑起她的下巴。

一转过头，出现在眼前的是线条格外分明的腹肌，他离得太近，身上的沐浴露味道刺激着林朝白的嗅觉。果然，论起勾引人，她向来是姜修的手下败将。

林朝白将仓鼠捂在手心：“你注意点行不行？小榴梿是个女孩子。”

“嘁。”姜修的手离开了她的脸，朝着正在吃东西的仓鼠弹了弹手指，打在它的小脑袋上。姜修见好就收，拿手机点起了外卖。

“你能不能穿好衣服？”林朝白跟烫眼睛似的，挪开视线，将吃饱喝足的小榴梿关进笼子。

姜修往沙发上一倒，全然不在意：“矜持什么？”

“你来我公寓干吗？”林朝白从衣柜里翻出他上回脱在这里的短袖，朝着沙发扔过去。

“我妈带我弟去我外婆家了，我爸出差，家里没人。周末宿舍又太吵了，所以过来了。”姜修给自己点了份辣子鸡，给林朝白点了份招牌便当。

抬眸望去的时候，她站在浴室门口，两只手抬起，扎了一个马尾。

林朝白洗完澡，外卖还没到。姜修拿件短袖盖在身上。

“还不穿起来？”林朝白走到他跟前把他从沙发上拖起来，拿起短袖帮他套起来。

他不算特别配合，最后还是将手穿过袖口。

林朝白没走，在沙发旁边坐下来，好奇道：“你怎么说服老师让合唱团穿白短袖的？”

他靠在沙发上一副游刃有余的模样：“就说学校批给其他社团的活动资金越来越少，学生会应该起带头作用，减少不必要的开支。能省下他们口袋里的钱的事情，谁会不同意？学着点，以后斗不过范玮维还不能另辟蹊径吗？非得和他正面杠。”

服软这件事，林朝白不常做，但做起这件事来得心应手。语气是撒娇的语气，侧过身抱着他的脖子，凑过去在他下巴上亲了一口。

表情里一点真情都没有，全是演技，她卖乖："这不需要靠你去制裁那讨厌鬼嘛，英雄救美咯。"

话里的奉承，姜修怎么可能听不出来？他眯起眼睛打量着她："林朝白，演艺圈少了你真是万古如长夜。"

正巧外卖送到了，林朝白从姜修腿上起来，主动去拿外卖。

姜修吃饭快，她还没吃完，他已经拿着竞赛资料在刷题。

夜里等他睡觉的时候，她一个梦都做完了。

周末他把林朝白这里当免费酒店，住了两天。

周一早上起床，林朝白有早课就早去，姜修上午没课，两个人很少一起出门。她起床的时候，姜修缩在她脏粉色的被子里，露在被子外的半张脸，还蹙着眉头，看上去疲倦得很。

她做了个最简单的三明治，分了一半给他。最后两瓶酸奶，林朝白也含泪赠送其一。

合唱排练安排在放学后的阶梯教室，林朝白迟到了一会儿，范玮维端着架子，用七分官腔点名批评了她。

林朝白在内心骂了他三姑六婆后，道了歉。

结束排练回自己公寓的时候，没看见姜修。

等到七点他还没来，林朝白大概知道他今天不过来了。她将客厅的灯关了，原本摊开的被子折了一些垫在身下，把枕头挪到床头中间，另一个枕头横放在床边。

Chapter Three

第三章

姜修被突然叫回家里了。

他也是没想到老徐会把这次测验的结果通知他老妈，但当初也是他老妈文珊知道了老徐是自己高中同学后，硬是让姜修去报名参加竞赛队伍的。

老徐经过测试，觉得姜修是个好苗子，脑子灵光，就留下了他。

想到这儿，老徐告家长他也不意外了。

一次没考好就通知家长，真不讲师生情谊。

文珊听见开门声，不像往常热情地过来迎接姜修，只不紧不慢地哄着小儿子。

姜灿已经认人了，看见姜修回来，挣扎着想从母亲怀里出去，让姜修抱。文珊没同意，将姜灿换一边抱着。

直到听见姜修喊了声妈，她才慵懒地抬起眼皮：“这么晚才回来，我以为你因为没考好羞愧得找好地方自我了断了呢。”

冷嘲热讽，是亲妈。

“就一次没考好而已。”姜修走到茶几旁，茶几上洗好了水果，他随手拿了颗葡萄。

文珊打了他的手：“放下，你还好意思吃？徐老师都和我说了，你这回考试不该错的都错了，连同组的那个小姑娘都没考过。姜修，你连个女生都没考过你还好意思吃？还不回房间多看点题目，把落下的都追上？”

“考不过女生怎么了？人家叶姝爸爸是数学教授，妈妈是化学系博士，她在基因方面就领先了好吗？”姜修一来气干脆把手里的葡萄扔回盘子里。

回了房间，楼下母亲大嗓门的唠叨还能听见，姜修烦躁地将钢琴盖打开。心情不好，弹出来的曲子如同加了倍速。

他钢琴一直学到初中毕业，后来就没有上过兴趣课了，原因是文珊觉得钢琴弹得再好也不如学习好来得实在。

他是个好儿子，成绩优异，相貌出众，对长辈孝顺，别人都说他前途不可限量。就算这样他也不是文珊眼里的优秀儿子，他被要求得愈加完美，对他上限的要求从未停止过。

母亲说人要有特长，所以他去学钢琴。母亲说他成绩要好，所以直到大学前，他有上不完的补习班。

母亲说他要在学校出色，他不得不进学生会，竞选主席。母亲说他的朋友必须家境优渥，所以母亲介绍他认识苏好。

姜修说不清楚原因，但按照母亲的安排去行事的感觉，就像是有人要将他捂住口鼻。

这种感觉随着他年纪增长愈加强烈。

会有母亲让儿子去跟踪父亲查看他是否出轨吗？

会，因为文珊就是。

不过，这场笑话般的闹剧的唯一好处是姜修认识了林朝白。

林朝白，“朝阳”的“朝”，“朝思暮想”的“朝”。

他的朝阳，他的朝思暮想。

手从最后一个琴键上移开，他拿起搁在旁边的手机，点开备注为“不可爱”的联系人：想你了。

没一会儿，姜修收到回复。

林朝白：狗东西。

姜修拿着手机有种真心喂了狗的无奈，但就是觉得有些好笑，叹着气，但又笑了出来。姜修没回复她，只是点开备注修改，把“不可爱”三个字删掉，重新打了四个字：可可爱爱。

姜修觉得没必要太在意这次测验考砸了，但文珊当天没有给他留晚饭。

他在房间里从头又做了一遍考卷，下楼吃饭的时候已经很晚了。保姆心疼地给他偷偷炒了碗蛋炒饭，结果被文珊抓了个正着。

怕太太责怪，保姆低下头不敢说话。姜修主动拦下，说是自己做的。

保姆的手艺自然不用说，但这个时候姜修很想念林朝白做的三明治，虽然没有那么好吃，但就是想着念着。

周五食堂做的菜是椒盐小鸡腿，林朝白从开着的窗户嗅到了从食堂里飘出来的香气。叶姝比她早了十分钟下课，于是替林朝白打了两份鸡腿。

林朝白在食堂的旮旯里找到了等她许久的叶姝。

叶姝难得食欲很好，她解气地一口咬了大半个鸡腿肉下来："今天发生了一件让我身心愉悦的事情。快猜猜。"

能让叶姝觉得身心愉快的事情，无非是竞赛难题得到了解决，要么就是她的大表妹苏妤栽跟头了。两者可能性一样高，但综合叶姝脸上反派般的笑，林朝白偏向后者："苏妤怎么了？"

"今天苏妤来我们集训的教室找姜修，废话说了一大堆，我提炼了一下重点，大概就是姜修这回测验考砸了，姜修他妈觉得是苏妤耽误了他儿子，就不准他们来往了呗。苏妤在走廊哭得梨花带雨啊，我在教室里笑得牙龈都露出来了。"这股舒爽的感觉，现在回忆起来都让叶姝心情舒畅。

林朝白觉得这就是姜修他妈不分青红皂白了，和他宝贝儿子考前厮混在一起的人是她，又不是苏妤。反思一下自己的第一反应不是幸灾乐祸而是同情，林朝白又奖励了自己一个鸡腿，觉得自己好善良。

叶姝和苏妤是表姐妹。林朝白虽然从小和叶姝一起长大，但也是后来才知道，而且是她和姜修暗度陈仓之后她才知道的。还好自己平时只是说苏妤的坏话，没把自己和她"妹夫"这件事公开。

相较于苏妤和林朝白不对盘的理由，叶姝讨厌自己大表妹的理由比较狗血。

叶姝人生第一次情窦初开的对象是苏妤的备胎，得知之后，叶姝也不是很生气，只是希望苏妤可以好好和那个男生说清楚，她小心翼翼宝贝着的男生不应该遭受这样的对待。

但苏妤答应后，转身就告诉那个男生是叶姝不准她再联系他。

结果那个男生狠狠地数落了一番叶姝，连带着数落了叶姝对他的喜欢。

冤家算是结下了。

随后，她们看见了端着餐盘走过来的唐旭尧。

林朝白率先收起那副表情，叶姝往自己嘴里塞了口鸡腿，眉飞色舞的表情一瞬间变得平静，变完后她一愣，有人设的是林朝白，她怎么跟着注意形象了？

唐旭尧端着餐盘还没坐下，先前在远处看见她俩说话，闹热得不行，怎么他一来，就瞬间安静了？

“怎么我一来都不说话了？”唐旭尧打量着面上挂着同款平淡表情的二人，“哇，不会是在讲我坏话吧？”

“对。”叶姝点头，做了个请的手势，“要不您走开点？”

“无情。和你争竞赛名额的是姜修，我这个人和你没有任何瓜葛以及利益冲突。”唐旭尧看着桌上两份小鸡腿，脸上浮现出狗腿的笑容，他来晚了，小鸡腿已经没了，“太油了，你们女孩子吃了要胖的，我来。”

“我又不是舞蹈生，不用注意体重。还我。”叶姝拿起筷子，可惜没拦截下来。

“对了，我听说苏妤哭着跑去你们竞赛队了？什么情况？”唐旭尧也是八卦。

叶姝把剩下的鸡腿全倒进他餐盘里：“吃饭都堵不住你的嘴？一个大男人这么八卦？”

“八卦又不是你们女生的专利。”唐旭尧说着，又往嘴里塞了个鸡腿，朝着林朝白挑眉，“是吧？”

林朝白没回答他，将鸡骨头夹进餐盘里准备离开，叶姝跟着也一起走了。唐旭尧嘴里塞满了鸡腿肉有些口齿不清：“喂，说说嘛，听过就忘，绝不外传。”

照例参加完学校的合唱节目的排练再回家，她到家稍稍有些晚，一进门就看见姜修坐在小榴梿的笼子前，手里拿着块磨牙饼干，有些粗暴地顺着小榴梿的毛。

“大哥，温柔点。孩子的脑袋都要给你薅秃了。”林朝白换了拖鞋，拿起桌上听装的雪碧喝了起来。

姜修回过头看见她很自然地拿起了自己先前喝了一半的雪碧，张口想说话，最后还是闭上了嘴巴。

欲言又止必有鬼。

林朝白抿了抿嘴巴，回味了一下，普通雪碧的甜味啊，有气泡说明刚开不久，应该能喝：“速速说来，饶你不死。”

“这雪碧是苏妤买的。”姜修耸肩，这可是她自己主动拿走的，与他无关。

不是无色无味的毒药就行，林朝白摆手，表示不在意，将最后三分之一，一口闷了。

Chapter Four

第四章

今年的学生会纳新延期到了国庆节之后，除此之外，还有件丢范玮维面子的事情。月底的迎新晚会致辞按理要学生代表发言，姜修作为学生会主席自然是不二人选，但他忙着竞赛训练，大家都心照不宣地以为发言这回事肯定是副主席范玮维上。

结果范玮维稿子都写完了，等到了迎新晚会前一天联排，主任满场找姜修：“他人呢？”

有人说：“竞赛集训呢。”

“那行，留个三分钟时间出来，到时候他还得致辞呢。”主任这话一说完，范玮维脸都黑了。

林朝白觉得再怎么贴切的形容词描述那一刻范玮维的表情都有些欠缺，晚上回家后，和姜修说起这件事林朝白像个反派一样大笑。下一秒姜修就让林朝白笑不出来。

既然姜修要致辞，就得写稿子。

“帮我写篇致辞稿子。”他正刷着竞赛题，头都不抬一下。

“凭什么？不写。”林朝白拒绝，她自己还有小组作业没有完成呢。

“凭什么？”姜修停笔，带有威胁意味地重复着林朝白的话，“行啊，那你下回斗不过苏妤和范玮维的时候你就恢复本性，拿着桶红油漆泼他们，别来和我告状。”

正戳痛处。林朝白骂了句脏话，扯出一副讨好的笑容，桌下的脚甩掉拖鞋搭在他膝盖上："我们学生会秘书处这个部门的存在就是为你们主席团服务的，请主席放心地交给我。"

姜修用膝盖夹住在自己腿上作乱的小脚，做作地叹气："我哪来的面子请得动你啊？还是我自己来吧。"

"你这样的学校栋梁应该抓紧时间好好学习，还是让我来吧。"林朝白脸上的笑意更深了几分，笑容里带着的咬牙切齿也跟着更明显了。

"心甘情愿？"姜修故意问。

林朝白还是那副皮笑肉不笑的样子，说："嗯，毫不勉强。"

姜修摇着头，嘴角噙着笑意："瞧你那嘴脸。"

他又做了一题，抬头就看见她噘着嘴，用老话来说上面都能挂酱油瓶了，一脸不情愿地写着他的致辞稿子。

学生会有一条很奇怪的"食物链"，姜修克范玮维和苏好，苏好和范玮维克林朝白，林朝白克姜修。

但林朝白觉得她和姜修互克，毕竟小辫子在人家手里，她能硬气的机会不多。

闭环的林朝白克姜修原因很简单，大家都知道姜修是个甩手掌柜，很多稿子都是林朝白代写的。发现的是唐旭尧，有一回这没眼力见的人看着姜修的稿子疑惑道："阿修，这不是你的字，怎么看着像林朝白的啊？"

林朝白所在的秘书处负责的事情很多，档案、会议记录，很多需要动笔记录的事情都得这个部门来。林朝白写得一手好字，大家看一眼都能记住。

林朝白回忆起来，好像苏好从那时候起就对她抱有不掩饰的敌意。后来例会结束，她听见苏好拉着姜修说悄悄话："你以后如果忙，会议的稿子我可以帮你写，你不要去麻烦别人了。"

其实，林朝白也记不住这些细节，但主要是后来姜修又找林朝白代写。那会儿林朝白和苏好因为一点小事闹着对立，没好气地拒绝了姜修："你找你相好去写啊，苏好巴不得你去找她帮忙呢。"

姜修那次回答得搞笑，林朝白记得。

"她一个舞蹈生，初中毕业后就没有上过文化课，我怕到时候我还得给她改错别字。"

后来，每回姜修一演讲，都找林朝白写演讲稿。

晚上两个人随便点了两份外卖，他丝毫没有回家住的意思。

林朝白没有问过他任何私事，对于他不肯回家住的想法猜不透。

但应该和她不一样，她和林锦文之间只存在母女之名，她从小不是林锦文带大，可以说没有任何母女之情，但他好像不是，所以林朝白猜不透。

即便林朝白不追问姜修的私事，但像姜修这样的人，总有一些传言。有人说他有个两三岁的弟弟，听说他爷爷是个外交官，他爸爸是姜家老爷子最宠爱的二儿子，他是姜家第一个孙子……

林朝白盯着他的侧脸，出了神。她以前搜过姜家老爷子的名字，出来的新闻图能看得出姜修有些像他。她没来得及收回视线就被姜修抓了个正着，他挑起眉尾："看我呢？"

"嗯。"林朝白承认。

姜修在沙发上斜坐着，直视着林朝白道："盯着我看好几分钟了吧？看出些什么没有？"

林朝白："什么也没看出来，我又不会看面相。"

姜修不信，问："你就没有遗传点你妈妈的基因？"

林朝白白了他一眼，说："心理学又不是算命。"

迎新晚会的门票要发给各个班级，还有观看的学校领导。会议中心的位置有限，就连学生会的也不是每个人都可以去，每个部门只给两张票。

正巧大半个学生会都要参加合唱表演，林朝白部门还剩两个小姑娘，够分，也不会落下谁。

到了晚会当天，林朝白才知道自己部门的两张票被苏妤和范玮维抢走了。

小部员怕惹麻烦："朝白学姐，算了，我们不看也不要紧。"

"这不是看不看的问题，他们怎么可以这么欺负人？"林朝白努力让自己嘴里不蹦出脏话，"你们等一会儿，我去和检票的人说一声。"

"那……谢谢学姐。"

唐旭尧是纪检部的，每回活动检票都是他们部门。这回也是，他跟揣着几百万的二大爷似的坐在玻璃门后吃着麦丽素。

林朝白走到他跟前，说："我们部两张票被拿走了，等会儿那两个人能不检票进场吗？”

“行，林妹妹都开口了，卖你的面子，不过可能没座位。”唐旭尧打包票一定让进，朝着门口自己的部员打了招呼，“等会儿秘书处的两个人直接放进来。”

林朝白朝他道谢后，拐进后台。合唱团还需要集合，苏好的舞蹈节目紧接着合唱之后，所以不参加合唱表演，这也就是她当初和范玮维沆瀣一气投青草绿的原因。

“打扰一下，请问你是不是拿走我们秘书处的票了？”林朝白拿出最擅长的那套皮笑肉不笑的客气。

苏好一个人霸占着一面镜子打量着妆容，懒得多看林朝白一眼，敷衍地给了一声“嗯”。

占了别人东西还这么理直气壮，林朝白咬着后槽牙，脸上的微笑还在，将口袋里的姜修要的演讲稿拿出来，也不给苏好，只是嘚瑟：“好吧，那下次你要拿走别人的门票记得提前和我打声招呼。对了，这是姜修让我帮他写的演讲稿，我打他电话没人接，你等会儿如果联系上他了，请让他过来找我拿哦。”

迎新晚会，连叶姝这种向来两耳不闻窗外事、一心只读圣贤书的学霸都来了。她从林朝白手里搞到一份节目表，合唱结束之后就是她大表妹苏好的舞蹈。

为此叶姝特意带了相机来学校，她说：“我要抓拍她最丑的照片，今晚就去学校论坛发匿名黑照帖子。”

“你好坏。”林朝白咋舌，“不过我好喜欢。”

叶姝和林朝白都不是对迎新晚会有兴趣的人，等叶姝拍完照，两个人被一场无聊的小品“赶”走了。

她们计划着从会议中心侧门出去，这个时间点人不多，她们可以去老街的小吃店吃小吃。

计划得很完美，只是不巧从侧门拐出去就看见空荡荡的走廊上一男一女拉拉扯扯。

叶姝和林朝白贴着墙不道德地听起墙角。

“你为什么总是要去麻烦别人呢？”这嗲糯的声音全校除了苏好会在姜修面前这么装，绝没有第二个人，“文姨不喜欢你和这种女生来往，你不能给学校其他人落下话柄。”

“我妈不也说了吗？你影响我学习了。”姜修抽了一下袖子，一时间还没有来得及挣脱开。

“你明知道我没有。”苏好反驳。

那声音，就算林朝白没看都能猜到苏好多半是哭了。那原本就装出来的嗲音带着哭声，激得林朝白和叶姝一身鸡皮疙瘩，两人默契地吐舌做出呕吐状。

苏好哭腔更重，她说：“文姨找不到你，以为你和我在一起，其实你一个暑假都没有来找过我。我怕你挨训，又要被叔叔扔去山里面壁思过，我才说你暑假和我在一起的。”

叶姝听着眼睛一亮，内心的八卦之魂燃起。

可林朝白头皮发麻，墙角再听下去，林朝白真怕姜修抖出她的名字来，赶忙拉着叶姝走。

叶姝被她硬拖出会议中心，颇为不解地问：“干吗走啊？这简直比我今天解的竞赛题还精彩。”

林朝白胡诌了个万一被发现了不好的借口。

叶姝很快就发现逻辑问题，说：“那丢脸的也是苏好啊。”

彼时两个人已经慢悠悠地走到后门，林朝白明知道再走回去也不可能，故意这么说：“对哦，我忘了。那我们现在回去继续听。”

“都错过了，算了。”叶姝不肯掉头回去。

老街有家年纪比她们还大的店，叶姝特别喜欢他家的油墩。

搭配一碗绿豆汤，解了初秋的热意。老街旁边有一所高中，打铃的声音将林朝白手机的来电铃声掩盖了，她没有察觉，和叶姝并肩优哉游哉地逛着街。

叶姝低头专心地翻看着相机里的照片，最后满意地将一张苏好翻白眼、表情管理零分的照片展示给林朝白看。

林朝白笑了笑，她已经没有了之前听说叶姝要拍黑照的兴奋劲了。

她也不是多善良的一个人，只是觉得没必要和苏好这种人多闹对立互相折腾。也可能是因为有些内疚，她决定叶姝发完帖子之后她不点赞，就看看好了。

拐角的巷子里跑出来一个人影，直直地撞了过来。

叶姝没有防备，手没拿稳，她只能眼睁睁地看着手里那台价值五位数的相机以一条数学教材上常见的标准抛物线摔在地上。

撞人的男生穿着一中的高中制服，他连忙弯腰道歉。

尖叫声响起，叶姝撸着根本就不碍事的短袖，干架的样子做足了。看着给她捡相机的男生背影，她咬牙切齿道：“我今天就让他感受一下大学生的关爱。”

林朝白拉着她胳膊让她息怒。

相机镜头被摔得粉碎，边边角角磕了不少印子。

等到人走了过来，林朝白才觉得他面熟，突然脑海里蹦出一个身影，是一个男孩在她母亲诊所门口拉着她衣角喊她姐姐的，一脸的泪水、鼻涕。

“嘉衍，是你吗？”

林朝白不敢确定，她向来不怎么认人，况且上次见他，还是他念高一的时候。

被唤了名字的男生一愣，抬头对上林朝白的脸，一瞬间眼泪绷不住了：“朝白姐姐，真的是你吗？”

听这两人互相唤对方这么亲昵，叶姝的火气瞬间没了。

“你怎么了啊？”林朝白从书包里翻出一张湿巾给他。

他胡乱地擦着脸上的眼泪和汗水：“没事……”

“是不是有人欺负你了？”叶姝一看就知道，面前这个男生的球鞋价格不菲，上面沾着颜料和几个鞋印子，这些鞋印同样出现在他的校服和衬衫上。

终于，周嘉衍点了点头。

“谁？我让他感受一下大学生的爱。”林朝白将书包扔给叶姝。

叶姝赶忙拉着她说：“息怒息怒，先听孩子说完。”

等周嘉衍说完，叶姝都骂了一声。

故事俗套，就是有钱人家的软柿子被不良的校霸盯上了，折断了他的画笔，搅浑了他的颜料，将他的画板扔到了楼下。

周嘉衍给了他们好多零花钱，下次开课要买颜料了，他没钱再灭恶霸们的火，中午就被逮住打了一顿。他怕对方放学再来找他，所以提前跑了，结果出来撞到了她们两个。

“明天放学让他们来这里，我来解决。”林朝白替他拍了拍身上的灰，从书包里拿出钱包，“你钱够用吗？”

周嘉衍摇头拒绝道：“够的。”

林朝白和叶姝不放心他，愣是给他拦了辆出租车，看着车开过红绿灯才走。

叶姝用胳膊撞了一下林朝白，问她：“怎么认识的？都没听你说过。”

“他爸爸和我妈好过，他爸想娶我妈，但我妈不想结婚。后来他爸爸再婚，他和后妈关系不好。有一回他被他爸误解，闹离家出走，跑去找了我妈。”

当时林朝白不知道周嘉衍找她妈妈的原因，在她看来林锦文也是个不靠谱的大人。

但那小子坐在林锦文诊所门口告诉她：“林阿姨对我很好，她知道我喜欢吃水果糖，还送我颜料作为礼物。连我爸爸都记不住我对杧果过敏，但她就知道。”

林朝白吃醋，连她这个做女儿的都没有得到过这些关心。她当时只能敷衍地给了回应：“那挺好。”

她不想再多留，那天去找林锦文只是拿着成绩单来领生活费的，可林锦文下午出诊了，她得改天再来，她准备走。但刚迈开步子，衣角被人扯住了。

“朝白姐姐，”周嘉衍坐在石阶上，自下而上地仰视着她，“你能陪我回一趟家吗？”

他家在东山附近买了房子，他回去的时候家里一个人都没有，周嘉衍打包了一些衣服，打定离家出走的主意。林朝白在出租车上等他，没一会儿他拖了一个行李箱出来，手里还拿着一幅画。

“朝白姐姐，这是送给你的。”周嘉衍说这是提前送她的生日礼物。

之前他爸和林锦文还没有断的时候，大家一起吃过饭，那天赶巧餐厅有个孩子过生日，林朝白随口说了一句她生日是三个月后的今天，没想到周嘉衍记住了。

直到很久很久以后，林朝白才知道这小孩一幅画居然能被那么高的价格拍走收藏。

鉴于他是除了家人第一个知道林朝白生日的人，林朝白一直把他当作弟弟。后来他一直和他爸闹矛盾，有一回哭着跑去了林朝白小区门口。这么久过去，除了个子高了许多，还是一样爱哭。

送走周嘉衍后，叶姝问她准备怎么解决。

“没想好，但一定不能饶了他们。”

叶姝信，林朝白在打架这方面向来说一不二。

她们在十字路口分开，林朝白琢磨着治标又治本的办法，不知不觉就走到了家门口。

门一开，那熟悉的身影坐在仓鼠笼子前，和平常一样用小零食逗着林朝白的仓鼠。

“你怎么还在？”林朝白站在玄关处换鞋。

姜修不回答，只反问：“你怎么不接电话？”

“没听见。”林朝白从书包里拿出手机，锁屏上显示了一条未接电话。

她没给姜修设置备注，但那串电话号码她能记得。

话题就这么被姜修转走了，他问起晚饭吃什么。

林朝白放学和叶姝吃过小吃，没什么胃口，就说：“不饿，你自己吃吧。”

她心里一想事，脸上的表情骗不了人，姜修一眼就看穿了她有心事。她对周遭一切都爱搭不理，也不像以前一样从仓鼠笼子前赶他，自己亲自喂仓鼠。

抱着换洗衣服直接进了卫生间。

姜修摸着小榴梿的脑袋，说：“你妈不要你了，连饭都不喂你吃，要不是你爹我回来，你今天就饿肚子吧，你就对我感激涕零吧。”

说完，小榴梿立马将嘴里的粮全吐了出来。

姜修赶忙把它丢进笼子里，说：“行，我多此一举。你不饿就不饿，不想感激就不感激，吐了我一手的粮食。”

嫌弃万分，姜修拧开卫生间的门，挤了平时两倍用量的洗手液。玻璃门后的人一愣，下意识地捂着身体回避，并问他：“你干吗？”

“你女儿吐了我一手。”姜修狠狠地搓了两遍手。擦干净后，他倚着门框好奇起她的反常，说：“你有什么事？”

“你觉得现在是聊天的时候吗？”林朝白恨不得隔着玻璃门将手里的沐浴球砸在他脸上。

Chapter Five

第五章

姜修和林朝白的开始就像所有或俗套或精彩的故事都拥有的起始——源于巧合。

姜修第一次真正和林朝白有接触是那场误会。

再后来的相遇，功臣还是他爸爸和她妈妈。

那时候赶上他弟弟姜灿最闹腾的那段时间，姜父在家无法睡个好觉，公司新的竞标案子还没有结束，他身心俱疲地从家里搬到酒店希望能有一个好眠。

姜修那天是被他老妈差遣着给姜父送换洗衣服的，这是明面上的原因。背地里是文珊希望姜修来个出其不意，看看姜父的动静。

这种事情，文珊向来让姜修去。

她从来没觉得有什么不妥当的地方，文珊说如果换了别人，万一那人还是个大嘴巴，丢脸的是他们家。

姜父住的是1506房间。姜修到的时候，林朝白站在那间房间门口，一下一下机械地按着门铃。

两人目光交汇，第一个问题自然是对方为什么会在这里。

林朝白嘲讽地笑了声："难道房间里那个男人是你爸？"

姜修点头："希望你妈不要在这个房间里。"

然而房间里的确是一男一女，女的是林锦文，但男人不是姜父。林锦文穿着件浴袍，浴袍是V字领，脖子间的痕迹全部都暴露在空气中，她倚着门框，胳膊下夹着个钱包，手里点钞票的姿势和银行柜员的专业程度有的一拼。

林朝白领完生活费，林锦文没有任何客套的嘘寒问暖直接将门关上。姜修还站在旁边拿着手机，又确认了一遍门牌号和父亲给他的是一样的。

“这里是1509。”林朝白说着伸手将门号上的数字9上下转动了一下，9便变成了6，“这个数字松了，我拍门的时候，一个固定螺丝掉了。”

1506在靠近走廊里面，林朝白等电梯上来的时候，姜修正好送完衣服回来，两个人坐了同一部电梯下楼。

电梯在十二层停了，电梯外正在接吻的情侣，看见电梯里已经有人，他们并没有上来。

电梯门重新关上，林朝白嫌弃的表情瞬间倒映在电梯门上。两个人的视线在电梯门的倒影中对视了，从小到大寄人篱下的生活教会了林朝白怎么察言观色，她读出了姜修的表情是什么意思。

有些疑惑，有些不信，有些嘲笑。

原因也能猜到。

“是觉得母亲这么奔放，为什么女儿看见别人接吻却都嫌弃是吗？”林朝白问得直接，直接到姜修一瞬间不知道要怎么接话。

不等姜修想好措辞，她率先开了口：“因为我和她不一样。”

对于林锦文来说，婚姻就意味着向男人屈服。对于林朝白来说，却意味着向男人臣服。

刚到林锦文身边的林朝白亲耳听见母亲是如何屈服于一个男人，她看着客厅里凌乱的衣服，听着从卧室传来的声音。

林朝白对林锦文为自己买公寓让她独居，这种变相的再一次“抛弃”求之不得。至少她不用再为应该如何面对出现在家里的那些陌生男人而苦恼。

独居生活孤独，但自由。

林朝白观点不变，但不想多费口舌，就说：“那总有人没有爱和激情吧。”

姜修轻哼：“你以为你和你母亲不一样，但或许体验过后你会发现，渴望欲望的时候，所有人都一样。”

即便各退一步，两人的观点丝毫不变。

优秀的人总是行动派，而林朝白和姜修是行动派里的速度派，同楼层的1501，林朝白和姜修有了第一次。

两个人都只有纸上谈兵的实力，第一次一点体验感都没有。不过林朝白根据姜修的观点做出新的总结：源于爱或激情，也因冲动而存在。

犹豫就会败北，但冲动就会白给。

姜修感觉到林朝白的视线，望向她的时候才发现，她正在发呆。

想到她方才说的“源于爱或激情，也因冲动而存在”，或许对她来说是因为冲动，但姜修反问自己是因为什么，他没答案。

爱？谈不上。

激情？也不是。

冲动？也没有多少盲目。

大一竞赛队伍选拔结束之后，他走出教室，又遇见了来找叶姝的林朝白，她们两个不知道有什么课后行动，他鬼使神差地跟在她们身后。

姜修也是那时候知道林朝白和叶姝关系很好。她们去食堂吃饭，一路上她们两个在聊天，声音不大，但如果有心偷听，听清楚也没有问题。

叶姝在为了竞赛太忙而放弃喜欢的业余爱好烦恼。

在姜修看来这种烦恼无聊得很，他打小时候就知道，这个世界上没有多少人可以真正做自己想做的事情。就在他打算收回注意力的时候，林朝白开口劝叶姝。

林朝白：“竞赛是竞赛，兴趣是兴趣，为什么两个不能兼得？”

姜修心想，贪心。他不知道自己怎么就把心里的想法说出来了，两个字被走在前面的人听见了，她回头看他。

“贪心怎么了？做一个贪心的人没有什么不好。这个世界足够大，不用担心容不下那些贪心。只有贪心的人才会去折腾自己有限的人生，把握每一个精彩的时刻。”

那是姜修第一次打量起面前这张脸。她说完就转了身挽着叶姝走了，短暂一瞥，却是过目不忘。

之后当姜修了解到了林朝白的脾气后，他总觉得如果那会儿她不端着她的温柔人设，大概会转过身抓着他领子指着他鼻子骂一句“关你屁事”。

说不定还要揍他一顿。

后来姜修亲眼看见她在巷子里打架，她身上带着乖戾和反抗。

反抗是姜修被文珊摆布了十多年从来没有成功过的举动，失败后等着他的是去山沟里面壁思过。

他看见过林朝白对抗那些霸凌者时身上的光，那是她的灵魂，骄傲又自卑，俗气但高贵。

晚上她睡得也早，第二天依旧没吵醒姜修自己先去了学校。

姜修觉得反常，从昨天开始就觉得反常，直到今天一向主动留在课堂刷题的叶姝也早走了。

老街的店铺和这条街一样，老旧得很，没有前街那些新铺子吸引人，学生渐渐也不往这里走了。

叶姝拐到人迹罕至的小路，没走几步路，就看见不远处的巷子里跑出来几个男生。他们逃跑的样子很狼狈，但回头放狠话的样子倒是威风，虚张声势的："你们两个给我等着。"

约好国庆假期前一天放学在这里再战。

叶姝小跑过去询问林朝白的状况。

林朝白朝着稍微有些泛红的手背吹着气，其余的地方一点儿伤都没有："抢钱的时候还以为多牛哄哄的一群人呢，结果就是群色厉内荏的草包。"

由于太了解周嘉衍那感谢人的办法，为防止他以身相许，林朝白拿着他的钱包买了四个冰激凌球，她两个，叶姝和周嘉衍各一个。

周嘉衍捏着扁扁的钱包，这家店的冰激凌球价格很贵，一种还不如被同学抢劫算了的悲壮由心而生。

晚上回去，姜修看见了她手背的伤，问起了怎么回事。

她随口胡诌了一个不小心手撞到门上的谎话骗过了姜修。

明天是国庆，延后到国庆之后的纳新需要再开一次会议来安排工作。

会议安排在放学后，唐旭尧临走前喊了一声姜修，没想到他居然破天荒一起去开会。

"你居然高兴去开会！"唐旭尧勾着他的肩膀，两人并排朝着会议室走去，"你不是一向觉得老调重弹的例会是浪费时间吗？"

姜修摆谱道："难得就想浪费一下时间。"

唐旭尧求之不得，顺着他的话接下去："行啊。你要是时间多，今天放学和我去教训个人。"

"不去。"姜修说罢，将肩头上的手臂甩下来。

“没良心的，上回帮你妹子教训人，我和那群小崽子多尽心尽力。你也是时候回报一下了。”唐旭尧重新攀上他肩头，“再说，你有威慑力，你顶着你爷爷的大名，全市有几个能和你叫板？”

向姜修讨饶不容易，但借着人情向他讨饶就容易许多。而且他们的确帮自己妹妹解决了不小的校园麻烦。姜修给了一个模棱两可的答案，没说要帮他教训人，但也没有说不去。

例会冗长，无聊。

唐旭尧听到一半就无聊了，抬头看着对面认真指导部员如何快速写出会议记录的林朝白。无论从哪个角度看过去，她的脸部线条都流畅柔和，不笑时很有距离感，笑起来又柔和明媚。她还没有换上秋季的长袖上衣，露在空气中的肌肤像她手边还未使用过的白色记录稿纸，干净得一字未落。

不知道部员问了她什么，她侧着头又听了一遍，随后撩起耳边的头发，扬起唇角。

姜修注意到了唐旭尧的目光，于是向后靠着椅背，跷起二郎腿的时候，完全让人看不出是故意地踢上了唐旭尧的小腿。

唐旭尧成功地被姜修这一脚吸引走了注意力，问：“你干吗踢我？”

“不小心的。”姜修胡诌。

Chapter Six

第六章

唐旭尧拍着腿上根本就没有留下来的脚印，看见范玮维目光不在他们俩这边，像上课开小差的学生一般开始交头接耳：“林朝白是真好看。”

见唐旭尧还在打林朝白的主意，姜修看了一眼林朝白，随后侧了眼眸，给了唐旭尧一个白眼，说：“张无忌母亲说过：越是漂亮的女人越不能相信。千万不要相信漂亮的女人。珍爱生命，远离女人。”

“就准你有漂亮的女朋友，不准我和林朝白发展？”唐旭尧鄙视他。

聊到这儿，范玮维再怎么想无视交头接耳都不行。原本看见姜修来开例会他就不爽，但看姜修没主持会议的意思，范玮维脸色稍好，只要自己能发号施令就行。

要么别来开会，来开会不主持会议就别在下面不尊重人讲话。

尽管心里这么想，范玮维只能委婉地问，语气不算好：“你们是对刚刚的安排有什么不满意的地方吗？”

唐旭尧灵机一动，给了姜修一个奸计得逞的笑，举手起身说：“副主席你刚刚说所有的纳新报名表让林朝白整理，我申请帮她。”

他一说完，下面的私语声越来越大，原本学校就有唐旭尧喜欢林朝白的传言。随后唐旭尧又吃到一脚。姜修不等他问，就主动承认是他踢的。

唐旭尧坐下后，又拍了拍裤腿，说：“又是无意的？”

姜修摇头道：“看你那小人得志的损样，忍不住。”

“你有本事就和苏好分手，你来和林朝白整理报名表啊。”唐旭尧谅他不能。

姜修不爽地说："我从没和苏好在一起。"

唐旭尧一副不 care（在意）的模样，摊手道："可你妈认了这个儿媳。"

"我妈可没有认她，我妈认的是她家的钱。"姜修垂着眼眸，余光里是林朝白，他把玩着手里的水笔，将盖帽拿下再扣上。

唐旭尧表情依旧，说："那不就更难办了，你觉得苏好家一时半会儿能破产吗？"

会议在他俩你一句我一句的聊天中结束，唐旭尧和林朝白约好在假期最后一天返校整理报名表。姜修向来不是一个愿意和人挤来挤去的人，所有人都起身了，他还不急，坐在位置上，看着水笔在拇指和食指上转着。

唐旭尧着急着放学后的约架，却不想姜修被苏好拦在会议室门口聊了一会儿。

说是聊天，但全程姜修连个眼神都不愿意给苏好。

"文姨说你不肯回家，你最近住在宾馆里吗？那你住得还好吗？回去和文姨认个错吧，文姨不会真的怪你的，你怎么说都是文姨的孩子……"

姜修压根没理她，趁着苏好不注意，从她身边闪过身，进了楼梯间走人了。没理身后喊他名字的人，朝着一旁等自己的唐旭尧挥了挥手，让他跟上。

唐旭尧因为和姜修熟络，玩得好，所以数落起姜修从不顾及别的："我觉得热脸贴冷屁股是这辈子最丢人的事情，你说苏好一个女孩子怎么能忍得了？而且她条件又不差，非看上你这么个人。你这是反抗父母之命，但都新时代了你怎么还没有崛起，一直在被老封建打压？"

想起苏好，姜修烦得很，也懒得搭理唐旭尧。

在他记忆的褶皱里，那个在校医务室里的拥抱不知道怎么就重新掌握了脑内的播放权。

那个和林朝白的拥抱。

拥抱是在 1501 那次之后。

虽然两个人有了亲密关系，但是并没有因此就让姜修拉近与林朝白的距离。

他并不能经常见到林朝白，只有一节选修课的时候他们距离最近。

就隔着一面墙。

但他觉得这面墙像是加了高压电网一样，见她一面，难得很。

唐旭尧还在自己耳边喋喋不休，从 NBA 球星讲到学校篮球队，从李嘉欣聊到学校校花。那会儿学校最漂亮的是大三的一个学姐，不过美得太标准又被人说没有记忆点。

运动会期间大家都散漫得很，唐旭尧报名的项目下午有预赛，他吃过午饭絮絮叨叨和姜修聊了大半个钟头，那大三学姐的事情他还讲不腻，姜修也不知道听唐旭尧夸了多少遍。

“行，我知道她好看，你不提前半个小时去报名处集合吗？”姜修打发着他，想还自己耳朵一片清静。

唐旭尧这才风风火火地走了。

没有课的时候，全校哪儿都有人，姜修最后找到最清闲的医务室去假寐。他什么项目都没有报名参加，倒不是不想参加。原本姜修都报了项目，但苏好去他家吃饭的时候无意间和文珊提起了运动会的事情。

文珊送走客人后，找了姜修谈话：“报名了就取消掉，有工夫不会多看两眼书？”

姜修有些不耐烦，这样的管束太容易激起这个年龄的叛逆，他说：“徐老师自己还巴不得放假呢。”

“那你不会主动学习吗？我听苏好说了，她表姐平时还补课呢。你考不过一个女孩子你不觉得丢人吗？”文珊用手指指着他脑袋，若姜修再小点，可能还会揪他耳朵。

姜修没取消报名，结果第二天班长找到他，说是他母亲文珊打电话找了辅导员，帮他取消了运动会的报名。

班长是来问他为什么突然取消的。

姜修没回答，但是怒火积在心头，像是有个人拿着玻璃罩子扣在他的心脏上，血液因此不流动。姜修忘了自己是怎么和班长说的，从教室离开的时候正好碰见了苏好。她照旧小跑过来和他打招呼，但看见他眼眸里的荫翳，有些怕。

苏好小心翼翼地试探着他现在的怒气值，就问：“你怎么了？”

“麻烦你以后不要在我妈面前提任何学校的事情，我谢谢你。”所有客套的词语都在话里，但姜修语气一点都不客气。

苏好咬着下唇，任谁看了都是一副惹人心疼、楚楚可怜的模样，说：“我做错什么了吗？”

姜修反讽："你有做对过什么吗？"

如果她只是个普通的追求者，姜修或许还会客客气气，不辜负他家的一番家教涵养。可苏妤的存在是他无法摆脱文珊桎梏最明显的证据，是一记打在他脸上的耳光，一看见她就觉得脸疼得很。

运动会那天很热闹，开幕式很精彩。

只是这些热闹和精彩大多与他无关，径赛的发令枪一声一声地响着，姜修根本无法入睡。没一会儿，他听见校医离开的脚步声，从他刚刚那通电话听来，像是去偷懒摸鱼的。

姜修听见校医临走前和来人在门口说了句话："碘酒在柜子里。"

"谢谢老师。"回答的是个女生。

女声一落，姜修睁开眼睛，床帘就拉了一半，透过帘缝他看见林朝白将脚跷在椅子上，用蘸着碘酒的棉签小心翼翼地涂着膝盖上的擦伤。

百褶裙被穿窗入室的风带起，一同吹起的还有她未扎起的头发。少女的美好因为年轻的躯体，他因此遐想，始自热情与激荡。

半个小时前，林朝白在报名处被人推搡的时候不小心摔了个跟头，她没放在心上。

叶姝帮她用矿泉水冲洗了伤口，围着的不少人看着林朝白的膝盖，出于对漂亮女生的友好，那个撞倒林朝白的男生愧疚不已："我送你去医务室吧。"

林朝白摇着头，朝着他笑了笑，说："没关系的，马上你不就要比赛了吗？我不要紧的，你专心去比赛吧。"

她本来就生得好看，一笑起来那种瞬间拉近人与人之间的距离的亲和感是这个年纪的男生最招架不住的。林朝白没注意到那男生耳朵根子开始发红，支支吾吾地说着会负责的。

"还是去涂一下碘酒吧。"叶姝不放心，扶着林朝白一瘸一拐地往医务室走。

慢慢地，报名处被抛在身后，林朝白原本隐忍的表情一下子狰狞起来，她说："没有想到波棱盖儿卡秃噜皮这么疼。"

"哼。"叶姝冷笑一声，"不是没关系吗？不是不要紧吗？我再不扶你走我都怕你忍不住骂脏话。"

医务室在行政楼，叶姝刚走进去，迎面走来的主任把她拦下来，说："你来得正好，这是你们竞赛队的报名资料……”

林朝白没等叶姝，她怕再耽搁下去膝盖上的伤就好了，自己身残志坚地挪去了医务室。

校医不靠谱地让她自己动手，好在就涂点碘酒，不是什么难活。

注意到室内还有人是林朝白循着风来的方向望向窗口时，她和帘缝后的人对视了。

她会察言观色，但再会也没有完全读懂姜修脸上的表情。有些细微的神情，那时候没有了解到姜修心意的林朝白看不懂。

姜修开口问她，有些明知故问：“你怎么了？”

林朝白说摔了，心想着这么大一块擦伤难道摔得还不够明显吗？

她涂完碘酒放下腿后，姜修还保持着那个半侧着身子看她的姿势，像是坐化了。林朝白在他那样的注视下败下阵来，蹙着眉想走。步子还没有迈开，身后的人喊住了她，问她：“能陪我坐一会儿吗？”

林朝白转过身看他，他的身影映入林朝白的眼眸里。

不知怎么的，林朝白想起了回到林锦文身边之后第一个单独过的元旦。店铺圣诞节的装饰还没有卸下，元旦的气氛已经悄然而至，“双旦节”热闹非凡，只是这种热闹对孤身一人的她来说，是一种显摆。

她看着银装素裹的街道，街道上二十四小时营业的便利店，便利店里亮着暖黄色的灯光，灯下是成双成对出没的情侣。

看着面前的姜修，林朝白仿佛看见那天一个人在雪里站了一个钟头的自己。

最终林朝白走了过去，她的脚步停在他跟前。膝盖上有伤，她不太想坐着弯曲膝盖。姜修伸手将她朝自己的方向拉近了一下，林朝白还没来得及反应，腰和后背上就覆上两只手，他将脸贴向她。

姿势亲昵，却一丝情欲的气息都没有。林朝白僵直在原地，姜修却放松地闭上眼睛，说：“让我抱一会儿。”

他被圈养驯服得太久，他快忘了人生除了肤浅的虚与委蛇外还有侥幸存活的一缕阳光。

隔着皮肉能听见心脏跳动的声音，因为呼吸而起伏的胸口，人类最普通的生理需求带来的反应让姜修觉得很安心。

听着呼吸声，听着心跳声，他突然不羡慕窗外的热闹景象了，那些郁结在心头的无名之火得以用一场大雨扑灭，他方能暂时喘息，暂时放过自己。

林朝白明显地感觉到靠在自己身上的人有些反常，问他："你怎么了？不舒服？"

姜修应该怎么说？说他想起义却吹不响反抗的号角？他想远航却发现所拥有的船只无法漂洋过海？他是个自己人生的难民……

"你有恨过你家人吗？"拥抱了良久后，姜修说了第一句话。

"有。"林朝白没有说谎。

会恨林锦文，在别人嘲笑讥讽她没有爸妈的时候，在开家长会时看见自己座位空着的时候，在看见别人母亲的时候，恨林锦文为什么生了她又不管她。

姜修又问："恨过之后你后悔过吗？"

林朝白点头，语气很是坚定："但下次我还是恨她。"

她说完，两个人都沉默了。姜修若有所思，他松开了林朝白，微微抬起头打量着她的神情。

林朝白脸上没有什么表情，可总有种说不出的负面情绪埋在皮骨之下："有些人给你温暖，但也把你伤得很深。你可以牵挂担心着那些人，但同时又希望他们不要出现在自己的生命里。"

爱与憎是可以同时出现在一段感情里的。

姜修想这就是苏妤和林朝白的差别，后者与他想法相契合，前者只会把文珊挂在嘴边，说着亲情牵绊让他回去认错，让他不要惹母亲生气。

话题暂过。

姜修低垂着眼眸，看见她上衣衣摆因为摔跤沾到了些灰尘，捏着衣摆替她轻轻拍去。林朝白后退了一步，衣摆从姜修手中抽离。

她一秒又恢复陌生人的样子，说："虽然这么说很矫情，但希望你还是和我保持距离，很多事情我只犯错一次。"

尽管刚才还相拥着，在这些之后还希望和他保持距离，可能有些矫揉造作。

姜修有一些不悦，说："在你看来，1501 那次是个错误？"

林朝白可不管他脸色难看，说道："事情可能不算错误，我安慰自己是秉承对观点的实践，但当'三儿'是个错误。"

"我和苏妤不是男女朋友。"姜修说得慢，话里两个主人公的发音加重，强调意味在其中。

林朝白听罢，倒也不意外，撇嘴、耸肩，不屑的表情做得格外行云流水，她说：“渣男语录。”

也就是那天林朝白知道了叶姝和苏妤是表姐妹。她从医务室里出去，正巧在楼梯口遇见从主任办公室出来的叶姝，她翻着白眼，嘴里骂骂咧咧的：“势利。”

上回姜修交上去的表格有些地方不对，主任让姜修改了一次还是不对，这回遇见叶姝，干脆让叶姝帮他重新写了一份。

叶姝骂着主任，还不忘搀着被她扣上“弱病残”帽子的林朝白。

叶姝还是愤愤不平地说：“我刚在办公室听见主任说着什么整改大学生精神面貌，让学生朴素低调，苏妤那么招摇过市就选择性失明瞧不见了？怎么不把她当出头鸟打了？”

“她和姜修挺门当户对的，也算是金童玉女。”林朝白随口一说。

她只随口一说，像是踩了叶姝的尾巴似的，叶姝瞬间跳脚，说：“呵？门当户对对的是姜修爸妈那一层，姜修爷爷更厉害，苏妤家是上赶着贴过去的。还金童玉女，我呸，虽然是竞争对手，但我还是认可姜修的智商。苏妤呢，我小姨让我给她补课，她那脑子也就比跳蚤大一点。”

叶姝叽叽喳喳地说了一大段话，听得后面的林朝白一愣，她很快就从叶姝的话里捕捉到了重点词语：“你小姨？”

叶姝下意识地捂住自己的嘴巴，几秒后还是点头承认：“其实苏妤是我表妹。”

然后林朝白就听说了她和让她情窦初开的男生以及苏妤的三角恋。

Chapter Seven

第七章

林朝白到高中后门的时候，周嘉衍在后门等她，一个大男生忸忸怩怩的，很不像话。

他劝着林朝白："朝白姐姐，要不算了吧，你别去了。"

林朝白把书包扔给他："等会儿站远点，别误伤你了。"

打趣吓他的，但周嘉衍成功上当了："啊？那我怎么办啊？"

"大声点喊加油呗。"林朝白找了个树荫，倚着树干干等着。

"约战时间"都要到了，对方还没有出现。

那几个放狠话的男生躲在远处的树后看着林朝白，她朝着领头的男生招了招手。那男生立刻钻到树后，一脚将一个小跟班模样的男生踹了出去。

小跟班个子和林朝白差不多高，他一点点地挪过来，全身都做着防御准备，问她："你要干吗？"

"你们喊的人来不来了？天都要黑了，我家里还有金鱼、仓鼠要喂。"林朝白没有觉得自己长得多凶神恶煞。

一天前是他们先朝她动手的，她一脚踢去，那大小伙子就倒地不起，后来若不是他拔腿就跑了，林朝白甚至怀疑他有碰瓷嫌疑。

又等了会儿，周嘉衍都从小卖部买了两块雪糕折回来了。周嘉衍拍马屁似的把两块雪糕都递给林朝白，让她先挑选。

林朝白随手拿了一块，两人找了个干净的台阶等人。

周嘉衍给她说自己家里的事情，全当解闷。

没一会儿，树后的男生兴奋地蹦起来，林朝白虽然还没看见人，但估摸着是对方来人了。

可爱多蛋筒的最下面是甜得发齁的巧克力，偏她爱吃。

昨天被打的那个男生领着人走到林朝白面前时，林朝白正拿着周嘉衍给的湿巾擦着手，慵懒地抬眸对上了来人的视线。

两张熟悉的脸，一张脸平淡到如同一潭死水，另一张脸眼珠子瞪得快掉进他张大的嘴巴里了。

“哥，就是这个女的，她昨天踢了我一脚。”哭诉完，他喊来的人还是没有反应，他着急地又唤了一声，“旭尧表哥！”

林朝白感觉到投在自己身上的视线里带着不可忽视的怒意，那怒意很明显不是唐旭尧的，他都快下巴脱臼了，所以只可能是姜修。林朝白偷瞄了他一眼，脸上带着笑，但是说不出地让人毛骨悚然。

姜修瞥了一眼唐旭尧，比他那会儿看见林朝白打人时的表情夸张了不少，略带笑意，抬手拍在他胸口上，说：“你弟喊你呢。”

吃瓜群众围在五米外，林朝白旁边的周嘉衍也被赶走了。

林朝白吃完可爱多，嘴里有些甜得口渴，想着家里冰箱里的那瓶自制的梅渍小番茄，有些馋了。

唐旭尧已经在林朝白面前踱了不知道多少个来回的步，有刷朋友圈步数的嫌疑。

“你……”唐旭尧终于憋出来一个字，林朝白刚准备洗耳恭听，他就抓狂地跟自己头发过不去。

姜修和林朝白围观他这样也算是在看笑话。

姜修有些受不了他这样，开口提醒：“你到底要不要说什么？”

唐旭尧总算意识到只有他一个人在抓狂，问姜修：“你不觉得难以置信吗？她哎，林朝白啊。多温柔一仙女，天仙哎。她居然踹了我弟一脚。你能相信吗？”

“能。”姜修点头，“上回我看见她打架的时候她不光踹了人一脚，还吐了口口水。”

唐旭尧如遭晴天霹雳，好不容易回过神，这下又崩了。没踱几步又意识到不对劲，他认真思考着姜修刚才的话，狐疑道："不对，你早知道了？"

没什么不好承认的。

唐旭尧看着姜修点头，突然有一种心痛的感觉。

林朝白不想再干坐着，打开天窗说亮话："我是打了你弟，原因是他欺负了我一个弟弟，抢他的钱，扔他的画具。"

她一本正经的样子终于引得唐旭尧也认真起来，这事情原本就是唐旭尧表弟理亏。他努着嘴若有所思，最后作罢。

五米外的人看见自己搬来的救兵什么也没做，赶忙追上去，问他："表哥，你怎么都不帮我？"

唐旭尧驻足等着自己表弟追上来，不客气地揪着他后衣领，如同拎着个小鸡崽，嘴里说："可以啊，学会抢同学钱了啊？还拉帮结派，本事渐长啊李睿诚，我今天回去就告诉你妈，你就等着被小姨和小姨父扔到动物园给鳄鱼剔牙吧。"

"表哥，你能说点好话吗？"李睿诚没有唐旭尧高，衣领被提着他只能踮着脚尖跟上唐旭尧。

"我还能说啥好听的？"说着，唐旭尧又往上提了提。

"我同学还看着呢，表哥你给我点面子。"

"面子？我以为你面子被打后当天晚上拿去擦眼泪了。"

领头羊都走了，剩下的人也散得差不多了。

周嘉衍想走过来，但姜修投在他身上的目光实在是不友好。这眼神像极了隔壁班那个用鼻孔看人的姜禾。周嘉衍稍稍靠近了两步，问林朝白："朝白姐姐，我们走不走？"

"走。"林朝白正要起身，手腕被握上一抹暖热，刚走了两步的人又被拽了回来。林朝白没办法，让周嘉衍把书包还她，说："你先走吧。"

那小子还算有点良心，不放心她，三步两回头。

"长本事了？你现在不怕出事之后被你外婆知道，然后外婆伤心了？"姜修越说手拽得越紧。

他就想知道那小子是她什么人，朝白姐姐？也没有听说她有个弟弟。如今为了这么个人都能不顾及装了这么久的温柔人设，看来是重要得很啊。

林朝白试图挽救自己的手腕，说："当时没想那么多。"

"呵？！"

合着还是冲动行事呢。

姜修终于松开了她的手腕，但与其说是松开，倒不如说是甩开。

林朝白有时候就搞不懂他，说他没生气吧，他走路步子迈大，连林朝白喊他都不带回头等她。但说他生气吧，他拐弯的方向是她公寓的方向。

两个人一言不发去了她公寓。

等林朝白洗完澡出来，看见他在吃饭但没给自己点外卖，估摸着他是生气了。

她脖子围着条干毛巾，倚着门框看着他，说："有话就直说，我没那本事猜。"

姜修撂下筷子，双手环臂，靠着椅背对上林朝白的视线。几秒后他挪开视线，起身将外包装扔进垃圾袋里，准备下楼扔垃圾。临出门前，他问："林朝白，你什么时候愿意做我女朋友？"

"下辈子再说。"

姜修眼底瞬间暗下来，穿上鞋子，握着门把手，推门出去，他说："果然是亲生母女。"

听他这么说，林朝白也没有生气，因为母亲的失败婚姻，她童年与孤独为伍，她迫切想要长大，想要结婚，想不再独自一人。但可能她的婚姻不会完美，她会离婚。

就像现在，没结婚的男女朋友，一段没有法律有效证件证明的关系，连法律保护的关系都有结束的可能，更遑论此。

她认可托马斯的观点。

"谁无感情投入，谁就无权干涉对方的生活和自由，唯有这种关系才能给双方带来快乐。"

林朝白想得通，但晚饭是没有胃口了，她找出吹风机吹干头发，随便喝了瓶酸奶垫肚子，窝在客厅里看了会儿电视，姜修还是没回来，林朝白想他今晚是不回来了。

困意袭来，她关掉客厅的灯，摸黑回了房间。

困意还在，但怎么都无法入睡。纱制的窗帘透了月光进来，这城市的霓虹灯早就夺走了月亮的存在感。林朝白睁着眼睛盯着微微拂动的窗帘发起了呆。

她想到了小时候和外婆同住的日子。外公的蒲扇虽没有空调凉快却能驱赶蚊虫；浸在井水里的西瓜总是比冰箱里的甘甜好吃；睡前听着外婆讲故事，故事没有《安徒生童话》那么有童趣，但那时候不管听几遍都依旧觉得精彩至极；睡前惦记着糖人，外公许诺她如果乖乖睡觉明天就一定给她买。

眼眶越发湿漉漉的，睡意彻底不见踪影。从床边找出自己的手机，物业住户群堆积了不少信息，林朝白随手点进去。

某邻居 A：（图片）

某邻居 A：这人坐在楼下都两三个小时了。

某邻居 B：谁家的？是不是跟家人闹别扭了？

某邻居 C：快领回去吧，万一出什么事情后悔都来不及。

某邻居 A：是啊，就坐在十六幢前面的长椅上。

某邻居 D：明天都要放国庆假了，都要过不好假期了。

林朝白点开图片，照片是从楼上往下拍的。拍照的人住的楼层靠下，但照片还是模糊不清。图片昏暗得不得了，只有路灯微弱的灯光照着长椅上的人，他低着头，形单影只，落寞得很。

即便没有正脸，即便照片中光线昏暗，林朝白还是认得出，是姜修。

林朝白慌忙披了件衣服，下了楼。电梯来得慢，她小跑着从电梯里跑出来，出了单元门，就看见长椅上的人，他还保持着照片上的姿势，像是入定了。

影子比林朝白本人还先进入姜修的视线里，他率先别过头，眼眸半睁着，不肯看林朝白。

“你要么回家，要么上楼，坐在这里干吗？发善心喂蚊子啊？”林朝白停在他两步之外，见他不搭理自己，用脚踢着他的球鞋，“喂，不理我，我就走了。”

他依旧没说话，但伸手扯着林朝白的衣摆，任林朝白怎么拉都不松手。

Chapter Eight

第八章

文人对于夜晚星空的描写有很多，林朝白虽然不是一个温情的人，但最喜欢弗雷德里克·巴克曼的比喻，喜欢他将儿子的眼睛比喻成星星。

星星是天空的裂缝，透过这些裂缝才能照进光来。

林朝白知道他执拗着答案，仿佛她今天不将答案说出来他就要一直坐在这里。

入秋了，天气还是热。专属于夏夜的虫鸣已经没有了，但蚊子还没有消失，她坐在长椅另一边，用外套裹着自己的腿，说："你要这么执拗地对苏好，她能和大妈一起在广场载歌载舞个三天三夜庆祝。"

"我不喜欢她。"他说话偏慢，但一字一字咬音重的时候，林朝白总能听出一种公子哥的语气。

"我也不喜欢当你女朋友。"林朝白学着他的语气反戗他。

这话点在了姜修的雷区，他呼吸加重，说："同居者比女朋友好听？"

"无所谓称号，反正都不受法律保护。"林朝白摆摆手，这才侧过身子看他。

他的侧脸隐于昏暗的夜色里，下颌线紧绷着。

人是一种神奇的生物，衍生而出的情感有着特别之处。

本体衣食无忧就会闲到想去抓住一些虚无缥缈的东西。姜修就是一个典型例子，他生活宽裕，从小没考虑过下一顿饭的问题，他便闲到想要去拥有爱，父母的爱，别人的爱。

可林朝白既是他的同类，又与他不同，她到七岁才知道，原来肚子不舒服的时候母亲的手心是一种特效药，才知道原来女孩子应该留长头发，因为母亲的手可以用各种发绳扎出辫子。她和姜修一样没有爱，但她没有工夫去向别人乞讨爱，她要留着力气想下一顿饭会不会有她一份。

“我外婆身体不好后没有办法再照顾我，我去了我大舅家里住，我弟因为我喝了他一瓶牛奶，指着我鼻子叫我从他家里滚出去。后来我住了几个月，我舅舅因为裁员失业，我舅妈也容不下我了，我那段时间整整一个月就吃一顿学校提供的午饭，早饭没有，晚饭也没有我的份。后来我住到了我小姨家，唯唯诺诺地奉承已经在我骨子里烙下印子了。小姨对我很好，但我还是担心第二天有没有早饭，晚饭会不会有我一份。”以前想起的时候她觉得委屈和愤怒，现在她像是说别人的故事一样，“姜修，我这个人没有安全感。童年是我无法逃离和忘记的过去，因为我的童年里没有家。”

那段时间她不知道自己是怎么挨过去的，没有人在乎她，不安全感如影随形。

她没办法做他女朋友，因为她只有自己了。

她不想和别人建立关系，因为她缺乏安全感，讨厌被抛下。她就是这样一个人，为了避免花朵的衰败她可以放弃一整个花期。

他很长一段时间没有说话，姜修设身处地地想，良久后说：“对不起，你不用回答了，我不逼你。”

“不用道歉。”林朝白抬头望了一眼路灯，随后移开目光，视线所及之处都带着鹅黄色的小亮点，“我和你说这些不是让你为我难过或是让你觉得抱歉，我希望你能明白是什么造就了现在的我。”

姜修披着夜色走了。林朝白顶着六个蚊子包重新进了被窝，不知道是小腿上的痒意还是别的什么，她一夜都睡得不踏实。

国庆对她这样的人来说没有什么好过的。叶姝约她去新开的奶茶店，人满为患的大街上她俩居然还能找到一个僻静的地方——一家没有趁着国庆假期捞钱的店铺，店铺外摆着几张椅子。

或许是因为背对正街，或许是因为周围的店铺不怎么吸引人，附近都没有什么人。

叶姝仗着自己穿了条裤子，就用洒脱的姿势放松着身体，看着手机。

没一会儿，叶姝打着激灵，似乎被恶心到了，她说：“噫！喜欢一个人是一百万次怦然心动，也是一百万次叹息心痛。我的天，哪里抄来的句子，这么肉麻。”

看见叶姝反应这么激烈，林朝白倒是好奇起来，问：“谁啊？”

“姜修。大半夜不睡觉不做题就算了，搁这儿装文艺范呢。”叶姝虽然嫌弃，但还是默默地点了个赞，肉麻是肉麻，写得不错也是真的。

林朝白看得不仔细，只瞄到动态发布的时间，是九月最后一天的最后一小时。

叶姝又随手刷了刷，立马拿着手机嗤之以鼻，她将屏幕转向林朝白，说：“看，苏好的动态，和姜修他妈照相。合着前一段时间说不让她和自己儿子来往，怎么阿姨这么言而无信？”

林朝白刚想说话，就被旁边琴房里传出来的钢琴声打断了。

林朝白不懂乐律，听不出是什么曲子，也听不出演奏的人水平如何。

叶姝探过身子试图张望弹琴的人是谁，她竖了个大拇指，说：“《森林狂想曲》，有品位。”

说曹操，曹操就到，前一秒叶姝还在吐槽苏好，下一秒她就看见不远处走来了两个人。一个是苏好，另一个是学校里总跟着苏好的女生。

再走近一些，发现那人年纪比她们小上一些，相貌是一等一的好，脸上还带着些许稚气，但看得出是造物主的得意之作，年纪不大，但从头到脚都是名牌。索性旁边有个能挡人的大石柱子，叶姝和林朝白挪了个位置，眼不见心不烦。

她们听见苏好喊她妹妹，但小姑娘似乎不买账，她说：“我不是你妹妹。我只有一个姐姐，不是你。”

苏好脸上的尴尬表情很明显，但她偏能厚脸皮扯出笑容来：“妹妹不一定要有血缘关系的，我总要跟着姜修一样叫你吧。”

小姑娘也是个刀子嘴，说道：“他有时候还叫我祖宗呢，你要不随他这么叫我？”

“姜禾，我是看在你哥哥面子上才带你出来玩的，你能不能好好和我说话？真没有家教。”说到底，面前这个人也只是个高三的小女生，苏好这么被她驳面子，她也是有脾气的。

那女生一点面子也没有给苏好，说：“没弄清楚你能和我哥一起出来是沾了谁的光吗？进去叫他别弹了……”

苏好进琴房找姜修的时候，他早就弹完了那首《森林狂想曲》。手势一变，音符重新从指尖下流出。由保罗•塞内维尔和奥立佛•图森所作的《秋日私语》，连林朝白这样不懂乐律的人都听过，知道的最大原因是她看过这首歌曲的背景小诗。

——耳边，还留着你的细语和轻喃；指尖，还留着你的呵护与眷恋；唇间，还留着你的柔情和缠绵。甜蜜往事，点点滴滴在心间，怎能忘记……

她听得入了神，那很久以前的曲子的音符穿越了漫长的时光再现，再敲击在她耳边。

林朝白回过神来，曲子也结束了，微微从石柱后探身出来，他已经从琴房里出来了，跟着来找他的两个人走了，只剩下一个背影。

林锦文在国庆最后一天才从外地回来，林朝白无意关注她，但到了领生活费的时候，她不得不和林锦文敲定好见面的时间、地点。

林朝白也不知道为什么电子现金都这么普遍了，林锦文还是让林朝白每次都去找她拿现金。

可能是想看她活没活着。

下午林朝白还要回学校准备明天上学后学生会纳新的工作，所以把时间和地点约在中午、林锦文的住所。

林锦文住的是去年新建的楼盘，她通过一个客户以一个绝对优惠的价格入手，她心情很不错，那时候还未入住就带着林朝白来看过一次。林朝白对她口中通过干净医患关系得到的好处一点也不感兴趣。

小独栋前停着一辆林朝白没见过的车，车牌照不是本市的，她有些狐疑地打开门，看着玄关处的男士裤子和袜子，林朝白心里有数了。

好在屋里没有别的声音，她在玄关处套上鞋套，犹豫着要不要给林锦文打一个电话，至少让他们知道家里多了一个活物。

手机还没有拿出来，楼梯传来拖鞋踢踢踏踏的声音。来人穿着一件浴袍，看上去比林锦文还要小上几岁，他左手拿着毛巾有些粗暴地擦拭着头发，戴着婚戒的无名指在动作间若隐若现。目光交汇，他一愣，朝着楼上喊了一声："有人找你！"

楼上没有人应声。

男人迈下最后一级台阶，说：“我叫吴……”

林朝白压根没有听，从他走下最后一级台阶的时候，林朝白转身走到窗边，刻意和他保持了一大段距离。

她脸上没有任何的尴尬和不自在，只是懒得搭理人。

“打扰一下，请问在听我讲话吗？”

林朝白这才瞥了他一眼，答：“没有。”

男人语塞，抱着门口的衣服重新上了楼，十多分钟后他穿着整齐地和林锦文一起下楼。临走前，林朝白听见了接吻的声音，男人说：“你女儿和你一样有个性，很漂亮。”

门关上了，屋内留下母女二人。

林朝白伸手，连句话都不肯说。

伸手表示要林锦文给钱。

“一来就要钱？”林锦文走到厨房给自己倒了杯水。她倚着料理台，透过开放式厨房看着自己的女儿，问她：“他和你打招呼，你怎么不理人？”

原来这种年纪的男人也是会告状的。

林朝白话里带刺：“有必要理会吗？难道下次他还会来吗？”

“你一个女孩子说话这么难听可不好。”林锦文将烟夹在手指之间，水杯里的凉水一口喝了大半。

“觉得实话难听就把生活费给我，我立刻走人，不打扰你听些入耳的声音。”

林锦文是一个心理医生。

林朝白格外讨厌被她这么看着。

每次林锦文这么看着她，她都有一种被扒皮剔肉的感觉。

林锦文盯着她说：“你觉得自己孤独却勇敢，了不起，内心又觉得任何事情都不会使生活变好，觉得全世界都亏欠你。那其实是你自己顾影自怜，你太把自己当回事了，你的不幸是因为你每次都把你的负面情绪和你的害怕放大。”

屋内回归寂静，那份安静却让林朝白觉得震耳欲聋。

她心里的恨意席卷而来，这份恨意来得如此强烈，而这样的强烈对林锦文来说却是那么不痛不痒。

林锦文只爱自己。她数了一遍钱，将钱交给了林朝白。

临走前，林朝白弯腰扯下鞋套，回头看着林锦文，她不知道自己眼里是否带着泪花，只觉得视线里的林锦文的身影有些模糊，她说："我以后会孤独终老的，你毁掉了我对婚姻、对孩子所有的期待。"

孩子对母亲的爱，一旦失去了便永远无法重新获取。

出租车上，她坐在后排，整个人放松地靠在椅背上，脑袋侧着看着窗外的街景，匆匆掠过的景象还没来得及看清就错过了。

林锦文的那些话一点点地在耳边重新响起。

心理医生的眼光毒辣，林朝白开始质疑自己是否真的就如同她口中所说一般，她的那些不甘只是廉价的自我感伤。

Chapter Nine

第九章

想着这些，林朝白无意间抚上自己的锁骨，锁骨中间是四叶草形状的吊坠。

她想起了收到这条项链的时候。

她生日在五月底，姜修从叶姝口中得知了她生日。

礼物的选定是因为姜修听到了林朝白随口的一句话。

运动会的时候林朝白摔了一跤，结果膝盖伤好了没几天，她上体育课时在树下乘凉，没想到再次遭到倒霉之神的毒手，起身的时候腿一软，笔直地给树下其他同学行了一个大礼，手下意识地撑扶在树上，狠狠擦过，破了一个大口子。

中午她来找叶姝一起吃午饭，姜修走到她们身后，听着林朝白口述转播还原自己摔跤的全过程。

“……我最近真的是太倒霉了，接连这么倒霉的概率比中彩票还低，有本事再给我加点料，我就不信了！”

第二天姜修真听说林朝白在公寓小区里散步的时候被邻居养的一条狗吓了一跳，躲闪狗的时候还把脚给崴了。

这是林朝白收到这条项链的原因。

意义不必再说，无非是希望能给她带来幸运。

柜姐知道他要送人，还准备了一张生日贺卡。

他想了许久都没有提笔，想过要不要借鉴笛卡尔写给克里斯汀的公式，但最后他只附上一行小字。

——愿所有的不幸都避开你而行。

收到生日礼物的时候，林朝白意外大过惊喜，但感动又大过意外。

除去叶姝，他是头一个。

感动不是因为礼物贵重，而是她喜欢那张贺卡。

——愿所有的不幸都避开你而行。

贺卡上的字迹，笔锋苍劲有力，和姜修这个人的风格很像。送礼物的时候两个人是在图书馆的隔间自习室里，自习室里就他们两个，桌上摊放着一大摞竞赛资料，他托着腮看着林朝白收礼物时的表情。

林朝白收下了附赠的小卡，拒绝了项链。当然最后这条项链还是绕上了林朝白的脖子——姜修有一次趁着林朝白睡觉偷偷给她戴上了。

那时候一起被拒绝的除了项链还有姜修的告白。

林朝白坐在桌上，双手撑在桌沿上，不是第一次被姜修表白了，她早就没有之前的不知所措，只说："不是任何的'我爱你'都有用，难道我站在海边对着鱼群表白说'我爱你'，它们就会游上岸吗？"

她话说得又深奥又直白，林朝白想姜修是懂的。不是任何"我爱你"都有用，就像对她说没有用，但他要是对苏妤说，结果不言而喻。

鱼群不会因为她说一句"我爱你"就游上岸，就像她不会因为姜修一句"我爱你"就做他女朋友一样。

她从桌上下来，整理着裙摆，刚准备走，他开口了："那你对鱼群说'我爱你'的时候，你有准备过为它们葬身深海的勇气吗？"

他揭开林朝白身为怯懦者的一面。

林朝白一时间没接上话。

他又说："我准备好了。"

他准备好了，只需要林朝白一个肯定的示意。林朝白于他而言不只是个异性，还是个可以产生共鸣的灵魂，他想要与这个与自己有异的同类在一起，哪怕为她涉足泥淖。

她委身于他，但从来都不属于他。每每想起她的那份美好，都会和他脑海里的不堪思想遇见。

出租车司机把林朝白送到了学校。

十月初，学校的桂花快要开败了。小卖部老板娘趁着阳光明媚，午后在树下铺上大塑料袋子，将桂花收集起来。

等她忙活完，热出一身汗。

出去前在货架前面的小姑娘还在那儿，老板娘拿着条湿毛巾擦着脸上脖子上的汗，问一直帮忙看店的小儿子："偷东西了没？"

"没，就这么干站着。"小儿子把收银台让给自己老妈，拿着瓶可乐去球场与同学玩。

老板娘拿出防晒霜逼着儿子用。

男生反抗道："娘们唧唧的，我不要用。"

硬来不行，老板娘便另出奇招，说："你不涂啊？到时候晒成包拯弟弟，我瞧你同桌还喜不喜欢你。"

林朝白听见对话望过去的时候，那男孩终于还是屈服了，任由自己老妈揉面团似的往他脸上涂防晒霜。

老板娘朝一溜烟快没人影的方向喊着："晚上早点回来，你爸爸说了给你烧螃蟹吃。"

林朝白从货架上拿了一袋白巧克力、一瓶甜味的牛奶、一包巧克力曲奇、一大把各种味道的棒棒糖，还有些别的。她结完账，剥开糖纸，白巧甜到觉得口腔唾液都变得黏腻。可再甜都消不去心里的苦，也甜不过小卖部老板娘和她儿子那寻常的对话。

本来和唐旭尧约好的时间已经过了，活动室里没人，想来他也不可能会来了。

衣领蹭得脖子有些不舒服，林朝白调着空调温度，指甲划过皮肤，钩到了细细的项链，她只稍稍一用力，项链的链子就断了，四叶草形状的吊坠掉落在地上，发出清脆的声音。

链子的扣子很小，林朝白怎么都捏不紧。

烦躁带着不愉快猛地在她心头翻滚，她将项链扔在桌上，低头埋进臂弯里。

在猛烈的情绪背后，委屈不知怎的占据了大头。

孤独是勾起委屈的引子，平日里孤独潜伏在她的四周，她的潜意识里，她所有的伴装之下。它是那么清楚林朝白的所有软肋，它只需要一个最简单的由头就能将她击倒，孤独来势不可阻挡，她螳臂当车，毫无胜算。

她趴在桌上，被孤独和委屈玩弄于股掌之中。

现在是该大哭一场的时候了，上回这么哭，是林朝白喝了舅舅儿子的一瓶牛奶，结果被弟弟指着鼻子让她滚回她自己家的时候。

她哭得尽兴的时候，活动室的门打开了，哭声戛然而止。

林朝白从臂弯里抬头，开门的人逆着门外的太阳光，他看见了那张挂满泪痕的脸，身形在门外一顿。

是姜修。

无言地对望后，姜修将门关上，她侧过头，用手背胡乱地擦着脸上的眼泪。扯开林朝白对面的椅子，他看见了桌上那条断掉的项链。

“这就哭了？”

项链是他送的，要因为断了就哭了，他倒也是开心的。

林朝白否认，话里的鼻音很重：“不是。”

姜修弄了好一会儿，最后用上了放在柜子里的工具箱。林朝白有些坐不住，叮嘱他不要弄坏了。

姜修拿着钳子，看上去熟练得不得了，他说：“反正是我送的，坏了再给你买一条。”

把修好的项链抛给她，工具箱归位。林朝白低着头将项链扣好，伸手摸着吊坠，有种心安的感觉。

以前有过一个很流行的采访。如果你是男生你想和自己这样的女生在一起吗？有个搞笑的回答是：想都不敢想自己能有这样的福气。

这个采访让林朝白来回答，她想自己是不愿意的。

童年的无所依让别人很难一直爱着她，对方需要花上不少的时间和心思表明忠诚，以此打消她的不安和顾虑。

太累人了。

林朝白随便找了个话题：“今天怎么是你来了？”

姜修摆手道：“你觉得唐旭尧敢来吗？他给我打电话说如果今天他来了就等着瞧。”

平时忙着竞赛，姜修就很少管学生会的事情，一问三不知，不得不让林朝白来教他。对面的人已经放好工具箱落座，他拿了一沓报名表，问：“要怎么弄？”

今天的工作是统计出名单，再按照新生报名的部门分好类。两个人只要认真地做起来，很快就能完成。

林朝白不厌其烦地将所有报名新生的名字录进表格里。

姜修分着每个部门的报名表，随口一提："你之前哭什么？"

敲键盘的声音停了，林朝白的视线在电脑屏幕后闪躲着，她避重就轻道："和我妈吵架了。"

孤独带来的不安折磨着她，但与人的疏离也为她带来了一套铠甲，渐渐地，皮肤和铠甲的金属材质相粘，她要褪下这笨重的铠甲只能撕得自己血肉模糊。

太疼了。

"生活又不是电视剧，没有大团圆结局也无所谓，只要别把过去拽得太紧就行。"他还是那副随口一说的样子，格外地漫不经心，可每个字又格外地有分量。他又说起了很久之前在学校医务室里林朝白劝他时说的话。

只要给自己带来痛苦，就应该说再见。

明明之前开导自己挺能言善辩。姜修想到了之前刷手机看见的段子，说有些人解决起别人的问题再复杂也没有难度，但轮到自己就连一加一都回答不上来。就像林朝白现在这样。

他有些狐疑，问："所以你那时候说的那些让我茅塞顿开的心灵鸡汤都是你随口编的吗？"

"不是。"

"那就行，否则我这对你心动的理由也太让人难受了。不是就好，不枉我为了你那时的几句话感天动地了一番。"姜修将注意力重新移到报名表上。

林朝白一时间无法再投入表格信息登记，她盘着腿坐在椅子上，手摸着自己的脚踝说："你就因为那几句话喜欢我？"

"那只是心动的一点助燃剂，你不说也不妨碍我喜欢你。"姜修总把喜欢她这件事挂在嘴上，说得直白。

说得多了，她总不当一回事。

可大哭一场后，再听，感觉就不一样了，就像太宰治说的，女人决定自己的命运，仅凭一个微笑就足够了。对林朝白来说，可能只需要对方坚定一点，锲而不舍地向她走来。

回家后，林朝白翻出月计划表，九月没写多少，翻开十月，她在今天对应的日期下，写了很简短的几个字：去改变吧。

末了，她又用自动铅笔补上一句：否则，我这种渴望人间烟火气的人注定要死在与世隔绝的地方。

Chapter Ten

第十章

国庆假期结束后，返校的第一天学校食堂的早餐店生意兴隆。

今天叶姝不上早课，吃早饭的只有林朝白。

餐巾纸还未完全将餐桌上的油渍擦去，姜修就旁若无人地扯开林朝白对面的椅子，指着自己面前那一块区域说：“帮我把这儿也擦擦。”

林朝白瞥了瞥四周，见大家的注意力不在自己这边，于是抄起手边的餐巾纸盒扔过去，对他说：“惯了你了，想得美。”

唐旭尧在窗口点了份虾仁河粉，拿着号码牌，发现和自己一起来的姜修坐在了林朝白对面，他纠结了几秒后还是朝姜修走过去，不自然地摸了摸鼻子，朝对面的林朝白打个招呼。

林朝白本能地回以有礼貌的笑。

唐旭尧说：“别笑了，有点瘆得慌。”

可当林朝白收起那副笑容时，唐旭尧看着她又觉得脊背发凉。可他偏是这种爱在雷区蹦迪、爱拔老虎胡子的人，就说：“其实我挺好奇你怎么给我表弟一脚的。”

“是吗？”林朝白挑起眉毛，这回虽然也有笑意，但笑意藏在嘴角，“我也挺好奇你受不受得住我一脚。”

唐旭尧立刻摇了摇头。

姜修百无聊赖地将擦桌子的纸巾叠整齐，他点的面上得很快。唐旭尧看着那他回回来都必点的牛肉干挑面，嫌弃道：“你在米粉店点牛肉面？”

“怎么就不行？你智商这么朴素也没见学校拒收你。”姜修抽了双筷子，挖了一勺辣椒酱。

“偷换概念谁不会？你这是不尊重米粉，你知不……”唐旭尧还想说，这时林朝白的那份也好了。

也是一碗牛肉干挑面。

林朝白不动声色地将碗往酱料瓶处推了推，和姜修一样挖了一勺辣椒酱提味道。她说：“这家干挑面挺好吃的。”

唐旭尧一瞬间被自己口水呛到，他说：“咳……嗯，我下回也尝尝。”

中午吃午饭，叶姝啃着小鸡腿看着唐旭尧低着头路过了她们这桌，他脸都要埋在餐盘里了，她有些疑惑，就问：“他怎么了？平时有事没事都要来拼桌。”

林朝白顺着她的视线望过去，说：“哦，欺负周嘉衍的男生是他表弟，我踹了他表弟一脚，结果这件事他知道了。”

叶姝能想象到，就说：“他那时候是不是一副‘常威你还说你不会武功’的表情？”

回忆了一下，有些像，也有些不像，林朝白努了努嘴巴。

纳新在下午的第三节课后，姜修没有任何意外地缺席了。

林朝白所在的秘书处是个吃力不讨好的部门，部门的事情不难，但都是些零碎的工作，所以来面试的人一定是没有纪检这种大部的人多，不过来面试的几个人里，林朝白特别满意其中四个新生。

她把秘书处新录取的四人的名单报上去，结果等到大名单从范玮维手里再回到林朝白手里时，她发现四个新生只剩下两个人。

林朝白找到范玮维，他一副不是大事的模样，格外地无所谓，说：“哦，这回纪检部和文艺部录取人数太多了，为了控制学生会的人数，我就删掉了两个。”

“所以你删掉了我们部门的两个？那请问之后我们人手不够副主席你要来帮忙吗？还是让纪检部、文艺部来？”

最好他删掉这两个人只是为了派人手挖坑把他自己加速给埋了，否则真想给他脸上泼一桶红油漆，让他砢碜的脸上蘸蘸鲜艳的红色，好变得更讨人喜欢一些。

下午最后一节大课，听得人坐立不安。

姜修下午没课，但是被老徐喊去做竞赛题了。一直做到了快五点，跟以前念高中似的。

接到林朝白电话的时候，老徐刚走，班级里其他人也收拾东西走了。

姜修等了一刻钟，余晖从窗户玻璃外照进教室里。

细小的灰尘起起伏伏，教室里就剩下他一个人。

这份安静的惬意没有持续多久，教室的门被推开的时候，嘭的一声砸在墙上，在白色的墙上留下了印子。姜修根据她开门的力气和门发出的声音估摸出了她的怒气值，于是将手机扔到课桌里，以避免它被波及。

今天不是周五，也没有例会，姜修一时间猜不到她究竟为什么这么生气。

“傻子范玮维。”林朝白一脚踹在门上，将教室门关上。

嗯，多么优美的中国话。

这间教室里的椅子是长椅，姜修慵懒地靠在椅背上，拍了拍旁边的空位置。

林朝白轻哼，没好气地往姜修那里走，脚踩上椅子，一屁股坐在桌子上：“真想踹他一脚。”

“行啊，你这都有打算了，快去行动啊，跑教室来虐待门干吗？我替它做证，它绝对不是范玮维的党羽。”姜修说着，伸手抚上她的小腿。林朝白不是个怕冷的人，她这会儿还穿着裙子。

她腿算不上很直，但胜在均匀纤细，比例恰当。

林朝白不常服软，但一拿出来就得心应手。

她立马收起那副凶神恶煞的表情。她向来拿范玮维没有办法，若是个五大三粗的直性子，而且不认识她外婆，她就干脆一个反手撂倒对方来解气。偏偏范玮维就是个小肚鸡肠的小人，而且擅长打小报告，还是她外婆的邻居，她对付不了这类人。

“你去。”林朝白将手往他面前的桌子上一撑，肩膀一边高出来，下巴搁在肩头，谄媚地眨巴着眼睛。

姜修朝她勾勾手指，她也就这种时候最听话。

林朝白往他旁边一坐，脸上谄媚的笑还在。她就像台电脑，不管什么性格，输入指令就好了，多有反差的性格都能揉碎然后塞进她的身体里。

“就对付不了范玮维的时候想到我，我就是个工具人。”他故意按下眼里话里的柔情，佯装生气，抬手捏了捏她的脸颊。

“我没……”林朝白话讲到一半，被他捏着脸，话都变了调，不成字了。

姜修脸上没什么表情，装得像那么回事，甚至开始整理书包物品。他说：“林朝白你承认吧，你就是把我当一个工具人。有事钟无艳，无事夏迎春。”

她难得这么慌张地解释：“我知道你对我好，你喜欢我。我没有不喜欢你，只是……”

只是她输不起了，她不敢有所期待，她不敢赌，她怕结果是对方的可有可无和忽冷忽热。

姜修曲解着她的意思，说：“所以，你当我是备胎？”

“我没有。”林朝白真不知道他是逻辑太好还是太会强词夺理。

他套着话：“你没有？所以你喜欢我？”

这回林朝白没了声音，姜修一瞬间心情跌到了谷底，他整理好衣领，拿着书包准备走。腰间的衬衫在他迈出第一步的瞬间被扯住了，她低垂着脑袋。

林朝白在做思想斗争。

她知道自己要改变，她甚至还在上回填写月计划的时候写了，她想，要死就要死在烟火气里。

“我喜欢你，那你呢？你喜欢我吗？你有惦念过我吗？你有过一瞬间像我这样喜欢你喜欢到觉得非你不可吗？”姜修扯下她的手，很快腕间传来一抹温热。

她反握住姜修的手。

她五指用着力，指甲甚至发了白。好一会儿后，她开口：“行啊，坠入爱河吗？但淹死了我不负责。”

他们两个没回林朝白那里。

他们去了1501。

等林朝白洗过澡从浴室出来，姜修躺在被窝里，倚靠着床头在刷手机。房间的角落里放着一个行李箱，大概是今天出门前他喊了客房打扫，酒店的房间很干净。

林朝白第一次来这里是他们探讨人是否需要性，在这间房间的这张床上他们滚了第一次床单。再来是上个暑假开始前，姜修把学生会的资料带回了1501。

去找姜修这种跑腿的活，苏好比谁都起劲。结果起劲到下楼的时候摔了一跤，这个任务就落到了林朝白身上。

林朝白正和叶姝一起在学校超市吃冰激凌解热。从兜里拿出振动不停的手机，看着来电备注，林朝白翻了一个白眼，接通电话后，她不悦道："请问范副主席有什么事情要吩咐？"

范玮维说明来电之意后不给林朝白拒绝的机会就直接挂了电话，也可能是因为林朝白喊了他副主席。

林朝白飞快地解决了冰激凌，骂着范玮维剥削人，随后连带着也骂了一遍姜修："当个副主席了不起哦，秘书处秘书处，真把我当秘书啊？还有姜修，好好的，拿走资料干吗？我要打车过去，到时候让他报销。"

"你讨厌范玮维还是讨厌姜修？"叶姝将手里的甜筒当作话筒，举到林朝白面前请她发言。

"嗯……还是更讨厌苏好和姜修这对……"

Chapter Eleven

第十一章

林朝白从姜修那里知道了他的地址，定位显示是在一个酒店。

站在 1501 前时，她慌了神。

她原本是来拿资料的，但那天稀里糊涂，隐约记得最初他们在对“性与才能的关系”进行探讨。

林朝白觉得无关，姜修觉得有关。

结果，“风流才子”一词成了姜修获胜的最大助力。他说出这四个字的时候，眼底沁出一丝禁忌的色彩。

那天，林朝白一直待到夜里。

林朝白提到了苏妤，说：“原本她要来的，结果摔了。有没有去关心她一下？”

苏妤的一切于姜修而言无关痛痒，他反问：“跟我有什么关系？”

1501 有一个小阳台，她穿了件姜修的短袖，和他坐在一把椅子上共赏着月色和星晖。夜风拂过她的脸颊，这时她才反应过来“风流才子”的“风流”指的是洒脱不拘，而非作风风流。

侧眸想和姜修再辩，入眸的人望着远处的灯火，深夜里他容色倦怠。

他有一种天生的本事，便是夺目。入学那天，叶姝远远地看见姜修，离得太远，看不清面容，但叶姝说：“就佩服这种看不见脸还能让人觉得他是个帅哥的人。”

林朝白没想到1501被他从暑假一直长租到现在。

姜修这一段时间不是住在林朝白家里就是回这里住。文珊嘴碎，爱说教，姜修也就不想回家。

既然已经是"拼游泳技术"的关系了，林朝白觉得自己这时再忸怩就显得太矫情。

名不正言不顺的时候脱衣服都没有负担，如今有了条船，虽然不知道这条漂在爱河里的船什么时候翻，但好歹现在自己在船上，身上还穿着救生衣。

听见浴室移门的声音，他的视线便从手机上移开了。男生头发干的速度总是女生望尘莫及的，他拍了拍旁边的位置。

林朝白走过去，没掀开被子，而是随意地坐在床上，指着他先前喝的饮料问："还有吗？"

还剩三分之一不到，和林朝白以前喝的饮料味道都不同，刚入口时，可以尝到焦糖的味道。林朝白将易拉罐拿着转了一圈，看着成分表里的信息：樱桃干、咖啡、太妃糖、坚果，以及大麦、燕麦等谷物……

林朝白将易拉罐扔到不远处的垃圾桶里，不是一个精准投篮，但好在罐子撞在桶口边缘处摔进了垃圾桶里。

林朝白掀开被子躺进被窝，之后的一切水到渠成。

他问她今天怎么这么安静。

她反问他怎么这么欠，非要听她骂人。

姜修回了三个字："我高兴。"

林朝白的乖戾是他梦寐以求的渴望，他要狠狠地深深地融入她俗气骄傲的与他相反的性格中。

他知道她的不善言辞，懂她的欲言又止。她所说的每句话，所做的每一个动作，无论是认真还是漫不经心，都像是春日里融化的冰霜。

姜修问她："今天范玮维干了什么？"

林朝白这才想到今天最开始找他是为了什么事情。她一五一十地说给姜修听了，没了平时一脚能踢掉别人一颗牙的剽悍之风，这会儿像朵不堪细雨打击的小白花。她撒娇道："你要帮我出气。"

姜修瞥见她这副样子，看她无缝地在剽悍和娇弱之间来回切换，他就想笑。只是那笑不是看笑话，而是宠溺和包容。

他还没有答应她，她就像是对他非常有信心，知道他一定能完成任务一样，在床上躺了回去。

没几秒，又如垂死病中惊坐起。姜修看她折腾出来巨大动静，感觉不是什么好事。

林朝白：“对了，我们在一起的事情暂时得是加密档案。”

确实不是什么好事。

“小没良心的。”姜修用拿着笔的手捏了捏她的脸颊，忽地朝林朝白敛了敛眼睑。

早上手机闹钟响了，姜修赖了一会儿床，林朝白早就收拾完了，推着床上的人，问他：“你今天早上不是也有课吗？你起不起？”

姜修睡意蒙眬，半睡半醒地坐起身，指了指自己的额头：“不来个早安吻？”

“一大早就逼我骂你？快点起床。”

酒店提供的早饭味道一般，还不如学校街角那家店的韭菜合子好吃。

姜修讨厌韭菜，林朝白倒是吃得津津有味，蘸醋蘸辣椒，美味至极。

她想到他早上就吃了碗清汤寡水的小馄饨，故意恶心他，将韭菜合子递到他面前，说：“就吃小馄饨没到中午就会饿的，来一口。”

“你什么时候刷了牙什么时候再和我说话。”鼻尖满是韭菜味道，他嫌弃地屏住呼吸，侧过头的样子仿佛面前的不是韭菜而是什么有毒气体一样。

“哼。”林朝白踮着脚，嘴巴努了努，“你不是要早安吻吗？来亲亲啊。”

姜修没理睬她，加快脚步将她扔在身后，拐弯去了今天上课的教学楼。

叶姝依旧是最早来的，还有几个刚来的新生坐在教室的第一排。

姜修落座，空气流动，带着他身上的味道飘到叶姝鼻间，是好闻的味道。

今天中午吃糖醋肉，老徐拖堂，这回难得林朝白比叶姝早到。端着两个餐盘找座位的时候叶姝小跑着奔向她，幸好林朝白端得稳，没把两份饭孝敬给大地母亲。

食堂地滑，叶姝没刹住车，直直地撞到了林朝白。

只一瞬间，她身上散发的香味钻进了叶姝的鼻子里，像是一捧玫瑰浸泡在荔枝酒里，那是林朝白最爱的五步散。

英国梨与小苍兰。

叶姝的父母并没有多望女成凤。

所以她的夏天有跳绳，有不怎么精美的芭比娃娃，当然她也会为给芭比娃娃做衣服偷偷剪掉自己的衣服而挨打，有邻居姐姐在她这个年龄没有的稀罕东西。

也有林朝白。

叶姝是个早熟的女生，同龄人在她眼里都有些幼稚，她比同龄女生更早地丢弃掉玩偶和粉红色。她不再带着芭比娃娃去赴女生的约，于是她开始形单影只。

在叶姝眼里，林朝白与同龄孩子不同，甚至对她来说林朝白很特别。她们是那么有共同话题，例如让她们知道布拉格的不是桃子夏的言情小说《布拉格红人馆》，而是米兰·昆德拉。

她们两个的外婆都住在一个老街胡同里，林朝白为她教训过掀裙子的臭男生，为她打过揪辫子的男同学。

林朝白会把一根旺旺碎碎冰掰成两半与她分享。

她们同享过半个西瓜、一本课外书、一条裙子，她们在一张床上睡过午觉。

她们有同样的情绪和喜恶。喜欢三年级那个戴眼镜姓沈的数学老师。讨厌京极夏彦的长篇大论，洋洋洒洒写了八百页，但又喜欢他引经据典、直击内心的词句。

她们是好朋友。

但现在她这个从小要好的朋友身上的香水味居然出现在了别人身上，她有些生气，气林朝白的不坦诚。

可叶姝也明白，什么事情都想要知道也是一种暴力。

午饭时间总是侃侃而谈的叶姝变得有些寡言，她不是生气，只是想着姜修会不会骗了林朝白，姜修有没有处理好苏妤那个不确定因素，他是否在东窗事发的时候会有所作为。可糖醋肉实在是太好吃了，叶姝不再烦恼。

苏妤要真敢叫嚣，她肯定帮着林朝白，胜算还不小。

学生会纳新名单公布，秘书处原本被删掉的两个名字又加了回来。总名单上，姜修的名字还是在第一个。林朝白拿出手机给他拍了张照，拍的就是这个名单，配上一个卖萌的表情包。

“看，这个人没有 ID”：哎呀，你好棒呀！人家太开心了。

他难得秒回，字不多。

“是个不会竞赛的帅哥”：还卖萌？

姜修的微信头像是个表情搞怪的小孩子，刚上大学的时候昵称叫作“是个平平无奇的帅哥”，进了竞赛队后改了，叫作“是个不会竞赛的帅哥”。

12
Chapter Twelve

第十二章

今天是周五，学生会要开例会。

正好是新成员加入学生会后的第一次例会，姜修这样的甩手大掌柜也去了。

会议室里黑压压的，姜修旁边还空了一个位置，但是林朝白没过去，想着十分钟前在微信里“对线”失败，林朝白瞪了他一眼路过了他。

林朝白在自己部门的小部员旁边找到一个空位置，部员特别懂事地拿着记录表开始登记，顺便给新加入的几个小部员讲解记录表要怎么写，省了林朝白不少事情。

会议室里，不知情的小部员一口一个“副主席”叫得范玮维的脸越来越黑。

很多时候，会议都是范玮维主持的。

不过，姜修忙着竞赛的事情，对学生会的事很少管。范玮维又是个说话总带着七分官腔的装模作样派，比起这样的主席，大家意外地都喜欢姜修一些。

只有范玮维愤愤不平，这也就是为什么只有在姜修面前大家可以喊他副主席，这时候他最多黑着张脸。如果私下叫他一声副主席，范玮维绝对能表演一个原地爆炸。

最近也没有什么事情，除了要忙十一月的秋季运动会。

各种计划还是照着往年的安排来，秘书处负责将每项比赛后的成绩登记在公告栏，是个很好上手的工作。虽然都是按照之前的来，范玮维还是老调重弹地开始说，他就是这么个享受发号施令的人。

搁在书包里的手机一振，林朝白打开一看是姜修的消息。

抬头望向对面的人，他托着腮，目光直直地落在她身上。

“是个不会竞赛的帅哥”：晚上我要去超市买东西，你要不要吃点什么？我帮你买。

他们上学、放学很少一起走，为了防止路上被熟人看见。当然，课表不一样，专业不一样，所以时间不一样，他们也没有特意要为了对方改变自己。

“看，这个人没有 ID”：今天周五，我放学要和叶姝一起去天街。

老徐早就下课了，姜修今天再磨叽也算走得早的，也就是说，叶姝等了林朝白快一个小时了。

“是个不会竞赛的帅哥”：去天街干吗？

刚刚上岗就开始查岗，林朝白努嘴。

“看，这个人没有 ID”：叶姝想吃越南菜了，我正好这次作业有一个调研准备请教她。

“是个不会竞赛的帅哥”：越南菜有什么好吃的？你多少作业都是我给你辅导的，你不会问我啊？

歪理一大堆，正巧林朝白也是个爱钻牛角尖的歪理能手。

“看，这个人没有 ID”：可我听说叶姝是你们的大师姐，我们这届老徐的徒弟里你不是辈分最小吗？她肯定懂得比你多。

飘飘然的感觉又来了，林朝白有些得意。她这种从小在胡同里接受熏陶的人嘴皮子能输？上回是个例外，翻船这种事情只能发生一次。

小部员问了两个会议记录的问题，林朝白给他们透了方法，就比如这种老调重弹的会议其实会议内容和往年差不多，只要去存放档案的文件夹里找一找往年秋季运动会动员会议那次的记录，照抄就可以了。

问问题的大一学弟坐在林朝白旁边，他问完，林朝白就转过头和他说话。因为范玮维在说话，所以林朝白的声音就压得很低，这导致两个人凑得很近。她微微俯身过来，头发落在学弟腕间，痒意却挠在他心头。

这是个太青涩的年纪，是只要是个漂亮的女生凑近就能呼吸紊乱的年纪。面前的小男生耳根子红得像是熟透的小番茄，他错开目光不敢看林朝白，偏又不舍得将余光也干净地挪开。

林朝白手里的手机一振动，一分钟前有一条信息她没注意到，现在又来了一条。

“是个不会竞赛的帅哥”：电视剧看过没有？都是那种辈分越小的人越厉害，关门弟子懂不懂？

这是第一条。

还有第二条。

“是个不会竞赛的帅哥”：你再往旁边凑近点？

林朝白没立刻回消息，一抬头就对上对面姜修的视线，他用大拇指划过脖子，威胁的意味很足。她撇了撇嘴，再看，苏妤正写了张小纸条似乎穿越半个地球一般艰难地让人传到姜修手里。

“看，这个人没有 ID”：呵，就准你们飞鸽传书，不准我给自己部员回答个专业问题？我没有私心，某人可不一定。

抬头，纸条到了姜修旁边人的手里，那人在别人的提示下递给姜修，只是姜修没接。

他蹙眉，嫌弃和一本正经各占一半，故作不明白地问：“给我干吗？垃圾桶又不在我边上。”

林朝白扑哧一声笑了出来，不过还好没人听见。

“是个不会竞赛的帅哥”：学学。

姜修换下鞋子，客厅昏暗，林朝白没回来。没想到她真和叶姝去天街了。

客厅靠墙的桌子上摆着小榴梿的笼子，小家伙不知疲倦地在跑轮上锻炼身体，食盆里已经空了。姜修找出电子量勺，根据贴在墙上的便利贴以及瓶瓶罐罐上的标签配了粮。

小榴梿躺在比它还大的饭盆里，吃得还算津津有味。

他习惯性地摸着小榴梿的脑袋，说：“看看，你妈为了和同学去逛个街能让你饿肚子。”

他总有疑惑，她这样的一个女生怎么就喜欢养些奇奇怪怪的宠物，不是传统的猫啊狗啊，而是些姜修说不出品种的鱼以及仓鼠？

对哦，那两条被他喂食撑死的鱼自己好像就赔了点钱。

明明是宠物，但林朝白好像没有计较太多。

吃完越南菜已经是晚上八点多，叶姝和林朝白吐槽着自己最近遇到的事情。

明明两个人中午才一起吃过午饭，但话题总是源源不断。

餐厅里的服务员小哥热情地给两个人上了餐后的甜品。小哥露在口罩外的眼睛是一双好看的桃花眼，叶姝给了很高的评价。

林朝白倒是一直没有注意，听到叶姝的话望过去，眼睛的确很好看，但她说："没有全脸一律按丑男处理。"

好像有道理。

叶姝突然有些伤感："世界上漂亮的人这么多，再多我一个会死吗？"

叶姝算不上美女，但绝对也不难看。她本来就立着学霸的人设，高于普通人的智商是她的魅力点。

林朝白瞧她这样自怨自艾，偏就要顺着她的话头损她："你可能是女娲捏美人的时候手太酸，手一甩甩在墙上的泥巴点。"

"你说这话你都丧良心。"叶姝咬了口冻椰子，冰得牙一战。

椰子肉很有嚼劲，林朝白像极了她养的那只小仓鼠，嘴巴吧嗒吧嗒地咬着椰子肉，对面的叶姝说得起劲，她吃得也挺开心。只是，她沉默了两秒，说："有条件的话，我还是想找个人。"

笑话真冷。

叶姝想起了姜修身上那股林朝白最爱的香水味，忍不住试探道："你说说嘛，你的理想型。"

"温柔点的。"

叶姝蹙眉，姜修温柔？

"任劳任怨，体贴我。"

叶姝怀疑，他任劳任怨？他体贴？

"普普通通就好。"

叶姝不信，姜修普普通通？

吃完饭之后她们在地铁站分别。林朝白坐了七八站到小区附近后才想到自己忘记问叶姝一些问题来完成她的作业了。回到家，她摸黑在门口换了鞋，只是一个步伐不稳踩到了双球鞋，开了客厅的灯，看到是一双男鞋——林朝白完全叫不出名字的球鞋，只记得姜修说过是双限量款。

姜修宝贝它的程度和它现在上面一个脚印的深浅程度成正比。

林朝白走进自己卧室，抱着睡衣草草洗了个澡。他正倚靠在床头，拿着平板做题目。她一蹦一跳地过去，在他躺着的左半边坐了下来，靠过去搂着他脖子，她鲜少这么亲昵。

姜修不为所动地看着她，每次这样都说明她有求于自己，就问：“又要我这个工具人帮你做什么？”

“什么工具人啊，我就想抱抱我男朋友。”林朝白自己都有些受不了自己做作的样子。

“呵。”冷哼一声，姜修将平板搁在床头，抬手捏着她脸颊，“你吃越南菜的时候怎么没想到我？”

林朝白抬手点了点自己的嘴巴，说：“你亲我一口还能尝个味道。”

说罢，她噘嘴。

姜修捏着她脸颊，没让她凑过来，只说：“尝味道？怕不是你得打个嗝才能尝出来。”

林朝白打掉他的手，说：“我宣布从今天开始你是我最喜欢的人。”

姜修斜睨她：“林朝白，小心遭天打雷劈。快点说，又有什么事要我帮你处理。”

林朝白谄媚道：“没有事。”

姜修存疑，直到第二天早上。

今天是周六，一大早，奶奶打来电话喊姜修过去吃午饭。

他起床捣鼓的动静吵到了林朝白，她翻身裹着被子继续睡。

姜修出门穿鞋的时候看见了自己鞋上一个灰色的鞋印。

难怪呢！

难怪昨天自己突然就成了她最喜欢的人了。

隐山湖区的别墅绿化环境很好，房子与房子之间的距离大，四周栽着树木，总有一份静谧在里面，适合他奶奶住。

他到的时候奶奶正在后院的花圃里浇花。

奶奶隔着葡萄架看见他，将水壶放在角落里，走过去问：“今天想吃什么？”

“奶奶你喊我来，没想到菜单还没有搞好。”姜修搀扶着她。

“有你爱吃的蛋黄鸡翅，剩下的让他们发挥。”奶奶进了卫生间洗手，随口一提，“上周我去办事顺道去你们家看了看，那天你怎么没在家？”

奶奶向来是个聪明人，姜修也不确定文珊有没有说漏嘴，老实说自己租住在别的地方。

奶奶："你妈妈生了灿灿之后，变了不少。你现下学习最重要，如果自己住更舒服也好。钱不够了来问奶奶要。"

经过客厅的时候，旁边的屋子的门没有关，一眼望过去能看见一个供桌，上面有一个香炉，香炉里还有小半截香没有烧完。

姜修对于那里供奉的牌位心知肚明。

他的小姑姜婉。

小学六年级快毕业的时候，姜修摔了一跤，胳膊和腿都骨折了，在儿童医院的病床上躺了整整一个月。其实早就可以出院了，只是文珊没工夫照顾他。

奶奶隔三岔五会来探望，倒是他小姑每天都会到这儿来。

只是他妹妹也是个气人的小妮子，她会故意在床边蹦蹦跳跳显摆自己四肢健全。

姜婉去卫生间将带来的水果洗干净。那时候姜禾还不叫姜禾，叫秦之遥，她扎着一个马尾辫，绑发的皮筋上有一个小草莓，和她身上那身红色的小裙子是特意搭配过的。

她噘着嘴，不知道不乐意些什么，从和裙子同色的小背包里拿出贺卡，说："尹诗柳叫我给你的。"

尹诗柳是一个住在他们家附近和他妹妹差不多的小姑娘。

贺卡上面的字有些难看，写的内容无非是早日康复和一段一看就是从网上抄的话。

"健康"的"康"还是个错别字，"广"字头写成了"病"字头。

即便如此，相比较自己妹妹，姜修还是挺感动地修改起了错别字，一边改一边说："你看看人家九岁这么懂事，你看看你，还是我妹妹呢，这么没心没肺！"

"去年我拔牙的时候，你吃螃蟹吃得也挺开心啊，挺没心没肺的。"秦之遥回撑。

听妈妈说小时候姜修总来家里看她，口袋里一直装着她喜欢的水果糖。小时候亲亲昵昵，兄友妹恭，也不妨碍他俩大了之后吵架打架。

姜修比她大四岁。她三岁的时候姜修七岁，两个人还是能玩到一起的年纪，她偏从小就是个大小姐脾气，追着姜修打的次数不少。姜修比她大许多，总能“刺”完她就跑，她腿短，每一次都追不上。有一回姜修跑到一半被大人逮到，她一个箭步冲过去，蹦到姜修身上，在他脸上留下一个大牙印。

之后她得意地去吃了晚饭，姜修好像捂着脸颊上的牙印子扑到姜婉怀里哭了。

当时小姑很温柔地安慰着他。

吃过午饭，奶奶站在窗口看着花圃，她知道这个年纪的孩子待不住。姜修临走前，她忍不住关照他："你要是能照顾到妹妹就多照顾她一点。"

说到这儿，她想起了另一件事，从钱包里拿出两个红包，说："一个给你一个给妹妹，最近要入秋了，我年纪大了也不知道小姑娘喜欢穿什么，你把钱带给她，让她自己看着买。"

姜修接下任务，一出门，他就拆了红包，将两份钱并在一起。

周六晚上，林朝白又被一顿折腾。

林朝白洗完澡后，姜修还在刷手机，丝毫没有倦意。她在两个人中间放了个枕头，刚躺下，他说话了。

"给我妹妹买衣服，用你的眼光看看一个高三女生适合哪些。"姜修选不出来只好把奶奶交给自己的任务转给林朝白。

林朝白问了身高和体重，发现是个个子高挑又清瘦的女生。

时下流行的款式总是大同小异，林朝白知道几个小众牌子没有那么烂大街。想到国庆的时候见过他妹妹一次，是一个全身大牌的女生。

林朝白最后还是挑了两件大牌的基础款。

选好后，林朝白看见他选择付款方式用了自己的银行卡。

最近学校要忙秋季运动会，院学生会必须出力，姜修那个甩手大掌柜完全指望不上。

林朝白顶着小部长的名头，操着主席的心。每天忙得要死，白天操心，晚上身体累。

每天的日子过得身心俱疲，连中午吃饭都比平常多要一碗白米饭。

姜修恬不知耻，每次都说明天中午刷他的饭卡，但是最近一到中午人就不见了。

林朝白下午一边上课一边在学生会的群里和范玮维友好“对线”，她用温柔的字眼努力劝导着范玮维，让他千万不要想不开实行全校运动员奖状手写这样不明智的举动。

最后“对线”失败，林朝白愤懑地关掉了手机。

原本打算回家吃饭，但是肚子实在是太饿了。

林朝白背着书包去了食堂，姜修正巧给她打电话，问她下课了没有。

她回了句：“在三号食堂吃饭。”

刚把电话挂了，就看见不远处两个男生鬼头鬼脑地张望着。林朝白有点印象，好像一个是唐旭尧的表弟，叫李睿诚，另一个是被他胁迫而来的周嘉衍。

“你们两个怎么在这里？今天不上课吗？”

“朝白姐姐，他逼我，要我来找你的。”周嘉衍的甩锅水平格外高，“我们今天开运动会，没上课。”

林朝白以前也是三中的，秋季运动会差不多都在这个时候开。

李睿诚跟着周嘉衍喊她姐姐，林朝白总觉得很别扭。周嘉衍咋舌，似乎也不怕李睿诚了，就说：“你就叫学姐，她以前也是我们高中的，你不要跟我一样叫朝白姐姐。”

“哦。”李睿诚改口，“学姐好。”

好像还是有点奇怪，她嘴里塞了个煎饺，这样说起话来有些没素质，倒也符合他们两个眼里的人设。她问：“怎么了？”

李睿诚压低了嗓音：“我想去揍个人，就想来请教一下学姐你打架的心得。”

“打架心得？”林朝白还是头一次听到这个说法，平常总能听见别人来问叶姝学习方法、成绩好的心得，没想到有一天居然还有人来问她打架的心得，可见各行各业都有学问。

林朝白略作思考，还没想出来，唐旭尧正巧也进了食堂。唐旭尧看见林朝白转身想走，倒是李睿诚眼尖，喊住了他：“表哥！”

唐旭尧只好停步，想着在旁边的桌子落座，但奈何自己表弟是个没眼力见的，热情用在了不该用的地方，直说：“表哥坐过来啊，一起啊！”

唐旭尧无比恭敬地站在过道上和林朝白打了招呼，然后选择和两个小学弟挤在一张长椅上。看着不应该出现在这里的人，他问：“今天不是要上课吗？你怎么来了？”

李睿诚告诉他今天高中开运动会，至于他为什么来这里，也直白地说：“我想向学姐请教一下打架的心得。”

一瞬间，唐旭尧觉得自己牙疼了一下。

话题重新回到李睿诚之前的问题上，林朝白给了一句最具真理的话：“打架赢了的进警察局，输了的进医院。”

李睿诚好奇地问：“那学姐你胜率多少？”

“我从来是站着的那个。”意思是打赢的那个。

李睿诚没他表哥唐旭尧那么㞞，问：“那你进过局子？”

唐旭尧被自己的唾沫星子给谋害了，咳嗽个不停。

“没有啊，我跑得比较快……”

唐旭尧觉得自己没胆子听下去了，总有一种下一秒就要被林朝白灭口的错觉。他笑眯眯地走回窗口和老板说改成打包，然后拿出手机多付了一块钱的打包费。

姜修在教室，昨天晚上催眠属性极强的数学题让他不到九点就睡下了，只好一大早过来做题。

唐旭尧拿着外卖飞快地逃离了食堂，在门口遇见了刚结束竞赛训练背着包的姜修，他将自己的劫后余生经历简单概括了一下：“以前我们说话，林朝白连个脏字都没有，现在居然在教我表弟打架。”

“你表弟怎么找的她？”

重点完全没抓对，唐旭尧也没有意识到，回答说：“鬼知道。”

“哦。”既然问不出来，姜修也懒得纠结，准备进食堂。

唐旭尧还在念叨，看他无动于衷，而且不耐烦地要往食堂走，唐旭尧撇嘴道：“就这样？我怎么觉得你这么不情愿搭理我呢？是美色蒙住了你的双眼还是我们的友情淡化了？”

姜修点头：“都是。”

姜修在食堂找到林朝白的时候她刚给李睿诚和周嘉衍点了两份饭，叮嘱他们吃完了就回家。

姜修站在门口等了会儿，看她放了餐盘之后就走了过来。姜修找她是因为看见了学生会微信群里她和范玮维的聊天，原本想着她肯定要来找自己，但是等到了放学他手机里都没有收到一条“范玮维是个大傻子”的消息，他还纳闷呢。

原来是在这里陪弟弟聊天了。

上次帮弟弟打架，这次弟弟来了，什么范玮维的胡乱操作都不重要了，是吧？

林朝白刚走过去准备和他打招呼，他什么都没有说，也没有理她，转身就走了。

林朝白有点蒙：“干什么呀？”

怎么突然就生气了？

晚上也没来她这里，后来接连好几天都没来。

最近学生会要忙也是忙秋季运动会的事情，林朝白需要代替别人当一上午颁奖的司仪。每次这种时候林朝白真的恨自己这烂好人的人设。今年的司仪裙子改良了不少，改成了青花瓷花色的旗袍。

偏她就是个讨厌穿这种衣服的人。

运动会开在这个月最后的好天，气温是很给面子的舒适的二十度，抓着秋老虎的尾巴，女生还能再穿两天裙子。中午吃饭的时候林朝白听说了叶姝他们今天要小测验。

难怪这几天姜修人影都没有。

林朝白忙着将运动会每个项目的参赛人员的表格制作出来，方便他们到时候登记成绩。好不容易忙完，小部员正在将她制作好的名单贴在公告栏为第二天的运动会做最后的准备。

收工后，林朝白将旗袍带回去，她是第二天上午当颁奖司仪，批发来的旗袍正好可以带回家洗一下。从门卫那里取走快递，大牌的快递包装盒都不一样，应该是林朝白之前帮姜修妹妹选的那两件衣服。

开门后，灰色的脚垫上已经有一双鞋，林朝白没注意踩到了鞋子的脚后跟，幸好不是最贵的那双。

姜修躺在沙发上玩着手机，他的慵懒和笼子里正在转轮上跑步的小榴梿形成了鲜明的对比。

竞赛的题册躺在他的胸口，像个娇羞的姑娘。他听见了开门的声音，视线没有从手机上移开，问她：“晚饭吃什么？”

“和你一样。”林朝白弯腰解开鞋带，弯起的背部线条让披在身后的头发纷纷落下肩头，“我之前还以为你生气了所以不过来了。这两天测验怎么样？”

“以为我生气？”

是啊，他生气，他都气了好几天了她都没有来哄自己。

连问都没有问一声。

姜修皮笑肉不笑，问：“你说说你以为我为什么生气。”

林朝白换上拖鞋往厨房走去，给自己倒了杯冰水后说：“鬼知道你为什么生气，反正和我没关系。”

听听，这话多硬气。

姜修眯着眼睛看着她的背影，没事，有范玮维呢。

第二天运动会老徐不给他们上课，林朝白还以为他肯定在家休息，这个时候倒是知道自己是个主席，还有些良心地说要去给学生会打打下手做做贡献。

为了方便把衣服带去妹妹学校，姜修用一个纸袋子打包了。

只是早上他带林朝白去了趟妹妹学校，倒了一班地铁。

学校附近有家特别好吃的油墩，吃一个就能管饱。过了好一会儿，一个女生从不远处的巷子走出来，朝着坐在室外餐桌旁吃早饭的两人走过去。

正是林朝白国庆那天看见的小姑娘。

是个漂亮的女生，林朝白想他们姜家大概有一个优秀的基因库吧。她和姜修有些不同，贵气都有，只是一个像贵公子，一个像是用金杯装的可可饮料，双倍的可可粉，仿佛是甜品但苦涩。但装她的是金杯，让人眼红，让人羡慕。

后来林朝白才知道，造成他们不同的，不是性别，是生活。

姜修身上的是桎梏鸟笼，她身上的是无所依靠。

她没看林朝白一眼，林朝白自然也没有和她打招呼。林朝白继续吃着油墩，听着他们兄妹讲话。

姜修看妹妹似乎没有要和自己一起吃早饭的意思，干脆把衣服和钱给她，说：“奶奶给你买的衣服，奶奶给你的零花钱。”

林朝白一顿，钱是不是他奶奶给的林朝白不清楚，但那衣服她记得姜修是用自己的卡付款的。目送那小姑娘的身影走远，林朝白将视线挪到姜修脸上，他慢条斯理地吃着早饭，一碗小馄饨愣是被他吃得像西餐一样优雅自得。

姜修在她的视线下，擦了擦嘴，抬头对上她的眸子，看着她手里的早饭，包装袋里全是油，就开口道：“你一大清早不是吃韭菜合子就是吃这么油腻的东西。”

“没谈恋爱之前我怎么就没有发现你这么像啰唆的老太婆呢？”林朝白为了报复他，又买了一个油墩。

“啰唆的老太婆？行，我不管你了。”姜修抽了张纸巾擦嘴，“你现在尽管熬夜，不运动，不健康饮食。到五六十岁的时候你一身病，六七十岁没准就要屁股缝在轮椅上，到时候我就不管你，我推着你去广场旁边，让你看着我和别的老太太一起跳广场舞。等你老得走不动了我就和你离婚，我去找个漂亮的，我气死你。”

“呵，你可能不知道到时候有多少老头围在我轮椅旁边给我献殷勤。”林朝白反戗，嘚瑟地扭着，“再说你这么有钱，老了离婚你钞票还要分我一半，看谁气死谁。”

13

Chapter Thirteen

第十三章

唐旭尧在观众席上看见了姜修，没想到运动会这么好偷懒的活动他却来了。

拿着比赛的册子还没有走过去，就清楚地看见他脸上的荫翳。犹豫了两秒，唐旭尧装作没有看见他又折返了回去。

林朝白又叮嘱了一遍部员们，现在是开幕式，他们真正需要忙起来的时间还没有到。

唐旭尧一从观众席下来就遇见了林朝白，想了想上面那个臭脸和面前这个恐怖分子，他一时间没有办法取舍。和林朝白说话的学弟学妹看见了唐旭尧，下意识地向他问好。

林朝白的目光因此被吸引过去。

这下他没办法躲了，朝着林朝白挥了挥手。

林朝白没多想，随口一问："你不是要去查人头吗？"

唐旭尧所在的纪检部大概是全年无休的部门。运动会设置了观众席，观众席的分配是每个时间段由不同的班级观看，他们的工作就是负责每个时间段去查有没有缺席的人。

唐旭尧过了好一会儿才反应过来，当时他站在台阶上的时候为什么会犹豫是下楼梯还是再返回去找姜修，他肯定要选择姜修啊。

他如同听见老师的安排一样，一副得令的模样说："是，我现在就去查。"

唐旭尧在秘书处连瓜都没有看见的群众的怪异目光中重新上了二楼的观众席。只是原本姜修坐的位置，一眼望过去已经没有他的身影了。

秘书处的工作是去裁判那里拿到成绩，再登记在公告栏，需要从田赛到径赛，从北边的篮球场到东边的塑胶跑道。听着都以为是个轻松的工作，只需要写写字就好了，这日头虽然没有夏天毒辣，但晒上一整天也是一身汗，更别说总要跑来跑去的。预赛结束还要整理出决赛的名单给报名处。

公告栏下是高于地面的路边花砖，林朝白将刚结束的男子一百米成绩登记好。围过来的人不少，她写完想从人群里走出来，脚下一个没注意，脚脖子和地面来了个蜻蜓点水般的接触。

钻心的疼从脚跟一直蹿到脚脖子处，看见的小学弟立刻搀扶了她一把："学姐，你没事吧？"

"没事。"林朝白强忍着。

没事，没事才怪。有事！她突然回忆起小时候和胡同一霸"大白鹅"打架的恐惧。不过满分的表情管理让人真以为她只是打了个踉跄。

小学弟让她坐在旁边休息，过了一会儿再看她，她拉拢着衣服，一抖一抖的。小学弟说："都快吃中午饭了，没几个项目了，学姐，你要不先走，剩下的交给我们吧。"

林朝白现在就听得进去这句话，只是一站起来，扭伤的疼痛感瞬间布满全身。脚还没来得及挪一步，范玮维就背着手和学管主任一起走过来，那溜须拍马的样子没了少年气。

学管主任走过来自然一副视察的模样，嘴里说着："辛苦了，辛苦了。"

大家不过笑笑。主任碰上了几个老师，约着一起去了食堂。范玮维有眼力见地没有跟上去。跑道上八百米刚结束预赛，部员拿着田赛刚比完的铅球和八百米的成绩跑了过来。

范玮维没看见林朝白动手，估摸着她在偷懒，就说："你身为部长不去登记啊？我刚刚老远就看见你坐在这里了。"

你老远看见我坐在这里，你怎么没老远看见我脚脖子扭了呢？林朝白憋着火。

"下午跟我去主任办公室弄奖状，看你在我眼皮子底下怎么偷懒。"范玮维跟个主子一样吩咐完，没等林朝白拒绝就走了。

看着范玮维的背影，林朝白在心里"问候了他"。弄奖状其实是一件轻松的事情，但和范玮维一起弄奖状就是一件无聊到可以去死的工作。

一下午她可能会听见他老气横秋地和主任办公室的其他老师聊天，范玮维肯定会挑剔她以此在其他老师面前显得他多么有能力。她可能会在无聊中爆发，但更大的可能是在无聊里被范玮维烦死。

小学弟贴心地给她找了根扫帚柄，但拄着形象实在是太像铁拐李了，林朝白拒绝了他的善意。一步一步地朝着食堂挪过去，林朝白才想起铁拐李还有个能载着他飞来飞去的葫芦，比她不知道强多少。

偷懒的人绝对不止林朝白一个，她刚走到拐角就遇见了把工作扔给小部员自己先去吃饭的唐旭尧。他打量着林朝白的走路姿势。林朝白走得实在是太疼了，想着真面目都被他识破了，虽然没有那么强烈的革命友谊，但自己好歹以前也烂好人地帮他值过周，于是靠近他，借着高于地面的花砖弥补身高差将胳膊搭在他肩头上。

唐旭尧被吓得一哆嗦，仿佛搭在自己肩头上的不是胳膊而是把关公手里的青龙偃月刀。

“大爷饶命”这几个字在唐旭尧喉间准备就绪。好在上了大学，文化程度高了，素质也提升了，也知道光天化日之下不宜动粗。

安全地把林朝白送到食堂，他是没胆子进食堂跟林朝白一起吃饭，毕竟食堂有厨房，厨房里有连猪排骨都砍得动的大菜刀。他给姜修发了条短信，约在校外开小灶。

明明是唐旭尧约的姜修，姜修比他还早到，点好菜后，唐旭尧终于姗姗来迟。

姜修给自己倒了杯茶，说：“我不得不提醒你，这家店是餐后付款，你来晚了也没有用。”

“在你眼里，我是这么小气的人？今天我埋单。”唐旭尧不得不硬气一回，不过想到自己刚在老虎胡须下跑了一圈，硬气没一会儿就消失了，“你是不知道刚刚我差点要搬进骨灰盒里了。”

姜修对他比跳蚤还小的胆子不意外，就说：“洗耳恭听，说说。”

唐旭尧没说具体经过，但挑了些重点来说：“你别不信，我反正不敢低估林朝白的战斗力，哪怕她现在一条腿瘸了。”

姜修一顿，问：“瘸了？”

唐旭尧正要回答的时候，看见服务员将姜修点好的菜端了上来。

酱鹅。

唐旭尧不爱吃。

海带丝。

他也不爱吃。

小炒肉。

太辣了，他饮食一直清淡。

菜虽然多，但大部分都是唐旭尧不爱吃的，不仅如此，姜修还没等他吃完就走了。虽然早就说过他会埋单，但为了一桌自己不爱吃的菜掏钱还是有些心塞。

想要找到林朝白不需要动脑筋，很大的可能在医务室。姜修绕了一条阴凉的小路，看见不远处路过的苏好一群人，他顿了脚步，侧身隐在一旁。等到连她们的笑声都听不见了，他才走过去。

医务室的门开着，校医不在，床帘没有全部遮住，只有一只缠着绷带的脚露在床尾。脚跷在叠好的被子上，像只才出生的羸弱的小猫。而躺在床上的人像个孩子，那一刻他觉得她像是被人放在涂了树脂的篮子里的婴孩。

这个比喻有些熟悉，他好一会儿才想到是托马斯用来形容特蕾莎的。姜修那一刻才明白为什么托马斯会收留前来投奔他的特蕾莎。他那无处安放、无处消磨的怜悯开始泛滥。

仿佛早上和他吵架的不是林朝白，他一点气都没有了。

林朝白没睡，校医给她处理完扭伤处说没什么事，只让她好好休息就可以了。她要了片止疼药吃了，躺在床上，没玩手机，眸子斜睨着窗外的天空。

天空蓝得像是水洗过一样。只是医务室的墙壁脏乎乎的，有些斑驳，但这也是一种美。

林朝白听见脚步声，以为是有人来找校医。

校医之前处理完她的脚踝就去食堂吃饭了。

她没看清来人，先开了口：“校医不在，他去……”

话说到一半停了，因为她看见是姜修。

他抱着手臂站在床尾看着她，表情专注得像个医生，观察着绷带下已经有些肿的脚踝。忽地，认真的表情一变，他笑了笑，说：“真就残疾了？”

林朝白拿着旁边床头柜上的纸巾扔过去，他压根没躲开，伸手一接，走到她床边，将纸巾盒重新放好，挨着床边坐下来，表情又正经了起来，问："怎么弄的？早上不还好好的吗？就一上午没看着你，就把自己弄这么狼狈？"

有些关心，有些责备，听这话，有点男朋友的感觉了。她倒也配合地拿出副小女生的模样，抬了抬腿，将脚搭在他腿上，说："疼死我了。"

姜修轻轻摩挲着绷带，他越是温柔，林朝白越觉得自己委屈可怜。姜修打量着她的模样，抬手往她没事的脚背上打了一巴掌："活该。"

白皙的脚背浮现出红色的印子，林朝白吃痛，用完好无损的另一只脚踹在了他腿上，力道不大，他连晃都没晃一下。

"你是我男朋友吗？"

姜修轻哼一声，翻起旧账："是啊，但我们不是七八十岁的时候就要离婚的吗？不是有老头会围着轮椅向你献殷勤吗？"

林朝白想起来了，他是天蝎座的，记仇得很。

天蝎座，他马上就要过生日了。

林朝白："不是你自己先说要养我到老，然后甩了我，再找个年轻的气死我吗？"

偏他是个只许州官放火、不许百姓点灯的万恶的反动统治者。

钻牛角尖谁不会？她撇嘴，又继续装可怜："再说了还没到七老八十离婚的时候，你现在居然就这么对我。"

还装着呢。

姜修眯着眼，一副将好戏看到底的样子，道："要不我帮你去把广播的播放权抢过来，这么好的演技不全校转播一下都可惜，宝贝，你值得青史留名一下。"

林朝白这回没继续反驳，将脚从他掌心中抽了出来，偏头把视线移到另一个方向不去看他。

没继续抬杠就说明还有别的事情。

姜修太了解林朝白了，总觉得一会儿不听见一声某某某都不对劲，于是说："要求我快点求，趁着没到七老八十离婚呢。"

果然不出他所料。

林朝白卖惨，挪着屁股往他那儿坐过去："傻子范玮维又欺负我。"她伸手搂住他脖子，"好哥哥，你要替我讨回公道。"

“又是范玮维？不是我说你，老斗不过他，要不你就踹了他一颗牙让他从此安分点？”姜修支着损着。

如果可以，林朝白也想动手。

但是她不能让外婆知道。

“要慈悲为怀，不动粗。”林朝白有时候自己都佩服自己睁眼说瞎话的本事。

姜修爱看她这副一本正经胡说八道的模样，明明脸上全是装出来的楚楚可怜但又写着狡黠，就说：“宝贝，你言行不一啊。”

“宝贝长宝贝短，宝贝被欺负你又不管。”林朝白拽着他领口，恨不得让他感受一下金箍戴在脖子上的感觉。

姜修不跟她继续斗嘴，想着问清楚范玮维怎么惹她了，好对症下药。只是话没有说出来，林朝白的手机铃声打断了两个人想继续的话题。

安静的医务室，即便没有开免提，光是从听筒里传来的声音就足够姜修听个一清二楚了。

“……你在哪儿啊？我已经在主任办公室里弄奖状了，你快点过来。”

林朝白哦了一声。正准备挂电话，手里的手机易主。

“喂，她脚扭了，不方便。”

然后电话就被姜修掐了。把手机扔给林朝白，他背对着林朝白坐在床边，说：“走了，背你回家。”

林朝白鼻子一酸，凑过去，双手环住他：“你真好。”

姜修颠了颠背上的人，说：“才想到，早上你不是说要去找个小白脸吗？下来。”

记仇。

他一双手已经托着她了，她怕掉下来似的，双腿环着他，胸口贴着他厚实的后背。她的头发有些垂在他肩头上，发尾滑过他脖子间露出来的肌肤。她口里说道：“不下，死都不下。”

14
Chapter Fourteen

第十四章

原本林朝白决定在家里休息，但是小部员难当大任，她缺席的半个小时里，范玮维和小部员轮番地电话轰炸。

小部员有点蒙。

范玮维告诉她：“轻伤不下火线。”

但是林朝白觉得自己也得能爬上战场才行啊。没办法，她将目光再一次落在姜修身上。

姜修说她应该庆幸公寓在学校附近，以及电梯这项伟大的发明，否则他就把她丢在马路牙子上。

叶姝去学校图书馆利用免费资源时，看见林朝白一瘸一拐的样子，又心疼又生气：“你什么项目都没参加，居然还能把自己搞残废了！”

林朝白气不打一处来，趴在她肩膀上，没有眼泪地号了两嗓子“老天爷无情”后去了公告栏，还不忘告诉叶姝中午别等她一起吃饭了。

图书馆里，唐旭尧偷懒地坐在自习区刷手机。运动会原本就是枯燥学习日常中放松的时间，图书馆里的人寥寥无几，愿意来的都是叶姝这样的人。

唐旭尧这样趴在桌上，戴着耳机刷手机的人格外显眼。

叶姝看他这副悠闲的样子，又想到了早上林朝白腿瘸了都爬去了运动会的“工作前线”，牵了牵嘴角，有点生气。

叶姝刷完两张考卷的时候接近饭点了，但是她是个喜欢避开吃饭高峰期的人，要么最早去要么最晚去。于是她慢条斯理地将考卷收好，随手翻开自己借阅的课外读物。

斜对面的唐旭尧趴累了，伸直了手臂开始伸懒腰。

“这么用功？”他将头戴式耳机摘下。

书本的封皮很简单，大概是人类演变以及社会环境研究有关的读物。

“随便看看，长长见识。”叶姝即便是看书坐姿都格外端正。

唐旭尧也只是客套，所以问她看了些什么。

她将书本翻页，用着不会打扰别人的声音回答他：“读到决定性取向的原因，之前热议的遗传学假说。经过大半个世纪对性取向的研究，确实存在影响性取向的环境因素，但我们尚不知它是什么。”

唐旭尧不在明面上表示对这个话题的不适，而是委婉地表示不想继续：“行，那你看吧。”

叶姝自顾自地看书，他抱拳：“告辞。”

还是去找姜修吃午饭吧。

从图书馆走出来，唐旭尧拿着手机一边朝着食堂操场的方向走过去，一边打着电话，电话还没有拨出去，他就看见了朝着行政大楼走过去的姜修。

林朝白把工作安排好了之后，去了医务室休息。

其实没有伤到骨头，脚踝已经好了不少。

校医昨天说没有的药水今天给她带来了，她拿了姜修的校园卡付了钱，倒也不客气。快到午饭的时间了，校医将电话挂牌挂在门上，先走了。

林朝白往脚踝上喷着药水，校医说要尽量让脚踝置高，有条件就热敷、按摩，以加快血液循环。

她来医务室前吃过一个饭团，现在也不饿，拉起床帘和着衣服躺在医务室的床上小憩。

听见开、关门的声音，她懒懒地抬起眼皮，看见走进来的是姜修，就继续睡。

姜修看见她睁眼之后又闭眼，知道她没睡，就问：“去不去吃饭？”

林朝白闭着眼睛没搭理他。

姜修看着她的睡颜，笑道：“不就早上开玩笑说把你丢在马路上吗？但是我丢了吗？最后还不是背你来学校了？是你自己要避嫌不想引人注目，你才一瘸一拐爬进学校的。”

他说完，林朝白还是没动。

姜修有的是办法，他往床边上坐下去，做作地咳嗽了两声：“哎呀，看看这四下无人，床上躺了个美女，多像安徒生的童话。睡美人还是白雪公主？你想演哪出？”

见她还不作答，姜修把手撑在床边，说：“反正都是亲，我随便挑剧本了啊。”

说着还故意凑过去，还有一个拳头的距离时，床上的人忍受不了了，抬手将脑袋下的枕头朝他脸丢过去。

行政大楼都是些主任办公室和会议室，学校为了充门面，于是斥巨资造了一个全是先进设备的教室，专门用来录制公开课视频。要找姜修有点难，但也不难。这个时间点主任们都去吃饭了，唐旭尧站在楼梯间，望着走廊尽头，最里面是医务室。

透过医务室门上的玻璃望进去，校医不在。最里面的床位处拉着床帘，白色的床帘布透着白日里的光，隐隐约约能看见两个身影。门还有一条缝，贴近了能感觉到从窗户吹进室内的风再从门缝挤出。

穿过室内的风带来了凉意，也带来了屋内的话。

“反正都是亲，我随便挑剧本了啊。”

声音有些耳熟。作为一个学生会纪检部部长，唐旭尧觉得自己有义务代表学校正正风气，但不妨碍他听完墙角再出手，下五洋捉鳖也要将这对败坏风气的小情侣就地“正法”。

但下一秒……

“姜修，你不要脸。”

“林朝白，怕什么？”

“滚！”

唐旭尧没跑，石化在了原地。

屋里的姜修在劝林朝白去吃饭，林朝白不肯，他说那给她打包一份过来。说着姜修朝外走去，然后看见了站在门口的唐旭尧。

和姜修对视三秒钟后，唐旭尧想到了以前。以前他俩都插科打诨，结果回回期末考试姜修都是名列前茅的那个人。唐旭尧索性悬崖勒马，他有惊无险地一直到期末混了个及格。

他们两个关系一直算要好。一个喜欢詹姆斯，一个喜欢杜兰特，分享过篮球和球鞋。

也遇到过自己喜欢的女生喜欢对方，最后谁都没有成。

唐旭尧还记得那个姑娘叫作夏毓，那时候唐旭尧还不知道“毓”这个字怎么念，总是“夏敏夏敏”地叫。他能和她聊到大半夜，第二天顶着黑眼圈在课堂上打盹，被老师训斥。

后来他瞧见那姑娘偷偷给姜修的课桌肚里塞了巧克力，还发现只要姜修出现在她四周，她讲话的声音就会大上几分。再回看那些聊天记录，话题永远围绕着他和姜修的事情，重点不是他，是以前的姜修。

突然在一个课间他一抬头，发现那姑娘没一点女神的样子。这场恋爱还没发芽就闷死在土里了，化作一丁点养料。

唐旭尧问姜修为什么不喜欢夏毓。

姜修目不转睛地在看篮球杂志上杜兰特的专栏，回答得漫不经心：“不是我喜欢的类型，再说你不是喜欢她吗？”

“那你喜欢什么类型的？”

那个答案稀奇古怪，唐旭尧没记住。

他们还是朋友，依旧是好朋友。

一个喜欢洛杉矶湖人队，一个喜欢布鲁克林篮网队。

学校外的小餐馆，老板拿走了菜单，姜修拿过唐旭尧面前的玻璃杯，给他倒了杯大麦茶。他自己那份餐具里的玻璃杯有个豁口，他想喝，但犹豫着还是没碰里面的茶水，就放下了杯子。

“什么时候的事情？”

这话开头像是国产电视剧里妻子质问出轨的丈夫的台词。

姜修口干，还是拿起茶杯抿了一口：“最近。”

所以他看见林朝白打架一点儿也不意外，所以林朝白给他写稿子，所以很多学生会的事情明明朝着林朝白讨厌的方向发展，最后姜修总是会扭转局面。

因为他们在一起了。

脑海里的一座名为“世界观”的大山在不断地崩塌。大厦忽倾，他终于懂了为什么会有人声嘶力竭地怒吼，因为这个时候他也想揪着姜修的衣领问问他是不是搞竞赛把脑子搞坏了，是不是吃多了被门夹过的核桃。

如果你被绑架了就眨眨眼睛，他是不是应该这么问姜修？

唐旭尧的千言万语化作一句："那可是林朝白啊。"

"怎么？"姜修反问，"你还喜欢她呢？"

"我敢吗？我敢喜欢她吗？"再怒吼也没有用，唐旭尧跟泄了气的气球一样。他问："你能掌握得了她吗？"

再半斤八两的局面，为了面子也要胡诌一下。

姜修故作不在意地说："那还用说？"

"掌握得了你还能让她踹了我表弟一脚？掌握得了你知道我之后遇见她是多么提心吊胆吗？跟我这儿吹牛呢？"唐旭尧以筷子做武器，可惜招招落空，"天下人苦林朝白已久，姜修你却无动于衷。"

"我也被她打了，伤在肩头，你要不要看？"姜修作势要扯衣领展示昨天林朝白在他肩头上咬的牙印。

菜陆陆续续被端上来，唐旭尧就是一个八卦的人。他问了谁追的谁，问了姜修为什么喜欢林朝白，问了有谁知道这件事，以及各种细节。

"所以你们两个现在算同居？"

姜修吃着菜，不方便说话，只是点了点头。

唐旭尧的八卦之魂在燃烧："那你有没有哄过林朝白睡觉？"

"嗯。"姜修记得有一两次。

"你有没有不想哄的时候？你们晚上睡觉盖一床被子吗？你们两个进展这么快的吗？你们……"

问题太多了，姜修夹了块酱鹅放他碗里，说："你一顿饭吃几本《十万个为什么》？"

就是让他做一整张超纲的竞赛考卷他心态都没有这么崩过。

口袋里的手机振动了一下。

林朝白关心起他这边的情况，姜修回复了个"OK"的手势。

在得知除了两个当事人只有他知道后，唐旭尧有些坐不住了，说："我居然是第一个知道的。"

手机里林朝白发来了最新的消息，姜修看过后没回复，抬头望向唐旭尧，问：“你觉得现在林朝白和你说什么话最让你难受？”

唐旭尧蹙眉，有种不好的预感：“我要踹掉你一颗牙？”

“更悲壮一点。”

唐旭尧小心翼翼地继续回答：“我要踹掉你……两颗牙？”

“你要说出去……”姜修一边微笑，一边做了个抹脖子的动作。

他知道八卦不能释放，开始抓狂，估计暴露他们只是早晚的事情。他不算个大嘴巴，但必须得和别人分享一次，否则能憋死他。他讨价还价：“就和一个人说行吗？”

姜修皮笑肉不笑，半是威胁道：“可以啊，反正你和你脖子也只够抹一次的。”

15
Chapter Fifteen

第十五章

午饭是姜修付钱的。林朝白没有胃口，让姜修带了瓶酸奶和一个饭团。唐旭尧没等他付钱就直接跑了，他没心情弄运动会的事情。唐旭尧回图书馆的时候，林朝白和叶姝都在。

林朝白是来和叶姝坦白她和姜修的事情的。被唐旭尧知道，为了避免他率先暴露她和姜修，林朝白一合计，还是自己主动来和叶姝说。

唐旭尧来得凑巧，林朝白铺垫了许久还没进入正题。

可能是仗着姜修的威势，唐旭尧拉开了叶姝旁边的椅子，抢在林朝白为引入主题讲那些废话前开口："她和姜修在一起了。"

林朝白想把图书馆所有书里的"死"字都抠出来，塞他嘴里。

唐旭尧发誓自己口齿绝对清晰，但叶姝看了他一眼，又看了林朝白一眼，无比平淡地点了点头："哦，我知道。"

被抢先的林朝白都格外意外叶姝这种平静的样子，仿佛唐旭尧公开的是个"鸡蛋是鸡诞下来的"这样的问题。

"有一回我闻到你和姜修衣服上洗衣液的味道是一样的，后来又在他身上闻到你最喜欢的英国梨和小苍兰，我就大概猜到了。"叶姝耸肩，一副大佬解决小学数学题的样子。她摊开竞赛考卷，无视吃惊的两人。

唐旭尧竖起大拇指，说："可以啊，狗鼻子大侦探。跟着老徐学经济屈才了，去刑警大队提升破案率吧。"

"狗鼻子"不算好话，叶姝给了一个白眼，说："我到时候送你一对银手镯，中间带链子的那种款式。”

唐旭尧被气走了。他站起来，觉得摔手机心疼，砸椅子太没素质，碍着图书馆是个僻静的地方，他连大吼一声都做不到。在图书馆门口遇见给林朝白送饭团、酸奶的姜修，他退一步后越想越气：“我咽不下这口气。”

但回去，唐旭尧没那个胆子。

他的胆子向来比跳蚤还小，一个一米八几的大男生，怕飞蛾怕蝴蝶，怕蜈蚣怕蟑螂，怕家禽怕麻雀，如果苍蝇再大点，蚊香液没有那么普及，估计也能被他拉进黑名单。

所以他得了姜修一个贴切的微信备注“一朵娇花”。

姜修鄙视他：“你就这么被两个女生吓跑了，其中还有个是腿瘸了的？”

“言语是法术攻击，可恨我只有一身物理防具。吃了家教优秀的亏，吵架都没她们两个有气势。”唐旭尧也挺能说会道，平时暗里吐槽人一句一个经典语录，但一面对面，他飞速转动的小脑袋瓜子就死机。

姜修找到林朝白的时候她正在和叶姝讨论“打脸的形成条件”以及“flag不为科学计算范畴的根本原因”。

他听着才觉得有些错怪了唐旭尧，面对这两张不去报名参加金话筒主持人大赛都浪费的嘴，唐旭尧输了，情有可原，不丢人。

“你们就这样把个穿尿布的孩子丢进鳄鱼池里了？”姜修帮林朝白把酸奶吸管戳进开口处。

“穿尿布的孩子”是唐旭尧，至于鳄鱼池的比喻显而易见。

林朝白刷着手机，朋友圈最新的动态，是唐旭尧发的。

“国家给我家猪崽子分配了白菜。”

“我家猪崽子”是姜修，林朝白还不算太生气，至少是棵白菜。她将手机屏幕转向姜修，问：“怎么样，要不要帮把手抬个脚，一起丢？”

何止？他还要再扔一只飞蛾和一条蜈蚣进去。

运动会结束，林朝白唯一要忙的就是姜修的生日。

不过在一起后第一个生日恐怕是没机会过二人世界了。

姜修得回家吃饭，他让她别费心思了，原话是：“你能和我在一起就是我收到的最好的礼物。”

这话听着甜蜜，但林朝白戳破了他其实是因为不能和她一起过，怕她生气才说出这番好话。虽然他不承认，可林朝白还是在这句话上戳了个待定嫌疑的章。

周五他依旧没来例会。

叶姝在教室里等林朝白，她们约着一起去看电影。

晚饭也是在外面解决。叶姝说老叶去省城参加一个座谈会了，为期三天，她妈妈进实验室研究项目一个月了都没闲着，一天一个一分钟的电话。后来一分钟都没有了，但每天还是会有一个电话，可能是想看她生命体征是否反馈为活着。

叶姝终于不想着那家越南菜了，这回她相中了的粤菜。

两人都过了一遍菜单，林朝白捧着杯大麦茶解渴，朋友圈页面上最新的动态是苏好的。

一个蛋糕和一份包装得很漂亮的礼物，配了一行字：生日快乐呀，我认识十年的男孩子。

送给谁的显而易见。林朝白嗤之以鼻，叶姝探过头来看，回以同样不屑的哼声。她双击放大了图片，图片背景叶姝有些眼熟，是苏好家。

叶姝保证：“肯定是她家，我不会记错的，这桌上的摆件还是我妈去意大利旅游带回来的纪念品。”

给了无辜的手机屏幕一个白眼，心烦地滑走。再点击刷新界面，跳出了姜修的动态，也是一个生日蛋糕，和苏好发的那个完全不一样。图片里把家人都拍到了，看桌子不是一个大桌，在场的好像就父母和爷爷奶奶这些至亲。

再刷，苏好之前那条动态已经没了，就留下一条只拍了礼物的图片，没带任何字。

姜修的消息没一会儿就发来了。

“是个不会竞赛的帅哥”：没和她一块吃饭，没收她的礼物。

解释得挺漂亮的，一瞬间原本心头的怨气也没了。

但矫揉造作还是要的。

“看，这个人没有 ID”：吃就吃呗，收就收好了。我是个小肚鸡肠的人？

好吧，她是。

“是个不会竞赛的帅哥”：呵，我都能猜到你肯定翻了一个白眼。

“看，这个人没有 ID”：快点把监控撤走。

“是个不会竞赛的帅哥”：说到礼物，你给我准备了什么？

“看，这个人没有 ID”：嗯？你不是说叫我别准备的吗？

其实林朝白准备了，看他这话坐实了自己先前戳的“待定嫌疑”的章，林朝白就知道，男人的嘴骗人的鬼。

林锦文一向对林朝白大方，可能是为了弥补。

她平时的生活费能拿到很多，够她每周和叶姝出来潇洒一次，过年的压岁钱也是她自己留着的。虽然不能像姜修这种公子哥一样一出手就是条五位数的项链，但存款买件比较贵重的礼物是没有任何问题的。

她点开放在购物车里好几天的球鞋，没什么犹豫地下了单。

一双球鞋，限量版的。

“是个不会竞赛的帅哥”：就这种话你最听得进去。

林朝白小小意思一下，发了个六十六块钱的红包。

“是个不会竞赛的帅哥”：什么意思？

“看，这个人没有 ID”：六六大顺啊。

“是个不会竞赛的帅哥”：那你干吗不给我发八十八块八毛八？还发财呢！

“看，这个人没有 ID”：那我不就要多花二十二块八毛八分钱？这是不可能的。

“是个不会竞赛的帅哥”：你发个五十二块我都比这高兴。

“看，这个人没有 ID”：对哦，还能再省下十四块钱。快点返回，我重新给你发。

“是个不会竞赛的帅哥”：原以为生活给我这个小泡芙加的是奶油，原来是辣椒酱。

林朝白看见这句话，眉毛挑起，将球鞋订单截图发过去，屏幕上的备注变成了“对方正在输入……”，可好一会儿消息还没发来。

那头的回复姗姗来迟。

“是个不会竞赛的帅哥”：哎呀，原来还有超级奶甜味道的辣椒酱啊。

“看，这个人没有 ID”：呵，男人！

“是个不会竞赛的帅哥”：超级爱你的男人。

紧接着是个卖萌的表情，是之前林朝白谢他把范玮维裁掉的两个小部员名字加回去时发给他的。

叶姝搅拌着煲仔饭，看着对面的林朝白拿着手机，表情从蹙眉到暗喜再到现在嘴角快咧到后脑勺的笑容。

她鄙视，她嫌弃。

叶姝点开朋友圈，更新了动态。

一个柠檬的表情。

其余什么也没有。

她们看完晚场的电影出来后，街对角的蛋糕店橱窗里的货品所剩无几。保鲜的橱窗里只剩下一个八折出售的六寸小蛋糕，边缘有些损坏，稍稍影响了它受欢迎的程度。

白色的奶油和红色的草莓，颜色上是最纯粹的搭配，草莓上撒了一些装饰的糖霜，好看极了。

林朝白买了。

叶姝看着林朝白爽快地付钱，店员替她打包好后双手奉上，叶姝朝店员打招呼："对了，送一根生日蜡烛可以吗？"

林朝白有些疑惑："要蜡烛干吗？"

"你买回去不是为了和你家那位再补过一次生日吗？"叶姝看见她发蒙的模样，同样不解，"合着你买回去自己吃？"

"不然呢？"她就是看了苏妤和他发出来的蛋糕图片，莫名地有些嘴馋。

不过店员已经拿了一根赠送的蜡烛，林朝白只好道谢收下了。

从地铁口出来，只需要走上十分钟就能到家。林朝白解开密码锁，后脚踩着前脚后跟有些粗鲁地脱着鞋子，她隐隐感觉到自己脚下踩到了一双鞋，狐疑之间黑暗中伸出一双手，布料摩擦的声音夹杂着呼吸声，有力的手臂横在她腰间，鼻尖蹭着她的脖子，问："怎么这么晚才回来？"

林朝白听出这是姜修声音的那一刻，用已经脱了鞋子的脚踢了踢他的小腿，说："松开点，我手里有东西。"

客厅的灯被打开，他穿着便装，大概是宴席散场后直接过来的。

蛋糕原本卖相就有一些不好，刚刚姜修突如其来的拥抱让她没拿稳，最旁边的奶油装饰在包装盒里折损了一大半。那根巧合之下得来的蜡烛派上了用场。

"许愿？"林朝白从抽屉里找来打火机。

他其实不信这些，每天有那么多人过生日，上帝怎么可能都听见？又怎么可能都帮人实现呢？这是给小孩子的快乐的把戏，就像快乐是特供给小孩子的一样。

可面前的人儿已经拿着打火机走了过来，蜡烛插在奶油里，像是雪地里矗立着的灯塔，是雪夜之中唯一的光亮和温暖，像她在自己生命里一样，意义非凡。

他闭上眼睛，听见打火机打响的声音，蜡烛在燃烧，可他不知道自己想要许什么愿。

思来想去，"父母平安"适合过年烧香的时候说，"学习进步"更需要自己努力，"身体健康"如果有用的话，医院都可以关门了。可眼睛都闭上了，他总要想一个。

那就希望她幸运一点，天遂人愿。

不许愿的时候，你很难相信这会实现。可当你许愿时，你先前再如何不信，也希望愿望真的能实现。

林朝白看他闭眼，再睁眼，最后吹灭蜡烛。

他花了很久的时间。

"你许什么愿望了？花了这么久。"林朝白问他。

他一个不信许愿的人，自然也不会信将愿望说出来就无效的谣传："希望你幸运点。"

"一年一次，这么宝贵的许愿，愿望就许给我了？"说不开心肯定是假的，看见他点头，林朝白忍不住地乐，"早知道你这么有良心，我一定好好买个蛋糕了，不买这个八折的了。"

卖不掉的八折促销蛋糕？

一片真心破碎的声音比广场舞喇叭里的音乐声还大，比嘴巴嚼了玻璃碴子还疼。

"就这么个愿望你花了这么久？"再甜蜜也需要智商，她可自诩不是个掉在蜂蜜罐子里就甜到晕头转向的人。

姜修故意气她，以报八折蛋糕之仇，就说："我把我认识的所有女生的名字都念了一遍，然后说，希望她们幸运一点。"

林朝白将蜡烛插回去说：“蜡烛插上，你给我重新许愿。”

“许你以后过马路必吃红灯。”姜修把蜡烛又拔下来。

“你还以后吃饭必吃到钢丝球，你们家阿姨买菜必涨价，你奶奶跳广场舞永远没C位。”林朝白拿起那根蜡烛，折断。蜡烛很脆，但愣是被她折出一种割袍断义的气势。

姜修还想再说，一丝疼痛感沿着腰腹的神经爬过，转瞬即逝，但真真切切地疼了一下。他没控制住地蹙眉：“嘶……”

林朝白没了先前吵架的样子：“怎么了？”

什么时候言语魔法攻击还能直接造成真实的物理伤害？

他的表情慢慢好转：“胃疼了一下。”

林朝白伸手覆上他肚脐上方，揉了揉，先前咒他吃到钢丝球的是她，现在揉肚子的也是她。她问：“晚饭吃什么了？”

姜修报了个饭店的名字，林朝白略有耳闻，这家饭店以食材高级、新鲜而出名，也因昂贵而更有名，就说：“你不是胃疼，你是遭天谴了。”

他伸手将她拉到自己腿上坐着，替她将头发撩到耳后，说：“其实我就想了你的名字。”

——我许愿的时候就想了你一个人，连自己都没有想。

林朝白坐在他腿上，一时间有些窘迫：“其实蛋糕是我当时买了自己想吃的。”

不仅是个促销蛋糕，还是没把他放心上，她自己想吃买的蛋糕。姜修动了动腿，擒着她的腰，想把她从自己身上丢下去。

林朝白眼疾手快地攀住他的脖子，不从：“我不。”

姜修靠在椅背上，捏了捏她脸颊上的肉：“宝贝，你真是把气死我这件事发挥到淋漓尽致了。做到这个程度，也是一种本事了。”

秋天的尾巴难抓，这座城市的冬天来得很快，期末考试前的最后一次例会结束，似乎冬天的第一场雪也要来了。

叶姝今天去老教学楼上课了，离三号食堂不近，所以就林朝白一个人去食堂。

食堂里唐旭尧和姜修已经打好饭了。两个人在聊着圣安东尼奥马刺对克利夫兰骑士的那场 NBA 比赛。

唐旭尧似乎很喜欢聊这个话题，说得起劲了，也抛了几个问题给林朝白。

林朝白回忆起那些长得差不多的黑人运动员，着实有些脸盲，就道：“我连我爹都认不出来，还认别人的爹干吗？”

唐旭尧不信邪，随手搜了个球星的照片，问她：“这是谁？”

林朝白在桌上用腿碰了碰姜修的腿，说：“这谁？”

姜修扒了口饭，抬头看了一眼，答道：“特雷西·麦克格雷迪。”

唐旭尧又找了一张，问：“这个呢？”

林朝白重复刚才的动作，至少她是没有看出来这两个人长相有什么区别。姜修又只看了一眼，说：“凯文·加内特。”

“你平时不和她一块儿看球赛？”唐旭尧还是不太相信。

“不看。”姜修用筷子剔着鸡翅的骨头。

“不看，那你们两个平时待在一起干吗？不看球赛的日常生活得多无聊！”唐旭尧看他捣鼓着鸡翅以为他不想吃了，筷子还没伸到他餐盘里，就被他手里的筷子打开了。

姜修将剔了骨头的鸡翅夹到林朝白碗里，扯出敷衍的笑容，说：“等你有了对象你就知道男女朋友平时在一块儿会做什么了。”

唐旭尧还是疑惑，那疑惑的模样就像林朝白搞不清刚才那两张照片有什么区别一样。他说：“为什么要等我有对象？我没对象我也知道我以后肯定会带着我女朋友一起看球赛啊，还有一起打游戏。”

林朝白将鸡肉塞进嘴巴里，拍了拍姜修的胳膊，说：“放心吧，他这样是不可能有女朋友的。”

“我怎么就不可能有女朋友了？”唐旭尧难得硬气地反驳，“我要和你理论理论。”

第二块鸡翅骨头剔得就比第一块要好很多，姜修不厌其烦地弄着，放任他俩掐架。

在看见对面这对小情侣格外认真地保证男女朋友在一块是不看球赛之后，唐旭尧总觉得自己的世界观在崩塌，他问：“为什么？”

“你是《十万个为什么》吗？”林朝白懒得理他了，冬天的饭菜凉得也快，再不吃饭菜都不香了。

唐旭尧气得要走。

“就我们两个坐在这里有点醒目，你陪着。”

屈服于淫威，唐旭尧仗着自己有用，不信林朝白会动手，就说：“你恶霸。”

林朝白嫌弃他一个大男生脸上浮现出可怜模样，说：“你这不是废话吗？谁叫你胆子比跳蚤还小。”

她就是个恶霸。

姜修落井下石道：“你这不是废话吗？”

就唐旭尧那豆腐心脏，有时候走路不注意都能自己把自己吓到。

唐旭尧瞧着对面好一对“豺狼虎豹黑心肝”的小情侣，可恨此时没有人出来棒喝。枪打出头鸟，他还是忍一忍，命最重要。

林朝白越看他的表情越觉得好笑，就说：“你这嘴脸比娃娃机里劣质玩偶的表情还难看。”

唐旭尧感觉一箭插在自己心口，问道：“你居然用‘嘴脸’这种词？”

姜修补了一刀，说：“面相？”

一个是难听，一个是不吉利。

思前想后，唐旭尧再次跪地屈服，说：“就……就嘴脸吧。”

下午姜修和唐旭尧一样的选修课，林朝白和叶姝是一个选修课。

林朝白来的路上买了两杯热咖啡，教室里的空调还没有开，她将一杯咖啡递给了叶姝，问她今天中午吃的什么。

叶姝接过咖啡，她们两个之间已经到不说谢谢也不说转账的程度了。她喝了一口咖啡，将手边一包饼干打开，拿了一块饼干递到林朝白嘴边，说：“随便吃了点。你们怎么了？吃饭的时候欺负唐旭尧了？”

“他跟你告状？”林朝白张嘴将饼干卷入口中，翻开课本，有些意外。

叶姝点头道：“嗯，咱们那‘八卦小天后’委屈得要死，发微信和我吐槽他是怎么被你和你家那位联手制裁的，企图用可怜打动我，妄想让我成为以后中午陪你们两个吃饭的吉祥物。”

“所以你……”

叶姝耸肩，说：“所以我狠狠地嘲讽了他一番，让他知道妄想从我这里得到安慰是多么愚蠢的一件事。”

老教学楼里，在叶姝那里吃瘪回来的唐旭尧更难受了，将手机丢在一旁。他看着旁边玩手机的姜修，气不过，用脚踢了踢姜修的鞋子，说："叶姝跟着你女朋友都学坏了。"

说着，唐旭尧给姜修看聊天记录。

姜修随便瞄了眼。

"绿色的气泡"是唐旭尧，他先是大倒苦水，说自己像个太监陪皇帝吃饭，随后问叶姝愿不愿意以后一起吃饭。但刚发过去，他觉得不好，又补了句："陪皇上吃饭的太监只是一个比喻，你要不愿意就算了，我丑话说在前面了，你别生气啊。"

然后叶姝回复他："请你把丑话留在手机那头。"

姜修看完之后重新玩起了自己的手机，嘴里说道："这个锅我女朋友不背，臭味相投，谁是原罪可不好说。"

"看看你，你以前没和她在一起的时候，多可爱多善良多温柔多阳光的一个纯情小男生，你再看看你现在。"

听到这儿，姜修作势要去拿笔，说："你再说我就拿小本子记下来，等会儿去和林朝白告状。"

唐旭尧："你是人吗？"

姜修摇了摇头，说："为了治你，我不做人了。"

16
Chapter Sixteen

第十六章

浪漫的圣诞节在周三，卡在一周最中间。唐旭尧倒是挺开心，至少不用怕小情侣的刺激，导致他脑子一热去跳护城河。

但是看着和天书没有什么区别的期末重点，他觉得护城河还是可以拥抱他一次。

考试周到来的时候，冬天的第一场大雪也来了，两个半小时的一场考试期间，窗台上就积起了厚厚的雪。

林朝白将帽子戴上，往外没走几步就看见了拿着伞等在出口的姜修。

她把自己裹得严实，就露出一双眼睛，故意混在人群里。路过他的时候被他发现了，林朝白走到他伞下面，说："我穿这么多，裹这么严实，你这都可以认出来？"

姜修将伞倾向她，回答："别说穿得多了，不穿也没有挑战。"

林朝白扶着他的胳膊，抬脚踢了踢，说："不要脸。"

寒假来得早，学生会这个学期最后一个例会结束之后，就该放假了。

唐旭尧感觉自己考得不是很好，但考卷一交，剩下的烦恼就可以延后到出成绩的时候了。

寒假和姜修、叶姝没有关系。

他们两个寒假要参加竞赛集训，市里的选拔定在过年前，选拔事关谁最终代表市里去参加国赛。唐旭尧问林朝白要不要一起去给姜修和叶姝祈福，保佑考试选拔顺利。

林朝白看着窗台上的雪，喝了杯偏烫的水重新躺回被窝。

"看，这个人没有 ID"：不去了，天好冷啊。

"看，这个人没有 ID"：这都是封建迷信，主要还是靠他们自己。

唐旭尧把自己和林朝白的聊天截图发给姜修。彼时姜修正在学校那还钻风的破窗户前做奥数考卷，老徐出去倒热水了，他从口袋里拿出振动的手机。

一条信息显示在锁屏上。

"绿色的气泡"：看看，看看，你女朋友多么有良心的一姑娘。

"是个不会竞赛的帅哥"：这么冷的天，你一个人去不就好了？

转头唐旭尧就把两张聊天截图抛给叶姝。他完全忘了自己是没有办法从叶姝身上获取同情的。

"小叶小叶，天天熬夜"：哦，是吗？所以呢？然后呢？你想说什么？

林朝白没一会儿刷到了唐旭尧的朋友圈，三张聊天截图。

配字：终究还是我一个人扛下了所有。

林朝白点开评论，嘲讽的一串"哈哈哈哈哈哈"还没有打下去，网络刷新了新的留言，她就看见有别人跳出来评论了。

看备注是个学生会的成员：朝白学姐和主席在一起了？

林朝白再刷新，唐旭尧已经求生欲很强地把动态删掉了。发布的时间距离现在没几分钟，不知道看见的人有多少。

唐旭尧拉了一个四个人的讨论组，负荆请罪来了。

一长串文字看得林朝白眼睛都疼了。

率先回复的不是姜修，也不是林朝白。

是叶姝。

"小叶小叶，天天熬夜"：你拉我进来干吗？让我围观你被处刑吗？

"绿色的气泡"：你的怜悯呢？你的同情心呢？

"小叶小叶，天天熬夜"：这些对将死之人都是无用的东西。

群里他俩喋喋不休地掐架。

两个受害者连个泡都没有冒。

林朝白私聊了姜修，给他发了个表情包。可能是老徐没管他们，或是中场休息，他回复得也挺快的。

"看，这个人没有 ID"：怎么说？怎么看？怎么办？

"是个不会竞赛的帅哥"：不知道，没看。他那段话连个标点符号都没有，看得我眼睛疼。

"看，这个人没有 ID"：可惜微信没有动态浏览名单。

"是个不会竞赛的帅哥"：有了那就不是动态浏览名单，是死亡名单了。

"看，这个人没有 ID"：我在你心里就不是个讲道理的人？我不挺儒雅随和的吗？

"是个不会竞赛的帅哥"：加油，你说得快像那么回事了。

"看，这个人没有 ID"：确实。就像现在，我不想和你讲道理了，我只想和你动手。

姜修集训回来的时候，林朝白不知道是哪国的时差，还在午睡。姜修脱了衣服进被窝的时候，林朝白不是被吵醒的而是被冻醒的。他的手跟块冰砖似的贴在林朝白腰间取暖。她骂人，最后挣扎了几下没成功，她也放弃了。

"苏好找你了吗？"姜修捏了捏她腰，没肉，瘦得跟只有层皮似的。

"她找你了？"林朝白反问。

他嗯了一声，手开始越发没有规矩："你别搭理她，我来处理就可以了。"

"行。"她的确不太想和苏好打交道。

手已经和自己肌肤没有障碍地贴着，林朝白用脚踢了踢他的小腿，说："在古代我们这样是要浸猪笼的。"

"在古代倒好了……"他话只说到一半，起身将她从被窝里拖出来，"吃饭。"

外卖小哥的保暖箱很给力，砂锅送来的时候还是烫的，配上一听雪碧就是快乐。

过两天就是选拔考试的日子，考完试他就没理由再不回家了。表面上意味着私会有难度，但不意味着私会没可能。

市里考试选拔那天，大雪终于停了。

气温稳定在零摄氏度以下，日头再大，阳光照在身上也不暖和。林朝白这种经常熬夜的人，又是在早上四点多才睡，姜修和叶姝在考场奋笔疾书的时候，她睡得正香。

睡醒之后，姜修已经考完试去他奶奶那里了。

他今年还是在他奶奶那儿过年。

林朝白没和林锦文一起过年，外婆今年去小姨家，林朝白等外婆从小姨家回来了之后才去给外婆拜年。

不出意外，遇见了范玮维。

林朝白站得老远地给他后背丢刀子眼，最后眼睛酸了也没有给对方造成什么伤害。

外婆关心她，问她今年过年在哪里过的。

林朝白撒谎说和林锦文在一块儿，外婆知道她撒谎，但也没有戳穿她。

姜家大宅里，姜修拿着手机和对面沙发上比他小了三四岁的女生比拼着目光里的嫌弃。

奶奶看了姜禾的成绩单，分数着实有些难看，摘了老花眼镜看向姜修，说："小修，你寒假在家有空就多给妹妹补补课。"

"好的，奶奶。"姜修应下，随后朝着沙发那头瞪了一眼。

意思是：补课，想都别想，我可以答应，但是你必须拒绝。

姜禾心领神会，嫌弃地撇嘴，目光落在电视机里无聊的小品节目上。奶奶又喊了她："囡囡，你要好好学。"

"嗯，外婆，我知道。"姜禾回答完，回以姜修一个同样的目光。

眼神密码交换完毕。

奶奶隐约感觉出什么，看着端范儿的两个人，继续叮咛着："要好好学习，不是非得金榜题名，但总要考上个好点的大学。"

过年姜修喜欢在奶奶家住，少了文珊的唠叨总是一件好事。但这会儿有了要给姜禾补课的任务，权衡之后，姜修还是拎着姜禾找了个奶茶店补课。

看着自己妹妹手里那张考卷，那一个个红色的大叉，如果不是考卷超纲就是做题的人智商有问题。

教了五分钟后，姜修胃痛，不知道是被气的还是这家店的珍珠有问题，他蹙眉道："举一反三都不会，还好你每个学期都换一个数学老师，哪个老师连续教你两个学期，都要短寿了。"

林朝白给外婆拜完年之后回来，又来了一个通宵，这会儿刚醒来，点个外卖。姜修的消息比外卖的电话先来。

"是个不会竞赛的帅哥"：以为一条光明大道在我面前了，结果我奶奶叫我给我妹补课。我还不如去陪唐旭尧练胆子。

外卖被挂在门把手上，送外卖的小哥按了一下门铃就走了。开门的瞬间寒气得了空隙钻了进来，冷得她打哆嗦。她去厨房拿杯子的时候，瞥见了窗外厚厚的云层。今天不是个阳光明媚的天气，可能又要下雪了。

一场大雪，能让一个城市改头换面。

林朝白将室内的暖气调高了一些。

她盘着腿坐在椅子上，手机搁在手机支架上，聊天界面的左边正在不断地跳出新消息。全是姜修的吐槽。

那人吐槽的模样有些少见，林朝白夹了块五花肉送入口，微辣的程度正好。塑料袋上用订书机订上了小票，第九次下单，那她也快一周没见过姜修了。

他没在家住，奶奶住在隐山湖区的别墅，交通有些不便利，不过他有了个好主意——

让林朝白来给姜禾补课。

当林朝白仔细打量面前这个比她小三岁的女孩子时，她能确定姜家这基因库是真的很优秀。

姜禾有些少年老成的感觉，不知道是天生自带老成相还是前两天补课被姜修训成这样的，她对学习这件事兴致缺缺。

姜修端了三杯奶茶回来，两只手向两边摊开，介绍道："我女朋友，我妹妹。"

不过他妹妹却意外地挺好相处，可能是姜修交代过，她很认真地听着林朝白讲题。林朝白看着前天写在考卷上的解题思路，是姜修的字。

林朝白看了一眼，她记得姜修妹妹是个艺术生，看着姜修那跳跃式的解题方法，她重新抽了张草稿纸，给姜禾讲题。

"这道题你别用你哥哥教你的方式，这个解题方式是奥数用的，你听不懂很正常。"林朝白从她带来的教材里翻出相应的单元，帮她把重点公式画出来。

姜禾看了一眼，没问题目："所以，我不会奥数解题方法很正常对吗？"

"嗯。"林朝白点头，换作是她也不一定能完全听懂。

"那他还损我。"姜禾握着水笔在草稿本上画了个叉，瞥了一眼躲在隔壁好几桌远的姜修。

"你哥没有什么耐心，他就这样。"林朝白刚想把她的注意力重新拉回题目上，一抬头便对上了对面女生的眼睛。

林朝白听过很多人说姜禾好看，但她想自己三年前站姜禾旁边估计也会自惭形秽，姜禾很好看，一眼给人的感觉像是积雪未消融的雪山顶。

不过年龄还小，尚存一丝幼稚感，她眼睛直直地看着林朝白，说："他说他有耐心，他的耐心都拿去追他女朋友了。”

换作以前她肯定听着没感觉，但这话从他妹妹口中说出来就有一种不寻常的感觉。她错开目光，强忍着上扬的嘴角，手足无措地翻着考卷，手带有刻意性地摸着鼻子，种种迹象表明她害羞了。

第一天补课还算好。姜修没和姜禾一起回来，他把姜禾送上出租车，临走前警告她回了奶奶家把嘴巴闭上：“就说我和男同学一起聚餐，这么简单的话能说好的吧？”

“不能，我脑门上写着‘蠢货’的‘蠢’字，我是个连那么简单的数学题都做不出来的笨蛋，我一定会搞砸的。”姜禾将姜修扒着车门的手指一根根地掰开。

姜修：“哟，年纪一点点，脾气倒是挺大的。这么记仇？”

“对。”

车门关上的那一刻，姜修看见了车窗玻璃后吐舌的人。

林朝白将脸埋在围巾里，她讨厌冬天，出被窝、出门总是需要许多毅力。人类不需要冬眠是林朝白生而为人最遗憾的一点。她一直蜗居在公寓里，不知道雪是什么时候下的，也不知道雪是什么时候停的。

等姜修送姜禾上出租车的时间，她用雪地靴踩着堆在墙边的积雪玩。

“我们去哪儿？”林朝白问他。

他自然是反问，他没有什么意见，一切都随她。

商场外有最新的电影海报，重制的《海上钢琴师》上映了。

从小到大，林朝白出门旅游的机会并不多。她刚升到高中的第一个寒假去看过一次大海，只是冬天，没有穿着比基尼的美女和穿泳裤的男人。冬天是海边旅游的淡季，她裹着羽绒服看着大海，深到接近黑色的海水随着寒风在翻涌，白色的浪花和从空中落下的白色雪花一样干净。

风吹过，树枝摇晃间将积雪吹落。姜修替她将头发上的雪花拂去，说：“我们回家暖和暖和？”

Chapter Seventeen

第十七章

姜修有一阵子没来林朝白公寓了。

林朝白现在的公寓里有一个置物架，上面是她淘来的很多老东西，20 世纪电影的光盘、复古的装饰摆件等，全是一些比她年纪还大的旧东西。

林朝白淘到过旧书，书里夹杂着一封纸张泛黄、笔墨都洇开的家书。

信的最后是王忠维的诗：浅喜似苍狗，深爱如长风。所爱隔山海，愿山海可平。

信里只望妻儿平安，约定了相聚的日子。信不长，加上这首诗只有半百都不到的字。

又有一回，姜修拿起了其中一个袖扣出来，林朝白看了一眼，只说："这个东西老得都可以当我们爷爷了。"

人们被创造成恋旧的类型，老旧的东西总是富有一种魔力，经过岁月长河的洗涤，东西余留下来的韵味像是地窖里的陈酒。

而现在被她压在置物架上，压在那些时代的缩影之上。

林朝白侧着头能看见摆在客厅靠墙的桌子上的仓鼠笼子，小榴梿正在跑轮上健身。

姜修问过她为什么会养仓鼠，女生都更喜欢猫猫狗狗。

"我独居，我妈说养个猫猫狗狗怕我死在家里没人知道，被它们吃了。养金鱼和仓鼠能避免这种情况。"明明是件有些恐怖的事情，她却讲得轻松。

此时她呜咽着，想要骂人。

晚上他留在这里过夜，听到林朝白问他明天出竞赛成绩紧不紧张，他无比淡然地道："还好吧。"

林朝白没当一回事，以为他很有自信。

第二天一大早吵醒林朝白和姜修的是手机铃声。

虽然是十点多了，但昏暗的房间里只有浅浅的呼吸声，铃声突兀地在安静的卧室响起。两个手机摆在一起充电，是姜修的手机。

"一朵娇花"四个大字显示在屏幕上。

林朝白拔下充电器，把手机递给他。

听筒的扩音效果有些好，连林朝白都听清了唐旭尧的声音。

"你看消息没有啊？你们竞赛队选拔考试的成绩出来了，我们学校就选了叶姝一个。你那天不舒服吗？分数不像是你的水平啊。"

姜修没太大心理落差，说："哦，没选上就没选上呗。"

林朝白倒是一下子比他还清醒。他敷衍了两句唐旭尧，电话一挂，打开飞行模式，一气呵成。

他把手机随手塞到枕头下，闭上眼睛，似乎还能继续睡。

林朝白的睡意没了，她打开自己的手机，学校的论坛里有人核了这次选拔考试排名，市里参加的有二十个人，只选三个代表去参加国赛，叶姝勇夺第一，姜修只考了个中游的水平。

被窝里的人不知不觉地凑了过来，玩手机的片刻，林朝白的手已经有些凉了。她放下手机，翻个身看着和自己近距离的脸，犹豫了片刻，开口："你没事吧？"

他抬了抬眼皮，全然不在意地道："没选上又不会被处决，能有什么事情？"

"好像有点道理。"林朝白一时间没找出这话的破绽。

中午他和林朝白一起吃了个午饭，下午没留下，林朝白怕冷没送他下楼，站在门口目送着他进了电梯。

叶姝向林朝白打听起姜修的状况，林朝白点开输入框，敲下几个大字。

"看，这个人没有 ID"：吃吗吗香。

林朝白回忆了一下十分钟前一个人吃了一整份辣子鸡的姜修，可不吃吗吗香？

消失了一下午的姜修晚上来了短信。

他的ID也改了，不再是之前那个“是个不会竞赛的帅哥”，又改成了“是个平平无奇的帅哥”。

“是个平平无奇的帅哥”：下午有点忙，在收拾东西，我准备去旅个游。

“看，这个人没有ID”：？？

突然说要去旅游还真让人有些猝不及防，想到先前叶姝和唐旭尧还来她这儿打探姜修的心情是否失落，由此看来都咸吃萝卜淡操心了。

姜修给她发了一整份的旅游攻略，攻略做得不错，他给这次旅行选了个地点，用他自己的话来形容就是巍峨壮丽又清新脱俗。

林朝白从零食柜里拿了瓶蜜桃茶，甜味在嘴巴里蔓延开，手机的界面停留在她输了一半的对话框里。赤脚踩在地板上的声音格外独特，她怕冷，只用足尖点地，一蹦一跳地上了床。

思前想后，林朝白给他的旅行想了个中心思想。

文艺风格，易懂。

“看，这个人没有ID”：抛家弃妻，庆祝与竞赛分手第一天的旅途。

叶姝为了庆祝顺利入选国赛队伍，请林朝白看了电影又吃了饭。上次林朝白看见了商场里重制的《海上钢琴师》上映海报，两部电影中就选了这部。

两个人出去玩的那天，正好就是姜修去旅游的第二天。

酱汁五花肉在烤盘上刺刺作响，肉色用肉眼可见的速度变化着，裹上生菜蘸上烤肉酱，美味。

说起姜修去旅游，叶姝听到“巍峨壮丽又清新脱俗”这句话，虽然不知道地方，但感慨：“你家那位的潇洒程度，让人望尘莫及。”

“有什么好羡慕的？这五花肉不好吃吗？”林朝白拿着夹子替两个人分好了肉。

“是是是。”叶姝打趣，“就是你这眼睛怎么瞪得像两个柠檬呢？”

自从姜修去旅游了，林朝白和他压根聊不了几句话。他消息发来得不多，等林朝白睡醒回复后，总要一个多小时才能收到新消息，有的时候就算她在姜修发来的消息之后秒回，他也要好一会儿才回复。

叶姝已经打包好东西去参加封闭集训了。林锦文给林朝白发了新年红包后出国了，只剩下林朝白一个人在公寓里。过年后的好天不多，她有时候发呆，盯着细雨在灯光下变成银线。

外卖小哥打着哆嗦送来了奶茶，为了凑个起送价，林朝白只能点两杯，也没有人替她分担了。

肚子里的奶茶还没有消化完，林朝白一点也不饿。随手找了部电影，她将第二杯奶茶吸管插上，打开手机还是没有姜修的信息。把客厅的窗帘拉上，贴墙的幕布上的一幕幕开始变得清晰。

开场是衣着奢华的花魁游街，她看得心不在焉，手来回刷新着消息列表，始终没有新消息推来。余光瞥见几尾红色的金鱼摇摆着尾，落日、余晖，每一幕都美极了。

胃正在消化奶茶，电影里是因为爱情丢下客人正在受罚的清叶，她正在等姜修的回复……

所有事情都正在发生。

握着手机的手都举酸了，她放弃了，随手把手机搁在茶几上，横躺在沙发上看起了电影。

场景在切换，她看得昏昏欲睡，上下眼皮还未来得及相拥，茶几上的手机就一振。

只是，不是姜修，而是他妹妹。

街道上的积雪融化得差不多了，只是这阴雨绵绵的天，恐怕还有雨夹雪的情况。

奶茶店位于街对角，是之前补课的那家。

林朝白到的时候两杯奶茶已经放在桌上了，搭配的还有两份不同的蛋糕。先前下肚的两杯奶茶正在胃里开茶话会，血糯米和波霸聊得热烈，为了让林朝白有参与感，还让她打了个小嗝。

姜禾的表情不算太好，让林朝白分不太清楚她现在是正常表情还是严肃。

姜禾不是个扭扭捏捏的性子，拐弯抹角不是她的风格，她开门见山地说："我哥被他爸爸教育了一顿之后扔去隔壁市的山沟沟里面壁思过了。"

心里打了预防针，对于他骗自己去旅游，林朝白还可以接受他面壁思过这件事，就问：“怎么了？”

“他和我舅妈，也就是他亲妈吵了一顿。”姜禾轻描淡写地用一句话完全概括了。

但，林朝白预感不是那样。

姜禾喝了口奶茶润润喉，说：“如果只是面壁思过我就不担心了，我哥从小不知道去那里多少次了。就是……”

突然断句最致命，林朝白给自己做起心理建设：“就是……什么？”

那天老徐的电话比姜修本人还先到家里，文珊板着张脸在客厅等他。

胸闷的感觉越来越重，姜修换了鞋，敷衍地喊了一声妈准备上楼。没走两步路，文珊扯着他的袖子把他拽了回来。

“你们徐老师已经打电话给我了，你选拔没有选上，你考的什么东西？！我为了你费尽心力，补课我都要给你找最好的辅导中心，还要是最好的老师。”文珊越说声音越尖锐，一个字一个字地从牙缝里挤出来的，“结果你就是这么报答我的付出的？你还没有考过一个老师的女儿？枉我为你花费这么多心血，我和你爸爸多么优秀、多么要强的两个人，可你就是这么不成器！”

文珊愈激动，姜修愈平静。他看着眼前比自己矮了一个头还要多的母亲，那张花了不少钱保养的脸不成比例地扭曲了。

她的怒火燃烧着，她像个被加气的气球正在不断变大。她在膨胀，变得巨大，但属于她自己的那部分是那么渺小。

“我没有要求你为我做什么。”姜修掰开扯着自己衣服的手，望着生养自己的母亲，他觉得太陌生了，“是你自己觉得这些是为我好，我说过我喜欢那些永远都上不完的辅导课吗？我喜欢钢琴吗？我喜欢竞赛吗？你觉得我喜欢这些吗？”

文珊依旧拉着他，不让他上楼把自己锁在房间里，说：“我是你妈妈，我会害你吗？我做这一切都是为你好。”

为你好，为你好，为你好……

又是这三个字。

身上的卫衣被扯得变形了，他不肯让步道：“妈，你从来都没有为我感到骄傲过吗？为我好就是剥夺我自由交友的权利，剥夺我除了学习以外的乐趣，剥夺我除了你儿子以外的所有身份？”

这回他挣脱得很用力，文珊踉跄地后退了两步。

正在打扫的帮工搀扶了她一把。文珊横手夺过帮工手里的鸡毛掸子，她依旧以为他还是十年前她一拎耳朵就会听话的儿子。她说：“我啊，我为了你放弃过我的人生。如果不是为了你的未来，为了你好，我现在会过得更轻松。”

棍子打在他后背上，其实没有那么疼。

他红着眼睛，转过身道：“你能不能别再把自己塑造成多无私奉献的受害者？我从来都没有要求你为我好。你要是真的对我好，你就别叫我去抓我爸的奸，你就别管我，你让我自己选择行不行？你能不能不要再说这种话了？你不觉得你真的很恶心吗？”

吵架中不存在理智，姜修因为这最后一句话挨了他爸一巴掌。

“恶心”这种词不能和自己母亲说。

姜修整理着衣服，听见房间外的父亲正在给司机打电话：“对……就是之前那个山里，把姜修送过去……”

信息编辑完发出去后，姜修看着正在发送转动的小圆圈，又是一次需要缘分的发送。他倚靠在旅馆前台的桌上，将手机反扣在桌上，门外阴雨绵绵的天终于短暂放晴，左邻右舍的孩子穿着过年买的新衣服在嬉戏打闹。

“原本还在想你今年是不是乖了，没想到过完年就又来报到了。”旅馆的老板和他算是店主和常客的熟络关系，他用满是茧子的手抓了把瓜子给姜修。

姜修嗑着原味的瓜子，嘴里没什么味，口干不说，还容易上火，只是闲来打发时间是个不错的选择。这个小村庄太小了，小到没有发生过什么大事，飞速发展的现代社会似乎绕开了它。

旅馆老板说起这里要开发旅游行业，姜修听着，笑了笑没接话。

论山，比这里巍峨壮丽的山多得是。论水，不过是一条贯穿整个村落的小溪。

上回来的时候老板还喊他一块儿打牌，只是他脑子转得快，出牌的狡诈比他们高出不少，赢了几回，附近的牌桌彻底拉黑了他。网络信号不好，手机在这里仅能当作看时间的工具，只剩下电视能排解无聊。

电视台不多，琼瑶剧已经看烂了，剩下一些家庭伦理剧总是能把人气得七窍生烟。

姜修趁着短暂放晴决定出去溜达一圈。

桥头下的小姑娘们正在跳皮筋，口里念着跳皮筋的口诀。一根皮筋被她们跳出了花样，绕来绕去却没有缠住她们的腿。拐角处的第一家是个小卖部，一个和他年纪相仿的姑娘正在帮父母看店。

她趴在摆着香烟的柜子上写作业，教材和姜修的一样，那考卷的难度他看了一眼不算大，但是她做起来似乎有一些费力，办法很笨。

姜修问："有糖吗？"

她闻声抬起头，一张素净的脸，皮肤不算很好，脸色有些偏黄，额头上顶着厚重的刘海，模样稍有些土气。她转身从身后的架子上拿了几种小孩子的零食。

QQ糖，泡泡糖，棒棒糖。

看着有些劣质。

他随手拿了两样，付了钱，便宜得超过他的想象。

走了两步，听见身后传来胶带粘错时撕拉纸张的声音。闲着无聊，他剥开糖纸，嚼着口香糖，折返回去，说："你这个题目不难，你先算这个域。"

面前的女生还没反应过来，看着那张比她见过的所有男生都好看的脸出现在面前。他随手从笔袋里拿出一支花里胡哨的笔，在她草稿本上写下解题思路。

那女生也没有说谢谢，只是从架子上又拿了棒棒糖，说："送你的。"

姜修也不客气，接过说了声不客气。

"你不是我们这里的人？"

姜修已经走到门口了，朝着屋里的人点了点头："嗯，路过而已。"

从小卖部出来，跳皮筋的女生换了一拨，似乎还有两支队伍，有队伍和队伍之间的比赛。他看不太懂，他小时候没这些，就连自己妹妹小时候也不玩这个。

他撇了撇嘴，裹着棉服继续走。穿过不平的石阶，之后的全是居民房，走上石桥，再往前是没有水泥路的山路。低头看了看脚上的鞋，他掉头就往回走。

他没沿着原路返回，田野里空荡荡的，现在不是种庄稼的季节。草垛堆在家家户户的院子里。几个婆子搬着长椅围坐在一起，瓜子壳吐了一地。姜修听不太懂这里的方言，不知道语气凶横的老太太在说些什么。

他边走边看，逛了一大圈回去的时候，冬日的夜晚悄然而至。阴雨又在下了，五点都不到的天空已经暗沉下来。旅馆的老板在前台的柜子后探出脑袋，喊住了刚准备回房间的姜修："你可算回来了，刚刚有个自称你妹子的人打电话找你。”

他用旅馆的座机给姜禾回了电话。

姜修听了好一会儿的钢琴彩铃，那头电话才接通：“喂，找我干吗？”

电话那头不算安静，姜修听见英语的电影台词，估摸着她刚刚在看电影。她走到安静的走廊，说：“喂，我和你女朋友说了你被扔到山沟里面壁思过的事情了。”

姜修一时间被她气到不知道要说什么话，之前给她补课被气到肝疼的感觉又回来了，简直比吃饭吃到石子还让人火大。他说：“姜禾，你报复我呢？”

“嗯，你奈我何？”

可惜座机没有视频的功能，如果有他绝对能看见她现在嘚瑟的表情。

手机编辑的信息还没有发出去。

姜禾临挂电话前又补充道：“对了，为了表示妹妹对哥哥的关心，我特意给她准备了今天下午的车票。”

“我不就补课的时候说你笨吗？怎么了？这个世道还不准人说句实话？”姜修这难受程度不是单纯吃饭吃到石子了，而是石子把牙给弄崩了的地步。

可惜座机没有发展到能让他伸个拳头给姜禾隔空来个“毛栗子”。

给小榴梿配好一周的粮，水壶加满水后，她又放了两块胡萝卜让它可以补充水分。

她只记得给小榴梿准备东西，等她揣上身份证上了车之后才发现自己什么也没有带，钱包、手机充电器、数据线都没带，更别说换洗的衣服。

大巴上，隔壁坐的大妈在和她喉咙里的痰做斗争，那一声声刺激着林朝白，向来不知道自己晕车的林朝白在那一刻差点吐了出来。

车厢里的味道难闻得很，打开空调后，酸臭味和劣质香水味混杂在一起。在听觉和嗅觉的双重刺激下，林朝白一下车就在厕所里吐了。胃里翻江倒海，脑袋天旋地转。

车里的暖气开得足，她一出汽车站瞬间冷得直哆嗦，连话都说不好。虽然两个城市挨着，但温差还是有些大，身上的大衣一点保暖的效果都没有。

阴雨绵绵，她连伞都没带。

在车站旁边的超市买了一次性的换洗衣服，又买了把雨伞。

她刚撑上，一个角就开口了。伞和她这个人一样落魄得很。

拉客的“黑车”司机格外热情，拦着林朝白的路，指着他快要超载的面包车，说：“美女你去哪儿？全市不管哪儿都五十，只要五十。”

蹬三轮的人力车车夫也不甘示弱。她在拉拉扯扯中崴了脚，耳边的男人们在啰唆，手机里的提示音一遍一遍地告诉她所拨打的电话不在服务区。

跑到出租车上客区，把姜禾告诉她的地址报给了司机。

出租车里司机为了省油没开暖气，寒气从毛孔钻进去，她冻得红了鼻头。

手机不合时宜地跳出某地少女失联的新闻，她看得越发觉得后背发凉。手机电量快不足了，为了能付车费，她只能省着用。时不时还要看一眼手机导航，防止自己人生第一次上社会新闻会被打马赛克。

天色越来越黑，林朝白盯着车窗外的景色，已经驶出城区了，车窗两边群山兀然出现。

司机提醒她：“要进山了，姑娘。”

林朝白哦了一声。雨势正在变大，车灯穿过成线的细雨照着不远处。她看见一个撑伞的黑色身影，他被灯光和夜色剪成好看的姿态。

“师傅停一下，就在这里停。”

手机在付完钱之后，只剩下百分之一的电。她忘拿了自己花了小一百买的伞，直接跑进了雨水之中。

她用跑的方式来到了他伞下，和她一路颠簸的狼狈相比，他倒是一副不需要人担心的模样。

明明是为了看他有没有事情，反倒是林朝白现在委屈得很。邻座的大妈，晕车反胃，被“黑车”司机拉扯的时候崴了脚，还有刚才一路的担惊受怕。

打了那么多个电话，一个没接。

“什么年代了？怎么还有地方破到不在服务区？你知不知道我打了你几个电话？地下十八层的阎王都能连上 Wi-Fi（无线网络）斗地主了。”林朝白把手里的购物袋扔到他身上，委屈得话里都染上了哭音。

姜修撑着伞，将伞面向她倾斜。他还笑，笑得没心没肺：“你怎么知道阎王能用 Wi-Fi？”

话题被扯走，避重就轻让林朝白气得更狠。抬手握拳捶打在他胸口上，可手刚举起来，想到姜禾告诉自己他挨了一巴掌，她又没舍得用力打下去。

“呸——”林朝白朝他吐了口没有口水的口水，眼睛瞪着，一层水雾漫开在眼中。

姜修替她将头发别在耳后，手掌心贴着她冰冷的脸颊。姜禾只和他说了林朝白要来，他没问到车站的时间，怕她找不到，进山的路就这一条，他只好自己出来等。

“林朝白，我真的太喜欢你了。”他小心翼翼地替她擦着眼角的眼泪，脸颊的温度一点点地在他掌心中回升。

“挨打的时候疼吗？”林朝白将自己手上的手套脱下来给他撑伞的手戴上。

手套里还有她的体温，暖得像冬日的太阳。他摇了摇头，但又点了点头：“有一点……”

——可你来了就不疼了。

林朝白：“活该啊，姜修你活该。”

一瞬间那感动的温情消失得无影无踪，姜修黑着脸捏了捏她脸颊上的肉，说：“小没良心的。”

18

Chapter Eighteen

第十八章

风带起的雨势比无风的时候感觉要大上一些，呼啸着从山间穿梭着，像是野兽的低吼。宾馆老板不在前台，姜修带着她上了二楼，在靠里面的一间停了下来。

房间里的设备很简单，一张床，一张桌子，一把椅子，一个床头柜。卫生间不设浴缸，用一道帘子将干湿两块区域分开。

姜修脱下她身上已经湿掉的大衣，挂在衣架上。她坐在床上脱掉了自己的鞋，扭着脚踝。姜修挂好衣服后才发现她脚踝有些肿了，于是单膝跪在地上，将她的脚放在自己腿上，手掌覆上去，问："怎么又扭了？"

"崴过一次脚后韧带会变得更松弛，骨头之间空间感更差，所以会比正常没崴过的人再次崴脚的可能性大。"她总是容易崴脚，后来医生说这跟有些人总是下巴脱臼一样，是习惯性的。

"你怎么不说？我背你啊。"

"我怕这会影响我现在来找你算账。"林朝白缩回自己的脚，往床中间坐了坐，朝他指了指床尾。

姜修笑了笑，从地上起来，道："这是让我坐床尾还是跪床尾？"

虽然这么说着，但姜修还是一屁股坐了过去，扯过她崴了的那只脚，继续帮她按摩着。

"骗我是吧？不是旅游吗？不是说这儿巍峨壮丽又清新脱俗吗？"这种情况下算账总有些底气不足，林朝白想缩回自己的脚，但他不松手。

姜修嗯哼了一声："这一路走过来的山还不够巍峨壮丽吗？来这种地方旅游我不清新脱俗吗？"

好像是有点道理，突然被说服的她蹙着眉，一时间没发现他回避了第一个问题。

姜修揉了揉她湿漉漉的头发，说："快去洗澡，别着凉了头痛。"

他找了套自己的睡衣给她，替她把卫生间的暖气打开。

林朝白穿着他的拖鞋下地，刚走两步顿在原地，她抱着睡衣，缓缓抬起眼眸，说："姜修……"

姜修以为她又意识到自己回避了骗她的那个问题，正准备道歉，却听到她继续说："你用刚刚摸了我脚的手摸我头？"

虚惊一场，姜修又揉了一次，说："都是你身上的，怎么还分高低贵贱啊？"

这儿提供的毛巾是那种掉絮絮的劣质品，姜修拆了两包全是这样，林朝白嫌弃也没有用。刚洗完的头发用皮筋扎着，水珠落进了衣领里。

她挥着手里的毛巾，尽可能地让自己刚洗的头发少一些被污染的可能性。

姜修后进去洗澡，出来看见她脖子里围着毛巾蹲在空调出风口吹头发，摆弄着没有网络信号的手机。他的睡衣穿在她身上大了不止一点，裤管和袖子都挽起来了一截，已经收缩到最里面的裤腰绳结还是有些大。姜修从行李箱里找了件他用来打底的短袖给她，说："换这个吧。"

怕她冷，姜修把自己的卫衣给她穿上。头发在空调下吹着干得很快，他拿了把梳子帮她梳头。林朝白吃痛地嘶了两声，从他手里拿过行凶的梳子，说："你以后只能养儿子，养闺女头发都给你薅秃了。"

"这不叫温柔体贴吗？"姜修把她从地上扯起来，她身上果然冰冰凉凉的。

"哪个语文老师这么误人子弟？"林朝白把梳子上自己的头发扯下来，垃圾桶离自己还有一段距离，但她懒得下床再绕床一周，直接跪在床上，伸长着手去够垃圾桶。

看她这个姿势，姜修伸脚替她将垃圾桶往床边踢了踢。

林朝白一愣，道："都帮我踢垃圾桶了，你怎么不帮我扔一下啊？"

"因为我语文老师教我一个成语叫点到为止，就像现在我既是乐于助人又是点到为止的帮助。"姜修最有的就是这种胡扯的本事。

林朝白板着张脸问："你语文老师有没有教你什么叫牛角抹油？"

姜修思索了片刻，以超纲定论道：“没。”

“又尖又滑。”林朝白补充，“又译为又奸又猾，‘老奸巨猾’的‘奸’，‘老奸巨猾’的‘猾’。”

他不恼，伸手捏了捏她的鼻子，说：“这是成语吗？”

这儿没网络没信号，手机就是一块板砖。林朝白和姜修躺在被窝里，她枕着他的手臂开始无聊地数羊，没察觉到姿势的亲昵。她嫌腿酸，将两条腿全搭在他腿上，口里问：“姜修，你唱歌好听吗？”

“还不错。”姜修自我评价。

这么回答自然要来两句。五秒钟后，他真的就来了两句，然后就有一只手捂住了他的嘴巴。

林朝白没直说，想着给他留点面子：“够了够了。”

“怎么就够了？我还没有开始发挥呢。”他伸手在她腰上揩了把油。

“我问心无愧，不知道你为什么要唱歌恐吓我。”林朝白扭头用无比真挚的目光看着他。

“恐吓？”姜修被气得不轻，“我再来两句，我还不信了。”

林朝白再次伸手捂住他的嘴巴，不给他刺激自己耳朵的机会。姜修努了努嘴，表示放弃了。林朝白再三确认后才撒手。

他叹气，往下躺了些，侧身伸手圈住林朝白，说：“让我唱两句怎么了？我从小就有音乐梦想，我小学音乐老师还夸我很有音乐细胞。”

因为他姿势变了，林朝白跟着挪了挪身体，在他怀里找了个更舒服的位置，道：“你当时听岔了吧？是细胞还是细菌？”

“你千里迢迢来找我就是为了来气我的是吧？”说罢，姜修叹气。

生活不容易。

唱歌这个话题一旦翻过，林朝白就又无聊了起来。翻过身和他面对面，他相貌属上乘中的上乘，眼睛有些像桃花眼。他的双眼皮曾经让叶姝羡慕了很久，对比起自己的内双，叶姝曾毫不吝啬地夸赞说，如果她这是三百块钱割的双眼皮，那姜修的一定是三万块的。睫毛在鹅黄色的暖灯下在眼底投下一片阴影，跟刷了睫毛膏的女生一样。

她视线里是他的喉结，她伸出手指，碰了一下，搭在她腰间的手突然收紧。她本能地推着他的胸口呈反抗姿势，问：“干吗？”

“你干吗？”他嗓音一下子沉了下来。

“就无聊，碰一下。”林朝白还不知道男生身上有些地方碰不得。

沉默了两秒后，他起身翻了过来压在她身上。虽然喉结不能碰她不清楚，但这个姿势意味着什么她倒是清楚得很，有多少次的开始都是这个姿势。

林朝白不太情愿，皱着张小脸说：“我不要。”

夜里翻身后，姜修醒了。一伸手没有摸到身边的人，借着卫生间的灯光他看见挂在床边快要摔下去的林朝白，被子的一角盖着肚子，手脚全在外面。

将人捞进怀里，姜修才发现她身上滚烫。

姜修贴着她的额头，温度是有些高。她迷迷糊糊地醒了，往他怀里钻了钻，嘀咕着：“我身上好酸。”

“好像发烧了。”姜修给她盖好被子，拿起手机看时间，距离天亮还有些时间。她呼出的热气落在他脖子里，是有些烫。他说：“先睡，天亮了去找医生看看。”

头重脚轻，四肢无力，她瘫在床上不肯起来。

姜修劝了两回，她蒙着被子还是一动不动。林朝白退了一步：“你帮我去买粒退烧药。”

低烧有低烧的治法，高烧有高烧的治法，姜修不惯她。

“要量体温，要根据你的体温来选择药。”姜修最后使出一招中国父母最常用的招数——掀被子。

姜修倚着门框看她洗漱。她抬头欲言又止，最后连续用冷水洗了两把脸。

雨昨天夜里就停了。老板守着这个没几个人来住的旅馆过日子，这天早上端着一碗粥，配着一个咸鸭蛋，正吃得津津有味。听见楼上的脚步声，他回头想和姜修打招呼，率先看见了姜修身后跟着的姑娘。

面生，不是他们镇上的人。

那就更稀奇了，这是从哪儿变出来的姑娘？

抢在老板疑惑前，姜修开口：“这儿有医院吗？”

老板用筷子指了方向：“前面有个卫生院，里面有个赤脚医生。”

卫生院的条件和这个小村落的落后情况不相上下，如果不是亲眼所见，林朝白都不敢相信这么发达的城市的角落里居然还有这么个没有开发的地方。

挂号问诊，姜修就像带了个孩子的家长一样。林朝白不情愿地配合着，跟怕医生的小孩一样坐在离医生最远的椅子上。姜修看着时间把体温计拿给医生。医生看了一眼，将体温计放回桌上的塑料桶里："发烧了……"

林朝白这才挪过去，可怜巴巴地眨眼问："医生，能不打针挂水吗？"

医生推了推眼镜，打量着她，说："不是我们这儿的人吧？过年走亲戚出来玩都想开开心心的。退烧药效果来得慢，打个退烧针好得快一些。两者都是同一种成分，药理是一样的，只是它们的给药途径不同。去结账吧！"

听到退烧针好得快一些，姜修自然不会是林朝白的盟友。拖着恨不得长根在原地的林朝白去付费拿药，她扒着输液室的门不肯进去。

"怎么了？"

林朝白犹豫了半天，还是开口："我……我从小就怕打针挂水。"

她只要一看见尖锐的东西就头晕，林锦文说这是一种心理障碍，不过放在旁人听起来就是一种孩子气。

打针要排队，林朝白觉得自己就是一个即将上屠宰场的小猪崽子。和她面对面坐着的是个五六岁的小孩子，他抱着他奶奶的胳膊，脸上的眼泪、鼻涕都没有擦干净。林朝白感同身受地递了他一张纸巾，他奶奶一副坦然的样子道："不擦了，等会儿还要哭的呢。"

这话就像一把匕首捅在她身上。

没一会儿那小孩儿被提走了，同样都是恐打针盟友，林朝白一路目送，就差敬礼来一句"兄台珍重"。

护士喊了林朝白的名字让她准备一下，林朝白躲在姜修身后埋怨："为什么还要准备一下？让我准备一下遗言吗？"

姜修摸了摸她的脑袋，道："瞎说。"

座位上是那个小兄台，袖子被扯上去，露出一截跟黄瓜差不多粗细的胳膊。护士安慰着说些小朋友男子汉要勇敢之类的话，林朝白的心随着护士手里那根针的出现而加速跳动。

小孩子似乎受到了男子汉这句话的鼓励，强忍着没有哭。

眼睁睁地看着针头扎进皮肤里，下一秒，林朝白哇的一声哭了出来，好不容易被哄住的孩子也应声开始哭号。姜修眼疾手快地捂住她的嘴巴，但架不住输液室里的人全看了过来。

十分钟后，姜修一头大汗地从卫生院走出来。这十分钟里，他经历了拖、拽、扛。身后的林朝白，脸上的眼泪还没擦干，噘着能挂酱油瓶的嘴，跟着他。

姜修叹气道：“林朝白你可真有本事啊，输液室里六个孩子全让你给带哭了。”

19
Chapter Nineteen

第十九章

林朝白回到房间还在看胳膊上的针孔。姜修想到刚才在卫生院那群孩子父母恨不得活扒了他们的眼神，满是无奈。一个打架眼睛都不眨的姑娘，打个针要了她半条命。他挠了挠眉毛，打趣道：“你快点多看两眼，等会儿口子都要愈合了。”

林朝白像个装凶的小奶猫朝他龇牙，抬脚将自己脱了一半的雪地靴朝他甩过去，口中还说：“万恶的护士帮凶吃我一脚。”

雪地靴与他所在方向偏了将近四十五度，他连样子都懒得装，走过去看着她胳膊，指了指两个红点，说：“来，我看看，哪个是针孔啊？”

他这么一说，林朝白也不确定了，看来看去指认了其中一个，抬眸看见他脸上的笑意，林朝白知道自己又被他耍了。

“想吃什么？”姜修也不逗她了。

林朝白抿嘴，嘴里一点味道都没有，就说：“想吃话梅，想喝粥。”

他应声准备出门。

“喝粥要搭配咸鸭蛋和肉松。”

姜修走到门口叹气，千里迢迢来的不是女朋友，是个祖宗。去桥下的小卖部买了能买到的最好的话梅和肉松。还是那天看店的小姑娘，这回她换了张数学考卷在做。

姜修趁着她找货的时候，拿着笔在草稿本上写了她正卡着的那道题的解题步骤。

他又要了一条烟，结完账没拿找零就走了。

那姑娘拿着四个硬币看见他已经走到了桥上，硬币在她手掌心被焐热了。她低头看见考卷最边上的留白处写的解题步骤，短短两步，但都是重点。

四个硬币是她人生头一回知道“一见钟情”这词的见证者。

姜修猫着腰进了厨房，老板的老婆在后面的院子里晒咸肉。他们似乎把所有的钱全拿去修了宾馆，后面的院子已经没有积蓄修，厨房的角落还是需要烧柴火的灶头。

虽然老旧，看上去不卫生，但很多年前姜修吃过这个灶头烧出来的饭锅巴，有些粘牙，但很美味。

他问老板娘借了电饭锅和米。老板娘从丈夫那儿听说了姜修，想着他多半金贵惯了，就问他要做什么，得知就是简单煮个粥，便打发他在一旁等着。

“这煮粥也看技术……”

左右不过是水和米遇热后的产物，再差点就是比例掌握不好，用“技术”这词形容，过了。

老板回来瞧见锅煮着东西，手还没有来得及揭开盖子就被老婆阻止了。老板也不好奇，扯了个椅子和姜修坐一块，问他：“你早上带着的姑娘谁啊？你什么时候带回来的？”

“我女朋友。”姜修把自己去小卖部买的一条烟扔给他。

老板懂他的意思，这是要贿赂他。老板张望着老婆的背影，将烟藏在外套棉服里面，小声回答：“知道，对你爸保密。”

“你才多大就找女朋友？”老板说这话的时候，老板娘用抹布捏着电饭煲的两边从厨房走出来。

“你二十出头的时候不也拿着条香烟跑我家来厚脸皮了吗？”老板娘哧声，对着姜修又说，“去厨房给你女朋友拿副碗筷。”

肉松不太好吃，话梅肉又太少，不过老板自己腌制的咸鸭蛋味道倒是不错，林朝白一碗粥吃了两个。吃饱后，林朝白慵懒地躺在床上打了个咸鸭蛋味的饱嗝。姜修趴在床上看着自己带来的漫画，他来这儿次数多了，也知道了许多打发时间的办法。

只是林朝白这个沉浸在网络里的人受不了，无聊地听着手机里的音乐。她太无聊了，漫画里火影忍者鸣人和佐助的最后一战也无法吸引她，她望着天花板，觉得自己像20世纪无业的外国主妇，但无业的主妇还有个孩子可以玩玩，有一大堆家务要做，连无聊的时间都没有。

枕着他的腰，林朝白伸手从他卫衣里探入，挠着他的后背。

他不是个怕痒的人，看漫画的注意力一点儿也没有被林朝白打扰，只说：“姑娘注意点，青天白日的，你手在干吗呢？”

她叹气，哀号道：“我太无聊了。”

姜修没立刻接话，将漫画书合上扔回床头柜，把压在自己身上的人儿赶走，起身，下床，穿拖鞋，一气呵成。

“你干吗？”看他似乎开始翻找东西，林朝白有点疑惑。

“一般酒店都应该有，我就不信这里没有。”姜修蹲在床头柜前开始翻箱倒柜。

林朝白听懂了，抄起床上的枕头朝他扔过去，说：“还说我？你青天白日的，想干吗呢？”

“你过来一起找啊，你不是无聊吗？你看，找的过程就像是寻宝探险，是不是很有乐趣？等找到了就能体验探索两性的快乐。所以，无论结果如何，都是快乐。快来找吧！”姜修说得一本正经，像是在已知条件下分析哪个才是真正命题。

原先他还说她和叶姝嘴皮子利索得不参加金话筒主持人选拔可惜了，他难道不是？不学主持学金融真是屈才了。

林朝白强忍着脸红道：“你这个同志，灵魂太肮脏了。”

睡了一夜，林朝白退烧了。

她翻了个身，七点不到就醒了。翻身的动静不小，姜修被吵醒了，他还困着，意识糊涂的时候感觉到旁边的动静还没有停下来，他腿一夹，手一搂，想让她安分一点。

林朝白挣脱无果就说：“我睡不着了。”

“你怎么还跟个小孩子似的？”姜修无奈得很，她跟午觉一睡醒就要折腾的姜灿一样。

林朝白伸手撑开他的眼皮道：“你也不困了。”

天一亮，吃过早饭，林朝白被他裹上外套打包送出去了。他一个人在宾馆里又住了两天，那感觉说不出的美妙。耳根子清净了，也没有人和他抢被子了，自然醒的感觉比什么都好。只是快乐不能表现得太明显。

姜修在开学前两天被他爹恩准“出狱”。

他准备好负荆请罪，最后一开林朝白公寓门，只有个小榴梿和两条鱼在家。

电话那头，林朝白用肩膀和脸颊夹着手机，踮着脚在架子上整理学生档案：“我在学校。”

“那我去找你。”姜修穿上鞋准备出门。

“行，反正整理档案原来就是你的工作。”林朝白夹手机夹得脖子酸，换了一边。

姜修将刚穿上的鞋脱了下来，生怕林朝白听不出他想偷懒，扯了个烂借口：“那你整理吧，我就不去了。档案室在三楼，我恐高，怕有高原反应，到时候昏倒了还要麻烦你照顾我。”

“你把我当弱智吗？我在整理档案文件，你跟我在这儿开玩笑？”林朝白把手机搁在架子上，对着听筒吼着，“我等会儿回家就给你在地板上铺张草席，我床也高于地板线，我怕你晚上眼睛一睁一闭就去了。”

查漏补缺的时候发现有两份档案不全，林朝白锁上档案室的门，绕路去了行政大楼送档案。

快入三月了，天气依旧不好。最近多雨，连带着人都怕冷。为了避雨，她一路上穿过了艺术生教学楼的一楼。第三个教室门窗紧闭着，透过玻璃窗朝里望去，是一个穿着黑色练功服的女生在练习。林朝白不是内行，看不出她动作的规范程度，只觉得身韵很有味道。

旋转很漂亮，接着翻身，以拧倾形态的舞姿结构为主要特色。她最后一个动作停下，自己似乎也很满意，盯着镜子看的时候发现了窗外路过的林朝白。

林朝白对上苏妤的视线，没打算自讨没趣和她争辩。

她脚步不算快，苏妤关空调裹上棉服外套追出来的时候她都还没下楼梯。

“你怎么在学校？”苏妤想系围巾，但手里拿着水杯有些不方便，抬了抬手，问，“能帮我拿一下水杯吗？”

林朝白后知后觉地接过，她说了谢谢。围巾是枣红色的，很衬肤色。她重新拿过水壶，等着林朝白的回答。

“学生会整理档案。”

苏妤哦了一声，似乎不太意外，就说：“姜修是个甩手掌柜，这种吃力不讨好的工作范玮维不可能来做的，只能是你了。”

是实话。林朝白扶着栏杆慢慢走着，苏好走了两步停在原地等她走上前，调整了步调，和她一起慢慢蜗牛爬。

沉默在此刻是一种诡异的气氛，林朝白转着眼珠子，现在是什么情况？这么安静，为什么有一种暴风雨前的宁静的感觉呢？就像恐怖片里的恐怖镜头出现之前都是没有背景音乐的。

苏好面含笑容出来，将马尾辫从围巾里拿出来，说：“说多了我怕你觉得我太烦了，但说少了有些话我一个人憋着也不舒服。叶姝有没有和你说过她暗恋过一个男生？其实那个男的不止对我一个人好，他那时候有个外校的暧昧对象。那个男的不值得她喜欢，不过我也不想背后说他坏话，你也不用告诉叶姝真相。我也没有想和她当关系多好的姐妹，从小所有亲戚都拿我和她比，我挺不喜欢她的。”

说完，快要出教学楼了。

外面的雨势不小，一个身影立在雨中，伞面倾斜，看不清他的面容，但她们两个都知道来的是姜修。

风姿卓然，他一直都是这样。

苏好又笑了笑！眼眶一湿，她率先别开目光，认识十年了啊，“青梅竹马”，多好听的一个词。他妈妈喜欢自己，多好的优势。她从小就跟着他，从小所有亲戚都说她不如叶姝，没有叶姝聪明，成绩不好，父母娇惯。可就有一个人对她说：“你跳舞跳得好棒啊！”

多好的一个开头！可结尾只落得她一句：“我知道了，我不会再烦你了。”

不是放下了，也不算心有不甘。人多少都是有尊严的，她不想以一个面目可憎的妒妇模样退场，她要漂漂亮亮的，就像第一回见他时穿的那条浅粉色的公主裙。

他收伞进了楼，全程没看她一眼。

苏好朝着林朝白挥了挥手，目光刻意避开姜修，说：“我走了，拜拜。”

望着楼外雨势未歇，林朝白撇了撇嘴，心里有股说不出来的滋味，喊住了要走的苏好，从姜修手里拿过雨伞，递给她：“你拿着吧。”

她公寓离得比较近。

苏好看了眼姜修，没收。

直到他开口问了她："你家有人来接你吗？"

苏好摇头。

"伞拿去吧。"姜修脱掉了身上的外套。

苏好接过伞柄："那你们呢？"

女朋友要做好人，他能怎么办？将外套往两个人头顶一披，说："我们制造浪漫去了，再见。"

林朝白当好人，结果害得姜修感冒了。

只是这会儿，林朝白没心思关心他的身体状况，她也有烦心事。

托唐旭尧的福，那天他那条朋友圈直接暴露了她和姜修的地下恋关系。

一想到这里，她颓丧了，趴在桌上问："怎么办？"

姜修嗓子有点疼，从厨房倒了杯白开水出来，就看见她颓废地趴在餐桌上，扯开旁边的椅子，学着她的姿势趴在桌上，面朝着她问："什么怎么办？"

"我们谈恋爱的事情啊。"林朝白烦着呢，她总觉得恋爱一旦公之于众了就有莫大的压力，"到时候学生会例会的时候，还不尴尬死了。"

姜修扬了扬嘴角，故作委屈道："是啊，我的名声都被你毁了，你想怎么负责？"

倒打一耙。

林朝白不屑地哼唧："呵，趁火打劫呢，颠倒是非是吧？张冠李戴，指鹿为马。"

"哎哟，看来你手机上的成语小游戏玩得挺多的嘛！"姜修笑，那笑意沁在眼底，"我给你颁面锦旗，锦旗上写了四个大字——成语大师。"

她在着急，他还有闲情逸致开玩笑。

林朝白伸手在他腰上捏了一把，没用力，一点也不痛，因为他表情都没变。姜修将自己腰上的手握在手掌心，说："你担心什么？"

"我怕到时候被你爸妈知道，万一到时候要谈分手费，我向你爸妈要多少才合适呢？"林朝白挺希望能是现金，她不嫌重，主要是支票、银行卡都太麻烦了。

银行卡不是持卡人取钱，超过五万还要预约，需要持有双方的身份证。

太不方便了。

这回换作她开玩笑。姜修挠着她的手掌心，这双手很软，唯一的茧子在写字那只手的中指上。他说她没良心。

“分手是一回事，到时候你爸妈再把你丢山沟沟里面壁思过怎么办？”林朝白端起认真分析事情严峻程度的态度。

“我从小就去那里，其实都习惯了。”他眼里的笑意不在了，表情很淡，一副习以为常的模样，但退下去的笑意又很快爬了出来，“如果真被扔进去了，我就提前逃出来找你私奔。”

林朝白撇嘴：“到时候你爸妈拿着我的照片登新闻，新闻上配着‘人口贩子’四个大字。”

姜修被她逗笑了，说：“宝贝别怕，对拐卖成年男性没有具体罪名。”

林朝白表情不变，继续说：“可如果你爸妈告我非法拘禁你，非法扣押你，限制你人身自由，以非法拘禁罪起诉我怎么办？”

这是个难题。姜修想了想，还是那副笑容灿烂的模样，说：“那宝贝，我只能去女子监狱探望你了。”

林朝白瞪他：“是人话吗？”

姜修看着她的眼睛，努力不笑，让自己看上去很认真地说：“不行我们就当梁山伯与祝英台，或者罗密欧与朱丽叶。”

林朝白给了他一个白眼：“我就谈个恋爱还要搭上这条小命？”

“毕竟和我这样的帅哥早恋，总要付出点代价。”姜修的指腹停在她手掌心里，痒意从两人触碰的地方传出。

“您的爱可真是轰轰烈烈，万分悲壮。小女子上有八十岁老母，下有七岁小女，实在没有办法与您共赴黄泉。下辈子，下辈子你还这么帅这么有钱这么好，到时候小女子一定还找你共续前缘。”林朝白直起身子，做了个抱拳的手势，准备告辞。

第二十章

果不其然，等上午忙完班级系部的事情，中午去会议室开学生会例会的时候，林朝白一进去，就看见大家燃起了八卦之魂。

林朝白挺了挺腰板，在一众八卦的人之中，她笑了笑，回复都一样，没谈恋爱，没在一起，只是同学。

放学姜修觉得自己感冒加重了一些，大概是因为吃了感冒药，正在发出来。林朝白今天下午满课，等她放学了学校里人都走得差不多了。姜修靠在教室后门等着她。

她磨叽到最后一个才走，刚走上前，她就听见姜修打了个喷嚏。

“阿嚏——”姜修吸了吸鼻子，他都有些畏寒了。

林朝白用手摸了摸他的额温，说：“好像有点烫。”

姜修把贴在自己额头的手拿了下来，握在掌心中，说：“手感觉得不准，你得脸贴脸才行。”

林朝白哧了声，给了他个白眼，真以为她听不懂他话里的意思？

冬天的衣服厚，背书包都不方便，她边整理着背带边说：“对了，你今天回宾馆或者你家睡吧！”

“嗯？”姜修以为她有约。

但叶姝现在被关在集训中心受封闭式管理，难道是他那位只存在于林朝白话里的未来岳母有事？

“你感冒了。”林朝白走到教学楼门口的时候把手从他手掌心抽了出来，挥手再见，丝毫不拖泥带水。

“你说这话你都不心痛的吗？你感冒我搂你睡了一个晚上，第二天带去看医生，你呢？就‘拜拜’两个字？”姜修扯着她的书包又把她拽了回来。

林朝白说这是为了防止交叉感染。

用词新颖，姜修似笑非笑地重复了一遍：“交叉感染？”

一样的话，他说起来林朝白听着总觉得有些深意，警告他：“反正感冒没好，你不准来。”

感冒还得在酒店里住，姜修觉得这比在林朝白床旁边打地铺还惨。

姜修在感冒没有完全好之前被禁止踏入林朝白的公寓。

可恨的是最应该用来腻歪在一起的周末到了，他感冒还没好。

拿着杯果汁看着对面的唐旭尧，回想起了中午时的两通电话：一个是林朝白打来的，说今天下午给姜禾补课的事情；另一通电话是唐旭尧的，喊他出去玩“密室逃脱”。

上回就在一个安全通道的楼梯间里有个声控灯突然暗了，唐旭尧应灯灭而起的尖叫一瞬间喊响了上八层下八层的所有灯，就这个破胆子还来玩密室逃脱？可想想姜禾的脑子，他毅然决然选择了唐旭尧，不为别的，至少唐旭尧他能打，姜禾他打不得。

“这么好的周末跟我出来，你女朋友呢？”唐旭尧琢磨着他买的密室逃脱主题。

“为了防止交叉感染，她让我一个人先维持一下我和她的恋爱关系。”姜修喝了口不知道兑了多少水的果汁，一点也不合他的胃口。

叶姝在集训中心发来请求探望的信息，林朝白去看了她。隔着集训中心外面的铁栏杆，叶姝哭号：“你家那位发挥失常真是有先见之明，我吃到的饭菜里的钢丝球收集起来都够刷个锅了。”

“三月底不就国赛了吗？再坚持坚持，你国赛要是得奖就保研了，到时候我在学习的海洋里狗刨的时候就指望你来播撒友谊了。”林朝白穿过栏杆缝隙给叶姝递零食过去。

林朝白赶着下午给姜禾补课，没有和叶姝继续唠嗑，主要也是隔着铁栏杆气氛着实怪异。

煽情煽不下去，搞笑倒又挺搞笑的。

林朝白绕路去看了叶姝，到约定的奶茶店有些晚了。靠窗的姜禾托着腮望着街道，手里的笔在草稿本上来来回回地画着，在进行素描的排线练习。

化学和数学教了许久，林朝白准备给她来一个单元小测验，就在周日下午。

姜修玩“密室逃脱”出了一身的汗，也不是开着空调多热，主要是拖着个半挂在自己身上，和自己差不多身量的大男生，一边动脑子一边耗体力，想不出汗都难。

林朝白在家找题目的时候，姜修发了信息过来。

“是个平平无奇的帅哥”：我感冒好了。

“看，这个人没有 ID”：那挺好。

回完，林朝白继续找网上经典题型的题目，提示音又响起。

“是个平平无奇的帅哥”：就这样？

“看，这个人没有 ID”：感个冒而已，难道要我去给你找个广场舞舞蹈团到你家楼下载歌载舞一番？

一张很有年代感的表情包，配着一行字，前后字数一样还押韵。

“是个平平无奇的帅哥”：伤心难过不胡闹，很怕自己不重要。

一身鸡皮疙瘩起来了，脑袋里有他当面说这句话的画面，叹气装可怜。以前她服软矫揉造作很拿手，在一起之后怎么这招被他学走了，还运用得这么炉火纯青？

“看，这个人没有 ID”：极度嫌弃，全宇宙皇家限定版嫌弃。

林朝白专心地找题目，再修修改改，又忙了半个小时才整理好，拿起手机，姜修的消息已经是二十多分钟之前的了。

“是个平平无奇的帅哥”：你太让我心寒了。我小心肝的温度比今天的夜晚还要寒冷刺骨，绝对零度。

“看，这个人没有 ID”：热力学第三定律，学的时候你脑子落在奥数里了？绝对零度是不可能达到的。

“是个平平无奇的帅哥”：懂了，就是得到了就不珍惜了呗。

末尾配了一个表情，是根甘蔗。

昨天补课姜修没来，姜禾还以为他一直不会来，才开心了一个晚上就发现自己白高兴了。

姜禾一点想要掩饰自己嫌弃表情的意思都没有。姜修回以同款嫌弃："你就不能聪明点吗？非要人帮你补课。"

姜禾懒得理他，就说："你可以不来，我和你女朋友待一起很好。"

"你也知道是我女朋友，感觉是专门给你找了个女朋友似的。"姜修指着收银台，"去点杯奶茶。给她热巧，我要冰巧。"

林朝白出门的时候正好物业有人过来抄表，她耽搁了一会儿。

林朝白简单给姜禾复习了一下昨天讲的内容就让她做考卷。

看人做题是件无聊的事情，但看姜禾做题就是一件很有趣的事情，姜修永远猜不到她下一步能写出什么惊天地泣鬼神的数学解题步骤。

血压在升高，他选择不看了，悄悄挪到林朝白旁边，和她咬耳朵："我感冒好了。"

林朝白开始做自己的作业，说："我知道，你昨天和我说了。"

姜修咋舌："快点分析一下这话的深层次意思。"

林朝白看了眼姜禾，用胳膊捅了一下让他注意一点："我知道了，你想搬回来就搬回来呗。"

林朝白用眼神示意他姜禾还在呢，要注意一些。

姜修会错了意，以为是要早点结束给姜禾的补课，敲了敲桌子，对姜禾说："你做不做得出来？做不出来就赶紧说，别耽搁我们约会啊。数学有句话叫作不会就是不会，倔强坚持没用的。"

姜禾也乐意他们抛下自己，一看姜修和林朝白走了，她从口袋里拿出手机打了个电话约同学出来。

三月，竞赛开始了。

林朝白紧张了没一会儿就没有时间替叶姝紧张了——范玮维说服了学校让学生会搞了一个植树节活动，而且还是学校最旁边那一大块区域。

大一的时候学校也搞过植树节活动，那一年植树节种的橘子树一点变化都没有。林朝白一想到那时候扛铁锹，然后雨靴陷在下了好几天雨的泥地里，寸步难行的窘境，以及一手泥巴浑身泥点子的丑照被范玮维放在了校刊上的事，她就再也不想参加这个活动了。

况且她看了眼天气预报，那天大降温。

但是这个活动得到了校领导的全方面支持。

唐旭尧扛着把铁锹，看着大一时种下的橘子树，说：“就这橘子树，我当时累死累活种的，原本还指望毕业前能吃个橘子，照这个成长速度，我只能指望我儿子了。”

林朝白端着相机找他拍了一张活动照片，顺口说：“想法挺美好的，但我觉得你指望你儿子还不如指望你延长毕业多留几年，我估摸着三四次之后这橘子树也就能结果了。”

姜修站了没一会儿，就看见唐旭尧扛着铁锹哭丧着脸过来了。

“林朝白太欺负人了，她又说我。”

“哦。”姜修觉得在意料之中。

“你就这反应？”唐旭尧心痛。

姜修嗯哼一声：“她也骂我，几万字大作文的那种。”

林朝白吸着鼻子跑到姜修和唐旭尧偷懒的墙后，这儿还是有风。打开保温杯，林朝白喝了大半杯热可可，寒意一点点地被驱散。姜修和唐旭尧的话题从被林朝白欺负聊到了球赛，姜修瞥见林朝白泛红的手，将外套解开，用外套裹着她。

唐旭尧正好说到最后十秒的那一个绝杀球，所有夸赞的辞藻都在喉咙口了，看着面前相拥的两个人，就把所有话化为一个白眼，说：“植树节是宣传保护树木，动员人民群众积极参加以植树造林为活动内容的伟大日子，激发人们爱林造林的热情，意识到环保的重要性。这么神圣的日子，这么敞亮的白天，这么孤单的一个我，你们两个能不能注意一点？”

姜修的下巴搁在林朝白头顶，看着唐旭尧那抓狂的表情，嘴角一扬，以小人得志的模样看着他。

林朝白故意气他：“我们两个不能注意点，你还不能走开点吗？”

唐旭尧抄起铁锹，哼了一声：“我去挖了你俩的橘子树，泄愤。”

四月，国赛的成绩出来了。

叶姝是优胜，这意味着保研已经是板上钉钉的事情了。林朝白和姜修成绩都很不错，而且都有考研的想法。

只有唐旭尧不确定因素有些大，他原本也没有要考研的执念，可一看周围全是些要去名校的人，他又不甘心落队。

唯一闲得能帮他一把的就是叶姝了。

今天三号食堂糖醋小排上架了，食堂火爆。

唐旭尧端着餐盘来找她们拼桌，来得比姜修还积极。来的目的一表明，叶姝恨不得原地大病一场来个选择性失聪。

“我教你？我教你什么？教你考试的时候念什么咒语能提高选择题的正确率？”叶姝看着手里的骨头，犹豫着是塞自己耳朵里，还是塞唐旭尧嘴巴里。

“我数学不太好，你教教我，我们这么多年同学，如果我也上岸了，友谊不就可以继续下去了？”唐旭尧试图说服她。

叶姝不为所动道：“我们的友谊继续下去干吗？等你老了你让我讲述你的过去吗？是讲述你怎么被只飞蛾吓得花容失色，还是你上回走楼梯自己右脚差点被左脚绊倒，还是你上个月挖了同学辛苦种的橘子树被教导主任追了半个学校的事情？”

“你……”唐旭尧听着自己的糗事被叶姝用一种极为平淡的语气叙述出来，只得道，“你讨厌。”说罢，转身找救兵。

可他一转过头就看见姜修伸手擦掉了林朝白嘴边的米饭，把他餐盘里的虾一个个夹到林朝白碗里。

这饭没法吃了。

“我就不是个能给人补课的性格。”叶姝赏了唐旭尧个鸡腿，“我和林朝白就是一个性子的人，你看她能给人补课吗？”

“她在给我妹补课。”姜修头一回讲了让唐旭尧开心的话，不愧是多年的兄弟，有二十年的友谊和三十年的情分。唐旭尧说：“好兄弟，不愧是刚认识就和我打三四个小时语音电话的好兄弟。”

姜修表情嫌弃道：“滚。”

21
Chapter Twenty-one

第二十一章

叶姝上了贼船，给姜禾补课的奶茶店又来了一桌补课的男女。

男的是唐旭尧，女的是叶姝。姜修端着杯奶茶看着自己两边充满正能量的画面有些不适应，喝了口奶茶觉得腻了，和林朝白换了她的柠檬水。

叶姝是靠竞赛保送的省城大学，她数学好，但是那是自己会学，和教人是两回事。

看着唐旭尧冲动下单的一大摞资料，她随手翻了翻，抽了一张考卷开始给唐旭尧讲题。

一点都不出人意料，他听不懂。

叶姝可不是会鼓励人的一类，只听她说："要不你现在转手卖掉吧，或者趁着废品还没有跌价，争取将损失减到最小。"

这嘴，够伤人的。

唐旭尧酸涩地说："你和林朝白玩得要好，是不是因为你们总是一个物理攻击，一个魔法攻击，混搭？"

叶姝皮笑肉不笑："那你好奇双打的感觉？"

唐旭尧脑袋摇成拨浪鼓，说："不好奇。"

旁边那桌没有那么多腥风血雨。

林朝白把题目讲完，姜禾说她懂了，拿着笔自己开始做题。林朝白也得了一会儿的轻松。

林朝白看了两边，叶姝和唐旭尧在认真地分析难点，姜禾低着头，没一个人目光落在他们身上。她给了姜修一个肘击，力气不大，说：“好好学习，行不行？你就是太闲了，你妹妹还有一张考卷没讲完，你来吧，那你就没有时间瞎想了。”林朝白举起手里那张一大半全是叉的物理考卷。

姜修脖子一缩，直了直腰板，说：“我去看看有没有老奶奶过马路需要搀扶的。”

天气越发地热了起来。

夏天到了，意味着林朝白的生日要到了。

林朝白也没打算怎么过生日，姜修妹妹要高考了，她的辅导任务也挺重的。

但林锦文还是给林朝白打了个电话，告诉她自己有个外地的会议，提前了一天喊她到餐厅吃了个饭。

林锦文拎了两个购物袋，是两份生日礼物，说：“一个是我买的，一个是你爸爸买的。”

爸爸，有点陌生的词。

从小她爸妈就离婚了，林朝白的童年里并没有这个人的记忆，等她再大了一些，她见过一次她爸爸。父女俩长相不是很像，林朝白更像林锦文一些。那天她吃了一个奥利奥口味的甜筒，头一回牵着她爸爸的手。

和林锦文离婚之后他就再婚了，有了自己的孩子和家庭，多少就对林朝白这个女儿不怎么上心了。

自从那次甜筒之后，这好像是林朝白再一次收到他买的东西。

“我在外地开完会之后要去日本进修小半年。”林锦文用一种和她助理说话的口气和林朝白讲着话。

这是一种吩咐的语气，只是陈述一件事，通知罢了。

林朝白不在意地说：“随便。”

服务员将菜一道一道地端上来，杧果、糯米和鳕鱼。如鲠在喉，她避开了这些菜，吃了几筷子蔬菜沙拉。

林锦文不记得了。

她对杧果过敏，对鳕鱼过敏。是了，她们就没有在一起吃过几次饭。可林朝白听周嘉衍说过，林锦文记得他的忌口。

林锦文也没有怎么吃菜，一通接一通的电话打了进来，连续不断的来电铃声和消息提示音透露出她很忙。

“你要是忙就先走。”林朝白也没有了胃口。

林锦文短暂地犹豫了一下，起身招来了服务员结账：“你继续吃，钱我付了。”

她一走，林朝白也没有坐。两份礼物挂在她臂弯里，沉甸甸的。

和她心里的不悦及对林锦文的埋怨分量一样。

绚丽的霓虹灯夺走了星星的光芒，大城市不是个适合夜空的地方。儿时她在葡萄架下的藤椅上数过星星，后来星星越来越少见了，城市的晚上却越来越亮。

林朝白回到家的时候姜修正懒散地躺在沙发上，听见玄关处的动静，他视线短暂地从手机上移开，随口问她晚饭好不好吃。

“还不错。”林朝白撒谎。

姜修起身去洗澡。

林朝白看了眼仓鼠笼子，小榴梿的食盆里已经配好了粮食，水壶里也灌了水。鱼缸的水也换了，两条胖金鱼吃得饱饱的，摇曳着鱼尾。

他都替自己照顾好了。

两份礼物的包装都很好，一份是裙子，另一份是一双高跟鞋。裙子的大小正好，高跟鞋也很合脚。

明明是两个从小到大都没有关心过她的不称职家长，选的东西居然尺码合适。

将衣服和鞋扔回包装盒里，她收拾着包装，看见袋里有张发票。

发票上是这两样东西的总额。

最下面是林锦文的签名。

姜修拿着毛巾随意地擦了擦头发，说：“去洗澡吧。”

说完，他看见了坐在地上的人，她抬头，眼眶里有些反着光的眼泪。他走过去，把她从地上抱起来，问：“怎么了？不想洗澡啊？那就不洗，香着呢。”

林朝白抱着他，说：“没事。”

一听就知道是假的，但是姜修没有戳穿她。

姜修今年送的礼物还是梵克雅宝，这回是一条红玉髓的四叶草手链，和之前送她的那条项链似乎是一个主题系列的。

“我在你心目中就是个倒霉蛋？”林朝白看着他低头给自己戴手链。

姜修握着她细细的手腕说：“再幸运点不好吗？”

但林朝白更希望这份幸运可以给姜禾，这样她选择题的正确率或许能上去。林朝白叹气道：“我看了眼你妹妹想考的学校往年的分数线，我感觉她有点危险啊。”

姜修却格外地悠闲，丝毫没有担心，他说：“别聊她了，一聊她的成绩我就脑袋疼。”

林朝白把姜禾这回的单元小测试拿给他，让他修订，并说：“那我让你脑袋更疼一点。”

只是过了几天，林朝白再去给姜禾补课的时候，她在姜禾的教材上看见了不属于她也不属于姜禾的字迹。

笔锋有力，字写得很好看。

一看就知道是男生的字。

林朝白表面假装什么都不知道，当天回去就和姜修说了这件事：“你妹妹好像谈恋爱了。”

姜修听见这话的时候懒洋洋地躺在沙发上，两腿叠着，无聊地刷着手机。他没有立刻回答，在一阵沉默中他表情很复杂。

然而不是什么痛惜妹妹被人骗走了，而是：“那男的品位没问题吧？”

林朝白咋舌：“你这是当哥哥的反应吗？”

姜修说道：“那该有什么反应，你演示一下。”

林朝白想了想，说：“总应该祝福一下吧。”

祝福吗？姜修回忆起了小时候自己被迫带姜禾的那些痛苦的时光，在他眼里，姜禾小时候就是《小鬼当家》系列电影里的小鬼，除了上树掏鸟窝这种事情不干，其他调皮惹他生气的事情没一件落下的。

想当年自己在她的作文里重病三次，离家出走五次，其他感冒发烧都是姜禾发大善心了。她可能和阎王爷结拜过，于是姜修还在她小学六年外加三年初中一共九年的作文的创作之路里得以有机会去世两次。

这些“深仇大恨”说出来没有使得林朝白同仇敌忾，反而像个笑话一样把她逗笑了。

唐旭尧觉得让叶姝给自己补课是件很错误的事情。

倒不是她人不好，而是她太敬业了。

她打小就是一路竞赛一路保送，养成了做什么事情都特别认真专注的习惯，这让唐旭尧没有懒可以偷。托着腮百无聊赖地看着考卷和草稿纸，对面的叶姝也在看东西，不是什么科教类的书，而是一本国外学校的介绍手册。

唐旭尧好奇地问：“你不是赢了国赛可以保研了吗？”

叶姝没有抬头看他，说：“我又不是只有保研一条路。”

“哦。”唐旭尧点了点头，“你要出国了？”

叶姝看得很认真，伸手，指尖点了点他的草稿本，说：“做你的题目。”

但唐旭尧这个人思维太跳脱了，题目看了一遍，看不懂之后，他又开始神游了：“你要出国的话，那岂不是我们都见不到了？”

听着他的话，叶姝的视线一顿，缓缓抬眸看向坐在自己对面的那个人。他似乎并没有发现自己问了一个什么样的问题，表情有些单纯好玩，就像是幼儿园里的小孩，并不知道转学的意义是什么，于是问：“那么明天以后是不是见不到你了？”

叶姝反问他：“你要见我做什么？”

唐旭尧想了想，说：“好歹也是朋友啊。”

是不是朋友还真不好说。

唐旭尧一整个暑假都和叶姝待在一起，自己专业一考完试就被她喊去做题目。而她照旧拿着一本高校的招生手册，坐在他对面激励着他。

“你什么时候去国外啊？”

“元旦之后吧。”叶姝说了一个模糊的时间。

两个人的相处慢慢变多了，比如辅导完一起吃个饭。

洵川的夏天漫长，河边垂柳下知了叫声聒耳。雪糕吃了，可乐买了，空调的温度也正正好。

唐旭尧泡着读书沙龙，可惜扭头一直看着窗户外面的小河，发呆的样子认真无比。

这里是专门提供学习场所的自习奶茶店，一个个小包厢的装修风格。

别人都在奋笔疾书，只有唐旭尧看着窗外在规划外面这条小河未来三十年的发展。

“你说姜修和林朝白这个暑假会干什么？”唐旭尧太无聊了。

叶姝瞥了他一眼，回道：“见过玩命学习的，没见过拿命好奇的。”

这个暑假他们忙着考研，只有姜修忙着买车。

看着那透露着富贵的车标，林朝白坐在副驾驶座位上叹气：“有钱人的忙碌就是这么乏味枯燥又朴实无华的吗？”

刚刚叶姝给她发了信息，说是别忘记今天吃火锅。叶姝有一张火锅店的优惠券，四人行能减一百块。

姜修非要开车来接她，林朝白说叶姝和唐旭尧在新城大厦学习，说着就要拿手机导航。姜修瞧不起她，在这里活了快二十年了，一个新城大厦还能开不到吗？

然而，刚开到海桥路上就撞上了晚高峰，他一打方向盘准备绕过这段路，最后还是让林朝白导航指路。

林朝白输入地址，哧了声：“不是活了二十年吗？新城大厦开不到？”

“我知道海桥路过去怎么走，换了一条就不太熟悉了，开个导航安全一点。”姜修按着导航开到下一个红绿灯路口前，导航叫他左拐，他停在直行车道。

林朝白提醒他。

姜修打了个响指，说：“我认识了，不往奥星走，那里也堵车。我们再绕远一点。”

绕远一点，绕了半天，林朝白看着面前的北区高架，新城在东区，看了车载显示屏上的时间，她又看了眼姜修，说：“你准备去火葬场给自己找个新家吗？”

姜修也疑惑了：“不对啊，怎么是火葬场了？”

林朝白微笑道：“你还可以再往前开，火葬场后面还有个养殖场，那里新家户型的选择比火葬场多多了，有猪圈、牛棚和鸡窝。比起骨灰盒，养殖场通风更好。”

新手上路，车技也一般般，不过好在姜修的车贵，前后车车主都主动保持了安全的车距。

换路开到目的地，还好没有错过时间。找车位是一等一的难事。

姜修叹气，握着方向盘无奈地说：“怎么就没有泊车小弟呢？”

林朝白饿得翻白眼的力气都没有了，只说：“少爷，你当这是高级餐厅呢？还泊车小弟。”

他百无聊赖地切换着车里的歌，看着前方全是慢慢前行找车位的车流，说：“有句话叫作什么，在宝马车上哭然后什么在自行车上笑吗？说这句话的人是在停车场停车之后有感而发的吗？”

哭笑不得大概就是林朝白现在的心情，气他开车不听导航，又因为他的话想笑。她扶着额头，强忍住扔下他一个人停车自己先去找叶姝的冲动。

“坐着舒服吗？”姜修期待她的回答。

林朝白感受了一下，说：“还行，空间挺大的。”

“我挑了很久的车型，考虑到实用，最后选了它。”姜修满意她的回答。

三道题之后，唐旭尧又开始发呆了，问叶姝：“你说造成林朝白这样表里不一、貌是情非、叶公好龙、两面三刀、虚有其表的关键因素是什么？”

叶姝看他作死，说：“这个我不知道，但是我感觉你放弃考研，去参加个什么《男生女生向前冲》的文艺版或者成语大赛还挺有希望的。”

说着，叶姝指了指他的复习资料道：“你快点写。”

唐旭尧哦了一声，拿起笔。

这些看不懂的题目，已经令他开始怀疑自己的智商了。水笔在草稿纸上随便涂画了两下，唐旭尧视线又飘了，飘到了对面叶姝的身上。

脑子里对于题目没有任何想法，记忆力也很一般，但唐旭尧突然想到自己大二刚和叶姝熟络起来的原因。

当初认识她是因为她和姜修在一个竞赛队伍，好几次碰见姜修就能碰见她，那会儿自己还被林朝白的外表欺骗着，好几次还看见她和林朝白走在一起。

但和她讲上话还是因为两个人大二的时候选了同一门选修课。

当时分到了一个小组里，叶姝超常发挥，带着连同他在内的三个拖油瓶拿到了最高分。

叶姝研究着学校手册，一抬头就看见对面的人又在发呆，叹了一口气，叫他：“唐旭尧？”

唐旭尧抬头问：“怎么了？”

叶姝不满地说：“你再发呆我就打电话给林朝白。”

典型的玩不起行为，唐旭尧义愤填膺，但是还是屈服了，不情不愿地做起了题目。叶姝从小到大学习都没有他这种表现出来的情绪，所以不能理解。

当然也不能理解他为什么这么怕林朝白。

叶姝说道："我看林朝白挺温柔的。"

唐旭尧想到了自己弟弟，打了个寒战："温柔？"

不敢置信。

"你就这么怕她？"叶姝打趣他，"你好歹是个一米八几的大高个，还怕一个女生？"

树都要皮，更何况是人？

唐旭尧嘴硬道："我那是懒得和她斗，我不和女生打架。"

看他嘴硬的样子，叶姝放下手里的宣传册，突然也有点好奇了，问："抛开打女生不好，你打不打得过林朝白？"

"我打不打得过林朝白？这是什么废话？"唐旭尧刚说完就看见叶姝拿起了手机，然后真当着他的面给林朝白发了条信息。

唐旭尧沉默了好几秒之后，结束了"石化"，起身。

叶姝狐疑道："你干吗去？"

唐旭尧："去把店铺的卷帘门放下来，然后和楼下的前台说一下等会儿有个'恐怖分子'千万别误放进来。"

22

Chapter Twenty-two

第二十二章

唐旭尧原本以为她是开玩笑的，结果一下午磨磨叽叽没做几道题，但整个人比动了一下午脑筋还累。五点钟的洵川，太阳还很大。

他打着哈欠像是写了九九八十一道题一样累，嘴巴张着，一个哈欠还没有打完，他就看见了门口的姜修和林朝白。

但是猴哥抡起棍子也有抡空的时候，林朝白也不是每次来都是揍人的。

姜修停完车之后，他们也不知道是哪家火锅店，林朝白只知道叶姝和唐旭尧在哪家店里学习，所以才过来的。

逗唐旭尧的时候，叶姝给林朝白发的信息就是让她别忘记今天吃火锅。

火锅店距离这里很近，林朝白看见了唐旭尧鼓鼓囊囊的书包，倒是意外，就问："这么认真？"

叶姝和林朝白走一块，女生之间总喜欢相互挽着胳膊，也不嫌弃天热："今天下午做的题目，擦了重新做，能做对百分之十那都是幸运女神眷顾了。"

"那怎么办？"或许是给姜修妹妹补课补得林朝白都有人民教师的心了。

叶姝耸肩道："他现在是心理层面已经'摆烂'了，我原本就估摸着考研分数线一出来，他就直接在表面上彻底放弃。"

说着说着，叶姝看见了那家火锅店，就说："在那里。"

去火锅店的路看上去不远，但是走一走，在洵川的夏季还是能出一身汗。

前面俩姑娘挽着胳膊，两个人讲着什么悄悄话，听不见内容，但是感觉笑得很开心。

后面两个人倒是没有勾肩搭背，只是走着走着姜修发现唐旭尧离自己越来越近。

他扭头看向唐旭尧的时候，一个压低的声音凑过来："我怎么感觉前面两个人在说我坏话。"

姜修瞥他一眼，说："我以前怎么没有发现你有被迫害妄想症呢？"

唐旭尧咋舌："你都和林朝白谈恋爱了，你还不了解她吗？我每次看见她朝我走过来，我就能感觉到那种……"

一时间唐旭尧也想不到什么好的措辞。

正巧一阵风吹来，可能是正在说林朝白坏话的原因，他原本就有点心虚，又正巧林朝白回头提醒两个人店在前面。

那风就跟阴风、邪风一样。

唐旭尧想到了："她靠近的那一刻，我感觉我的生命受到了威胁。"

四个南方人都不太能吃辣，最后选了一个招牌的番茄锅和菌菇排骨锅。

唐旭尧和姜修坐一起，他把双肩包递给坐在里面的姜修，说："放里面，我这外面不好放。"

姜修接过书包，意外地沉，就问："你放了多少东西？"

"黄金屋。"

"可以啊。"姜修丢到自己旁边，"准备考哪儿？"

"和你们一样吧，咱们学校。"

服务员将平板递给了他们，让他们自己点餐。

平板一个个传过来，叶姝和林朝白选完了之后递给了姜修。林朝白想到了刚才唐旭尧的话，发现了一个误点。

"我和姜修准备考省城大学。"林朝白纠正他，"不是我们学校。"

唐旭尧痛心疾首，一个保研不是唯一途径，两个准备考更好的学校，而自己本院都不一定够得着。

姜修看完菜单正准备递给他，一抬头就看见唐旭尧黑了张脸起身离开，问他："干吗去？"

唐旭尧哼了一声："我去透一会儿气。"

因为姜修有车，所以送他们的任务交给他了。

等把所有人都送回去了，他到家的时候姜灿还没睡，文珊疲倦地坐在客厅的沙发上看着小儿子在地上玩玩具。客厅灯全亮着，那都是姜灿的杰作，他喜欢玩开关。

电视机正在放动画片，但他的注意力全在玩具上。文珊靠在沙发上，脸上敷着面膜，闭着眼睛在小憩。

“我回来了。”姜修在门口换了鞋，打过招呼就准备上楼。

文珊叫住了他：“去哪里玩了？怎么现在才回来？”

他回答得敷衍，唐旭尧自然是这种时候要被他搬出来当借口的。

文珊说：“明天下午你送我和你弟弟去游泳馆，灿灿要上兴趣班。”

“哦。”姜修答应了，因为不答应只会让文珊更啰嗦，然后他还是得送他们。他拿出手机给林朝白发信息，单手打字，告诉林朝白自己到家了，另一只手去够茶几上的小零食。

姜灿看见了，立刻跳脚道：“那是我的。”

姜修才不管他闹不闹，执意要吃。文珊带了一天孩子，现在又累又困，耳边小儿子的声音让她头痛不已。小儿子说不听，只能让大儿子让步，把果盘递过去，说：“你吃水果。”

姜修警告似的指着姜灿道：“再哭我晚上趁你睡觉把你的玩具、零食全拿走。”

姜灿哭得更大声了。

文珊原本还指望着姜修回家能帮她带姜灿，如今看来两个人隔三岔五就吵架，年龄差这么大，也不见得能相处好。

“你非要把你弟弟弄哭才高兴？”文珊赶忙把其余几包零食拿给姜灿，“哥哥就吃一包，你看还有的。”

姜修：“你就惯他。”

文珊边替小儿子擦眼泪边说：“你小时候我们不惯你？”

文珊吃过早饭就出门了，原因是姜修的小姨打电话来说姜修外婆在家里摔了一跤。文珊到了医院，医生说老人骨头脆，看着摔得不碍事，但还是骨折了。

全身检查做下来，发现肠子里长了东西。腿伤可以养好，但肠子要另外安排手术时间。

文珊不放心，留下来照顾。

姜修吃了早午饭，下午他还要送姜灿去游泳。瞧瞧自己弟弟那还没有自己腿长的个子，就这小身材去什么游泳馆，在家里浴缸里游游都能累到他。

去游泳馆前绕路去看了一下外婆，文珊叮嘱姜修等姜灿游完泳要给他喝水，要注意不要让他着凉。

姜修听着头疼，不耐烦地说："知道了。"

文珊气他的不耐烦，就说他："你亲弟弟你就不耐烦了？你以后结婚有孩子了怎么办？你孩子要是有点事情，你当爸爸的你不照顾他？你不也要耐下性子慢慢和他商量和他讲道理吗？"

耐下性子？慢慢商量？讲道理？

姜修想象了一下。

脑海里是个坐在地上哇哇大哭的孩子，四周奶瓶和饭碗摔了一地，一个女人身上挂着奶渍，已经愤怒到颤抖的声音响起的那一刻，孩子哭声停止了。

然后，他会在哪里呢？

拿出手机给林朝白发了条信息。

"是个平平无奇的帅哥"：你说我这么成熟稳重的人和你这么个不讲道理的暴脾气能生出什么性格的孩子？

没有收到回复，她应该还没醒。

游泳馆在青少年活动中心附近，姜修曾经在隔壁活动中心学围棋和钢琴，这里也算是他曾经的一个伤心地。姜灿被姜修抱着进了游泳馆，姜灿一副不情愿的样子，小手抱着他的水壶说："为什么游泳馆还没有关闭呢？"

姜修笑他稚气："不想学你怎么不和你妈说？"

姜灿叹气，一声叹气里包含着少年老成的感觉："哥哥，你还不知道有用没用吗？"

他一脸愁容，但看见不远处一个扎两个小麻花辫的女生后瞬间两眼放光，在姜修怀里也待不住了，跟条泥鳅一样要下来。那小姑娘挺可爱的，一笑还有两个小酒窝，她喊道："菜菜！"

发音还不标准，把灿灿喊成了菜菜。

“你怎么来了？老师说你不学游泳了啊。”姜灿挣脱姜修的怀抱，朝着小姑娘跑过去。

姜修算是懂了，不是讨厌游泳，也不是讨厌游泳馆，是讨厌这游泳班里的小姑娘不来了。

那小姑娘是奶奶送来的，姜修认出是自己老妈文珊的一个麻将搭子，住在外婆家附近，还吃过几次饭。她比文珊大几岁，结婚早，儿子结婚也早，孙女就和姜灿差不多大。

“孟阿姨好。”姜修朝她打招呼。

“今天是你送灿灿来啊。”剩下的话无非是许久不见，越长越帅，读几年级了，在哪里读书。

家属就没有一个是和姜修差不多年纪的，孟阿姨知道小年轻一定待不住，就说：“我听说你外婆住院了你妈妈在陪护啊，你要是没劲就去玩吧。等会儿我把灿灿送你妈妈那儿去，正好去医院看看你外婆。”

“谢谢孟阿姨，那就麻烦了。”姜修也不顾不好意思，有台阶自然要下。

能睡懒觉却不睡就是对生命最大的不尊重。

姜修早上起床看见了叶姝今天凌晨四点发布的动态，下面还有林朝白的留言和点赞，他估计天亮了林朝白才睡。

他开车从医院离开，然后送姜灿去游泳馆，再绕路去找了林朝白，那时候她还没醒。

他有林朝白公寓的门禁卡，直接上楼，进屋后上床侧躺在她旁边。

隔着被子，林朝白觉得有一只手正在拍着自己的屁股，她睁开眼皮看了眼床边的人，一张脸离自己很近。没有做好任何心理准备，林朝白被吓了一跳，惊道：“你干吗？吓死我了。”

白嫩的脚从被子里伸出来，一脚丝毫不留情面地朝着姜修踹过去。

姜修反应很快，一把攥住她的脚踝，一截纤细的小腿被扯出被子，上面有三个小红包。

看上去像是昨天才被咬的。

他边帮她抓痒边说：“起床了，带你出去吃饭。”

床上的人不为所动，一叫就起，就是对赖床的不尊重。

林朝白被闹得睡意没了大半，伸手从枕头下摸出手机。

全是姜修的信息。

她眯着眼睛看着他发来的每条信息，嘴里念叨：“嗯？你说我这么成熟稳重的人和你这么个不讲道理的暴脾气能生出什么性格的孩子？”

林朝白念完看了眼他，开口全是鄙夷：“大概率他会遗传你的厚脸皮。”

“想象一下，我们各占百分之五十的基因，他再遗传你的暴脾气、说脏话，这孩子生出来的那一刻还不如塞回肚子里呢。”姜修已经有些头痛了。

“你这是假命题。”林朝白起身，吊带从肩头滑落，先前留在脖子、肩头和锁骨上的印子都消下去不少了，但有些他当时用力的地方，还留下一层粉红。

腰板还没有挺直，腰间横上一截手臂，带着她倒回了床上：“再睡会儿？”

话里的意思没有直接说出来，但也没有掩盖半分。

林朝白对他微笑道：“可惜小榴梿的笼子不够大，否则我改造成鸡笼把你关里面。”

“我勉强把意思理解为你要金屋藏娇，否则太伤我的心了。”他还箍着她，不让她起。

林朝白化妆的时候，姜修拿了个罐子进来，往林朝白嘴边递了块饼干，她没在意就吃了。咀嚼了两下她觉得不对劲，看了眼姜修手里的罐子，是小榴梿吃的饼干。

她张了张嘴，吐也不是，继续吃也不是。

姜修说：“人可以吃，我十分钟前吃了，现在生命体征还可以。”

“万一二十分钟之后毒发怎么办？”林朝白问他的时候，看了看镜子里的自己，画了个口红。

口红是她的执着。

姜修思索了一会儿，略有些惋惜地道：“可惜我那车还没开几次，有些不舍。”

说罢，他吃了林朝白赠送的一个白眼。

他倚靠着墙，看着她涂口红，继续说：“你以后自我介绍的时候，说林朝白的白，是白眼的白。”

说罢，他笑意更浓了：“可惜你是朝阳的朝，不是朝野的朝，否则就可以说林朝白是朝你翻个白眼的简称。”

林朝白口红还没涂好，她撑在洗手池上，气得呼吸都重了，皮笑肉不笑地望着镜子里的姜修，在心里把当初决定和他谈恋爱的自己骂了七八百遍。

揍人还是要有仪式感，她不动声色地将口红晕染好，盖上盖子，放到等会儿战事不会波及的地方。

“我想揍你。”林朝白准备以德服人，以武力制胜，双管齐下。

他没动，保持着刚才的姿势说：“挨打前我能邀请你这样的美女去吃饭吗？”

被一招制伏。

林朝白握拳的手顺势搂住了他脖子，踮脚噘嘴，送了个飞吻，还说：“涂好口红了，不能触碰，但是可以飞吻。”

他比林朝白高出许多，目光向下，俯视着她，挑起眉毛问：“感动吗？”

看她点头后，姜修补充，笑意藏在眼角：“你埋单，我要教会你不要轻易感动，不要轻易相信男人的嘴。”

林朝白今天第一顿，没吃火锅，吃了还算清淡的港式茶餐厅。其间文珊打电话来了，也是因为接到了麻将牌友的电话。姜修说自己在外面玩，文珊训他不负责任，聊了没两句电话就挂了。

林朝白：“所以，你今天还要带你弟弟？”

姜修夹了一个虾饺皇给她，对姜灿丝毫不关心，他说：“嗯，他今天要去学游泳。”

“那你怎么不在那里陪他？”

“一、无聊，我在岸上喊加油吗？二、丢人，我弟学了好几个月了，狗刨依旧输给狗。”姜修嫌弃，他都开始有些害怕以后给他弟或者他儿子女儿开家长会了。

林朝白：“那快点吃，兴趣班下课挺早的。”

“遇见熟人了，有人照顾他。”姜修让服务员上甜品，“你别管他，只管吃。”

林朝白撇嘴道：“爹急娘急，反正亲哥不急。”

“我对他很好的，好吗？”姜修把两份甜品都给她了，让她两个都尝一遍再挑一个。

林朝白选了杨枝甘露，扬着勺子，指着他说：“那也不妨碍你俩吵架打架。”

被猜对了。姜修怕她觉得自己不喜欢小孩或者不靠谱，准备给自己挽回一点形象，就说：“就是让我弟弟选，他肯定也会选让熟人送，因为那熟人的小孙女是他喜欢的。”

23
Chapter Twenty-three

第二十三章

临走前，姜修从购物袋里拆了粒奶糖，送到她嘴边，嘴里却说道：“回去早点睡觉，一天到晚熬夜，小心猝死。”

“哦。”林朝白听着他老父亲一般的交代，从他身上爬起来，“我上楼了，你快回去吧，回去路上小心。”

然而第二天，林朝白发烧了。

不知道是出了一身汗吹夜风导致的，还是拜姜修所赐。

后者有故意逃脱嫌疑的可能，姜修否认道：“不至于吧，以前只是累点，怪风。”

不过他还算有良心，带了他家阿姨煮的粥，里面放了海鲜。林朝白额头上贴着退烧贴，精神不太好地跟他说：“我觉得我要死了。”

姜修给她烧热水，现在倒出来，放凉，方便她等会儿吃药，嘴里还说着：“那你要加油活着，努力点别死了，你死了我就绝后了。”

“呵，转头你就找个小姑娘。”林朝白哧了声，不过听着还是挺开心的。

“知道就好，我家的钱你还没来敲诈呢。”姜修把冒着热气的茶杯放到她面前，研究着药盒上的使用说明。

林朝白：“你安慰人的方法可真是清新脱俗。”

姜修抬眸说：“你这发烧的方式更清新脱俗。”

粥不香了，眼前的人更加讨厌了。

她抬脚，在桌下对着他的腿来了一脚。

姜修也没躲，任由她撒泼，把她要吃的药按量拿出来，放在纸巾上。

有个药里带着些安眠的成分，她躺在沙发上困意十足。姜修找了部电影投屏，也没看，一直低头在刷手机。

他选的是王家卫的电影《重庆森林》，何志武的旁白配合着晃动的镜头出现：我们最接近的时候，我跟她之间的距离只有 0.01 厘米，57 个小时之后，我爱上了这个女人。

叶姝是王家卫的忠实影迷，所有王家卫的电影她都陪叶姝一起看过。

“对了，我妹考上了，原本要请你吃饭的，但我看你这样子，是爬不出门了，我就帮你回绝了。”

她瞬间觉得自己更可怜了，她伸脚碰了碰他的腿，说：“你补给我。”

“就怕你承受不住我的好。”说这话的时候他还在玩手机，却伸手握住她的脚踝。

林朝白哼了一声，扯了毯子盖在自己身上。

电影里何志武正蹲在货架前找五月一号过期的罐头。他说当他买满三十罐的时候，前女友还是不回来的话，这段感情就当是过期了。

当时看完《重庆森林》之后，林朝白很久没有回过神。上网搜索影评的时候发现有个网友说自己看完这部电影和男朋友分手了。电影里两个故事的爱情都点到为止，偏那么写实，那些台词是那么好。

“你对我的喜欢会有保质期吗？”林朝白对上他的视线，问得一半认真一半像是随意提起的玩笑。

他看了眼幕布，画面正好定格在金城武所饰演的角色身上。他没立刻回答，沉默了一会儿才说：“时间说了算，我尽全力。如果不可逆，我会为你吃三十个罐头。”

她专心看起了电影，眼睛半睁半闭。这部电影节奏不快，对话琐碎冗长。就像是所有情侣闲来无事的对话，一问一答都看似平常，却是那么真实。

就像是大多数充满爱情的日常，两个满心相爱的人说的也全是些废话。就像现在这样，没有什么狗血争夺，没有什么智斗小三。两个人用一部电影打发时间，等夜色黑了就思考晚饭。

“不过，为什么会有人舍得甩掉金城武呢？”林朝白百思不得其解，“太搞不懂了。”

她想吐槽的时候姜修不接话她都能自言自语。

她继续废话："选角太失败了，这让我觉得剧情有点突兀。可能换张普通点的脸才能让剧情看上去合理，毕竟谁会甩金城武啊。"

"电影而已。"姜修让她别较真。

"都是源于生活。"林朝白让他宽心，鼻塞躺着不舒服，干脆坐起来。

林朝白喝了粥，又在姜修多喝热水的监督中，灌了一肚子水，突然想上厕所。

她手机没拿，放在茶几上。

叶姝打了电话过来，说是北区有家网红店，问她要不要去打卡。

姜修接了电话，说："她发烧了，去不了。"

叶姝前两天还和他们一起吃饭，那时候看林朝白也算得上生龙活虎，就问："怎么突然发烧了？"

"嗯……"姜修一时间语塞，想了想，说，"她昨天喝酒了，喝得有点多。洗澡洗到一半非要去阳台上吹风，在阳台上开了个演唱会，然后就吹夜风吹感冒了。"电话那头突然陷入沉默，正在通话的时长数字在跳动。

叶姝经过漫长的石化后，不知道要怎么评价林朝白这么脑子欠费的操作，只能说："就……那你照顾好她吧。"

在厕所里的林朝白听见了来电铃声，出来的时候叶姝已经挂了电话。姜修把手机递给她说："叶姝的电话。"

林朝白抽纸巾擦手，嗯了一声，示意他继续说。

"她说喊你出去玩，我说你发烧去不了。"姜修说到这里一顿，"然后，她问你怎么突然发烧了。"

擦完手的纸被林朝白团成一个球，她吞了口唾沫，问："你怎么说的？"

姜修扯过沙发上的抱枕做盾："我说你昨天发酒疯，洗澡洗一半去阳台唱歌，吹……"

"风"字还没有说出来，她手里用纸巾团成的球已经砸过来了。没砸到他，被抱枕挡住了。

"比起真相，后面的稍微没有那么丢人。"姜修试图安慰她，以此掩盖刚才被她气到恩将仇报的事实。

"洗澡洗一半在阳台上唱歌就不丢人了？"

可惜发烧四肢无力，扑过去的一瞬间，被姜修反制拿下。他把她抱在怀里，林朝白挣扎了两下都没成功，放弃了，只能无奈地说："恭喜你，加深了我们血海深仇的羁绊。"

他还偏不见收，故意刺激她："不要生气不要生气，生气给魔鬼留空子。"

"你念这句子时认真的样子，真是像极了我们小区广场上跳舞的大妈。"林朝白龇牙，被他擒着的模样像极了打架打输还不服气的小猫。

"皮痒？嗯？"他威胁般地嗯了一声，"别吃退烧药了，我给你涂点皮炎宁。"

"我气不死你我。"林朝白置气。

他皮笑肉不笑道："气我？那你可真是太棒了呢。"

林朝白："我是真知棒的棒！"

没几天新学期就到来了。

大四已经基本没有课了。

下学期就要开始实习，这意味着学生会也到了交接的时候，但林朝白估计舍不得交接，怀念学生会的也只有范玮维一个人了，亲力亲为地安排着他们最后一次纳新工作。

林朝白已经把工作全部转交给了比她小一届的一个学妹。

她准备安安心心考她的研，看书、复习、刷题。结果范玮维给她打电话，叫她去给今年的大一新生拍两张照片。

偏这个时候部里的人都有课，没办法，林朝白从公寓赶了过去。

姜修休息的时候收到了她的信息，照片上是红肿的脚踝，配上一张大哭的表情包。

"是个平平无奇的帅哥"：怎么又崴脚了？

"看，这个人没有 ID"：我今天去拍新生军训，没有看见那边有石头，一脚踩下去了。

"是个平平无奇的帅哥"：有这个钱一直看脚踝，你怎么不去看看眼科和脑科？

"看，这个人没有 ID"：滚！

虽然姜修这个人嘴欠，但是他还是开车来学校把林朝白接回去了。

找到她的时候她不在医务室，而是在学生会活动室。她把存着今天军训照片的相机放回去。

姜修扶着她，临走的时候林朝白看着学生会活动室，一瞬间万般滋味涌上心头，朝着屋内的一切挥手道：“再见，我的青春。”

姜修学她。

林朝白给了他一个白眼，说：“大哥走错门了吧？你的青春不在这儿。”

“行吧，我对学生会最大的贡献就是和你在一起了。”

24

Chapter Twenty-four

第二十四章

时间一天一天地过。

唐旭尧的知识储备依旧原地踏步，甚至还有和洵川气温一样持续走低的可能性。

叶姝最近也不常去学校了，挑选好久之后，她还是选择了一开始就心仪的大学。和学校方面交流后，她已经在着手准备出国的签证了。然而在这之前还发生了一件事情。

自己蠢还抱怨别人太努力的人不少，叶姝同队的一个学长就是这种人。

这次校队招生选拔的考试，叶姝和那位学长负责改考卷，叶姝检查的是二批，结果最后纳新考试的考卷丢在了她手里。她明明把考卷放在训练室的柜子里，可第二天去的时候柜子里其他东西都在，就只有那些考卷没了。钥匙一共两把，一把在叶姝这里，一把在学长那里。可同队的另一个男生说那天学长和他在一起。

老校区的旧楼没有值钱的东西，摄像头还全是装饰品。

这件事最后不了了之，所幸二批的时候叶姝把成绩一起登记了，也没有造成多不可挽回的结果。只是这一次之后她越发看那群男生不顺眼。倒是有个学弟在那时候帮她说了话。

叶姝出于感谢想请学弟吃饭，结果叶姝给他发去的感谢短信被发在了他们男生的小群里，学弟说她也不过如此。

约他吃饭的第二天那学弟的女朋友就过来找叶姝麻烦了。

叶姝顺了顺头发，说：“我看他前天在空教室里跟一个女生聊天，和上回他在楼梯口拥抱的姑娘不是一个人，还以为他没女朋友呢，所以才请他吃饭的。没有问清楚哪个才是他女朋友，是我不对。”

然后那姑娘炸了，学弟跳脚说叶姝在胡说。

叶姝没说话，拎着书包就走了。身后的教室里传来女生歇斯底里的尖叫，还有桌椅被移动的声音。

叶姝去逛了商场，在电影院门口遇见了唐旭尧，他和室友正在为看什么电影争辩。室友要看鬼片，而他是个连鬼屋都能吓哭的跳蚤大小的人，可直说太丢人了。

叶姝的出现成了唐旭尧保住遮羞布最后的助力。

可她不是救世主，是个绊脚石。

“我也准备看这个电影。”

唐旭尧伸手捏了捏她胳膊，让她改口：“你一个姑娘家看什么鬼片，到时候又要躲在我身后哭。不看。”

最后室友自己去看了。

这个档期没有什么好看的电影，唐旭尧问叶姝等会儿准备干吗。

叶姝：“吃饭。”

“我们学校第二食堂的麻辣香锅是不是特别好吃？”唐旭尧也是听说的。

叶姝刚入学的时候有一个月只有三天的晚餐不是麻辣香锅的壮举，最后她吃腻了，距上次吃也过去好久了，这会儿被唐旭尧提起是有些想吃。

“嗯，挺不错的。算了，我回学校吃香锅了。”叶姝抬手和他说再见。

唐旭尧跟上去，说：“你不邀请我一起啊？”

“不。”叶姝拒绝。

唐旭尧：“不客套一下？”

叶姝瞥了他一眼，说：“我客套了你会拒绝吗？”

唐旭尧咧嘴一笑，虎牙露了出来，答：“不会。”

叶姝一副嫌弃的表情说：“所以我不客套。”

商场距离学校很近，他们两个步行也不需要多久。洵川最近突然降温，让人一下子适应不过来，总觉得这比飘雪的天还冷。

唐旭尧将外套的拉链拉上，他今天穿的是黑色的夹克，里面是件灰色的卫衣，脚上一双球鞋。他气质干净，人也高挑，总比别人亮眼一些。

他将半张脸埋在领子里，侧目看见叶姝双手抱臂，就问："手冷不冷？干吗不揣进口袋里？"

"没口袋。"叶姝买衣服的时候也没有注意。

唐旭尧说了声活该，然后把自己的手从口袋里拿出来，说："伸进来吧。"

他比叶姝高出一个头，叶姝看他需要仰着脖子，她问："客套的？"

唐旭尧："你以为我是你啊。"

他的口袋里残余着他手掌的温度，里面放着一包纸巾。

没一会儿，叶姝又把手缩了回去，说："算了，总有一种我在偷你东西的感觉。"

手还没有完全离开他的口袋就被他握住了，他的手掌心有些干燥，没有男生讨人厌的手汗。

"现在好了吧？"

好了，很好了。

麻辣香锅生意一直很火爆，但这次没有排队等多久，而且依旧很好吃，可惜还是碰见了倒胃口的人。

他们遇见了叶姝同队的队友，大老远的那个学弟就跑过来质问她为什么胡说八道，叶姝看着他脸颊上的巴掌印，解气了。

25
Chapter Twenty-five

第二十五章

林朝白苦恼于选专业，她实在是不想继续在这个专业的海洋里遨游了。姜修翻着省城大学各个专业的资料，他早就敲定好了，还是工商管理类的经济学。林朝白坐在小榴梿的笼子前，喂它吃磨牙饼干，口中说："我要不去学医吧，再读个五六年或者七八年的那种。"

姜修抬头看了她一眼，回道："行啊，你选妇产科发展，到时候我老婆产检、生孩子就拜托你了。"

"你说这话都丧良心。"林朝白哧了声。

姜修冷哼一笑："八年，等你读出头了，都三十了。我是无所谓，你呢？你是打算挺个大肚子在学海里遨游还是三十了之后再生孩子？"

林朝白反击："我就非得生孩子啊？"

"可以不生，但我怕等你八十岁和我离婚的时候，口水流着手抖着，到时候老无所依，都没有人送你去民政局和我签字离婚。"姜修说罢，扯了个微笑。

如果小榴梿不是只仓鼠而真是个榴梿，她绝对二话不说扔过去。

"果然得到了就不珍惜。"林朝白恶狠狠地给了他一个白眼，将小榴梿关回笼子里。

客厅里的垃圾桶已经满了，林朝白起身去扔垃圾。

姜修看了她一眼，问："干吗去？"

林朝白口是心非："现在去广场上找好未来对我献殷勤的目标。"

她把门一关，清静。

吃过饭的小榴梿在笼子里跑得飞快，等它都累得回窝睡觉了，林朝白还没回来。

出门找她没有费工夫，一出电梯门就看见她蹲在绿化带前，一副不怕蚊子咬的样子。他挡着灯光，影子投在了她身上，她在喂食的小猫吓得钻回了绿化带里。

“怎么，抓回去让它和你闺女演真实版的猫和老鼠？”姜修俯视着蜷缩得小小的她。

林朝白抬头仰视着他，将手里小猫吃了一半的零食塞到他手里，又把手伸给他，说：“我腿麻了。”

姜修没拉她，而是说：“我看见广场舞大部队就在那边，要不要我帮你找个老头过来让他给你献殷勤？”

听他说的话就容易让人来气，林朝白缩回自己的手，懒得理睬他。

手还没有缩回来，手腕就被握住了，他一用力，她就顺竿爬似的将腿钩着他腰，像只树懒，开口委屈极了：“蚊子全在攻击我。”

姜修任由她跳到自己身上，等她调整好了，用手托着她臀部，哎哟了两声，故意显得自己有些费力，衬得她有些重：“咬都咬了，和我说有什么用？要我帮你写封战书，你和它们擂台比武？然后我再帮你买两瓶杀蚊喷雾做武器，把比武弄成鸿门宴？”

林朝白张嘴咬在了他下巴上，闷声道：“你还嫌我嘴巴损人？你不损？自己一身毛，还嫌别人是妖怪。”

“知道损人的是嘴巴，有本事咬我嘴啊，咬我下巴干吗？”姜修故意颠了颠她。

姜修发现林朝白几乎从来不主动亲他，她还气人地说就像中年夫妇亲一口，噩梦能做一整宿。

这回也是，她扭过头假装听力障碍。她故意扯开话题：“唉，有爹疼有娘爱就是好，不像我选个专业这么困难，有时候独裁主义也挺好，总比选择困难来得好。”

她有些掉下去了，姜修向上托了托她，嘴里说：“你还没有回答我的问题呢，我下巴哪里得罪你了？”

林朝白舌头打结，好不容易把话理顺溜了：“我害羞行不行？”

姜修嘁了一声：“呵，害羞？害羞你大庭广众往我身上凑干吗？还害羞？

我给你丢草丛里去喂蚊子。”

“中国作家舒芜说过：真相爱，不接吻也相爱；不相爱，接了吻还是不相爱。”林朝白端着一副老师模样，特意把这话念得温婉动听，“我们是真爱，真金那么真的爱。”

“呵。不该吻而大胆去吻的人可被原谅，可以接吻而畏怯不敢吻者，不可饶恕。”姜修反驳，冷哼之后，表情依旧，还不忘按照林朝白刚才的话补充，“英国作家劳伦斯说的。听见没？不可饶恕。”

果然，不怕男生有逻辑，就怕男生有逻辑，还有文化。

但好在有文化的流氓不止他一个。

“吻神圣吧？”林朝白反问他。

姜修觉得自己占理，也不怕她再怎么找借口，就说：“嗯，怎么了？”

林朝白要的就是这个回答：“这么神圣，所以能在广场舞背景音乐《酒醉的蝴蝶》中进行吗？能吗？当然不能。”

有人说，考研和高考出考场相比心情变化会很大。

别人不知道，反正林朝白挺饿的。

解放的第一天，林朝白需要用一顿大餐安慰自己，在接下来两个月的时间里，至少她可以轻松一些了。

但正巧赶上叶姝要出国了。

叶姝出国的前一天把唐旭尧“睡”了。

怪她在街道的余晖里多看了他一眼。

她说得格外坦然，事后做法更是坦然。

唐旭尧问她要怎么处理，她翻脸不认人：“我没有谈恋爱的打算，但你可以去报警，我会主动配合的。”

林朝白很快就知道了这件事，也知道了叶姝一点都不打算负责，她就纳闷：“那你这么做干吗？”

“你情我愿的，他也挺主动的。”叶姝临行前从姜修手里拐走了林朝白一天，两个人逛着街，是平时总去的商场。

“你们两个都不提前达成共识，商量一下？”

叶姝哧了声：“难道还要白纸黑字跟他签名按手印？要不再找个律师公证

一下啊？”

林朝白一时间找不到回叶姝的话，反而觉得她说的话好像是有点道理。但对叶姝这种行为还是忍不住吐槽。

叶姝：“你是我朋友吗？和他兄弟谈恋爱你就胳膊肘往外拐了？”

叶姝到波士顿两个月之后，也听说了。

唐旭尧没考上。

而姜修和林朝白甜甜蜜蜜一起考上了省城大学的研究生。

中间有一个小插曲，是复试的体检。

林朝白看了一下体检的项目，一开始表情还挺好，简单扫了一眼体检表，无非是测些身高、体重、血压，以及拍个片再看看眼科。

不以为意的十秒钟之后，她看见了三个如噩梦般的大字——血常规。

知道被姜修带过去一起体检的后果是什么，所以她特意和姜修说自己前一天要去外婆家，然后在外婆家附近的医院做检查，就不和他一起了。

第二天，林朝白磨磨叽叽地将除了血常规以外的所有检查完成了。

上到二楼专门的检查科，她探出脑袋看着病人站在一起，等待着叫号。好几个人面不改色地坐在窗口，然后起身按着胳膊。

居然有人能这么轻松地面对。

她前后自我催眠了十分钟，结果就看见一个男生没有按时间按住棉花球，提早松开了。棉花球被拿走的那一刻，林朝白恨自己两只 5.0 视力的眼睛。

血液从胳膊弯处流出，她看得清清楚楚。

她不晕血，但腿还是跟着抖。小脑袋飞速地转动着，要不就逃掉这个项目？然后就怪医院弄丢了自己的数据？

可一抬头，那显眼的摄像头就正对着她的脸。

姜修能信林朝白就有鬼了。

他带着唐旭尧一起去了林朝白家旁边最近的二院。一般情况下，林朝白肯定是下午来，但是不确定检查过程，肯定都是空腹来的。

所以应该还是上午。

但不用来太早，因为她抽血的心理准备能做到天黑。到时候配合上她的微信步数就知道她出门没有，更精确地预测出时间。

果不其然，姜修一来就看见了站在楼梯口鬼头鬼脑张望的林朝白，他抬了抬下巴，示意唐旭尧往下巴所示意的方向看："看见林朝白了没有？"

唐旭尧望去，点头说："看见了。"

姜修嗯了一声，甩了甩手说："等会儿过去，一人一个胳膊把她架去抽血。"

唐旭尧没抓住为什么要架她去抽血这个重点，只听见一人一个胳膊。

"你仗着家属关系，我可不敢，我要架她，她能用青龙偃月刀教我梳中分。"唐旭尧可没有这个熊心豹子胆，他摇头，"你这是送我上西天啊，悟空。"

"八戒，别怕死。"说完，姜修不再和他贫嘴，赶在林朝白逃跑前一把拎住了她的后衣领。

林朝白还没有来得及反应，看着面前的人，脸一拉、嘴一撅，就说："我能再申请十分钟时间来做心理建设吗？"

"你都心理自我建设多久了？"姜修不听她的，手往她腰上一搂，将她抱上最后一级台阶。后续拎人进抽血大厅的动作也格外熟练。

姜修盯着她排队，负手看见她偷偷摸摸地让了一个又一个人，真当他是眼瞎吗？

林朝白又让了一个排在自己身后的人，脚步一点点地自以为不着痕迹地往后退，没两步撞上了姜修的胸口。她缩了缩脖子，认栽。她明明记得自己让了很多人，怎么没一会儿又到了自己？

抽血窗口前的椅子就跟烧红了的铁块似的烫屁股，医生录入她的信息，这是没一会儿的事情，她就坐立不安地抖了好几下腿。

贴着她名字的试管就像把屠夫的砍刀，她后背一紧，从椅子上蹦起来。

逃跑的步伐还没有迈开，名为姜修的绊脚石就将她绊倒在了原地。

她就像之前在山沟沟卫生院里的那次一样，往他身上一蹦，胳膊勾着他的脖子，一边哭丧似的撒娇求他，一边死死地抱住他不撒手："我不要，我怕……"

唐旭尧原本以为自己已经有些习惯他俩亲密了，但看着林朝白此刻居然哭成这样，梦回他第一次"识破"林朝白的那一刻。

简单形容就是：常威，你还说你不会武功？！

姜修叹气，托着她的屁股，防止她从自己身上掉下去，回忆了之前在山沟沟里的经历，问她："怕？"

问完，只听见埋在他肩头的人小声地嗯了一声。

姜修："哭吧。慢慢哭，等你哭累了我把你拖回去继续抽，到时候也省力。"

向万恶的独裁主义低头。

五分钟后，姜修拎着满脸都是眼泪的林朝白出了二院，还好这回没有小孩子被她带哭，因此也没有恨不得揍他俩的家长。

林朝白还惦记着胳膊上的针孔，想到之前那个没按好飙血的男生，她恨不得再按半个小时，嘴里小声地撒娇："疼。"

唐旭尧托着下巴，学着林朝白的语气对着姜修重复了一遍，然后接了句："哇，抽了个血之后怎么世界都变了？是我的感官认知出现了错误吗？她是怎么做到把一个温柔姑娘的灵魂装进她这个女流氓的身体里的？还能做到切换自如？"

林朝白听出了唐旭尧这话的意思，就说："姜修你别拦我，我要把他牙踹了。"

26

Chapter Twenty-six

第二十六章

林朝白觉得姜修脑子有点问题，他舍不得他的车，非要从洵川开去省城。当然他家有司机，他也有爸妈送，所以最后是林朝白自己一个人坐的飞机。

一个宿舍四个人，四个人四个专业。

一号床是和姜修一个专业读经济与金融的学霸美女，叫魏盼，是个长相智商全拉满的女生。

三号床的女生读行政管理，衣服集齐了所有森女系的特点，棉麻娃娃袖，蕾丝加刺绣。只是名字和长相极其不符合，叫徐振男。这个是长在大众审美点上的姑娘。

四号床是哲学系的女生，戴着和啤酒瓶底一样厚的眼镜，是全宿舍唯一一个书比化妆品、衣服多的女生，也是全宿舍唯一一个由爸妈送来的女生，叫宋雅。她特别喜欢笑，只是一笑就会露出牙套，但她总不记得要收敛。

二号床就是林朝白。

之前网络上总是有各种关于奇葩室友的帖子，开学前看得林朝白内心惶惶不安，但一下午相处下来，觉得室友也算和蔼可亲。

省城大学的宿舍楼集中在北面，两个食堂雄踞两边，三个超市三分天下。附近的宿舍区域还取了个叫庄舍公园的名字。

宿舍第一次集体出动，宋雅不遗余力地给全宿舍安利着她偶像。

食堂里，宋雅远远就看见了一个帅哥在排队买饭。

“就那个黑短袖，好帅。”宋雅指着三号窗口。

林朝白只看见个后脑勺，转头问魏盼："帅吗？"

魏盼摇头表示没看见："不过，我不喜欢男生穿短裤和椰子鞋。"

宋雅想去要联系方式，看看魏盼不像是会帮她要联系方式的人，看看徐振男到现在都没有找到三号窗口在哪里，她只好将希望寄托在林朝白身上："白白，你愿意……"

林朝白摇头，打断她说话："不愿意。"

她眨巴着小眼睛，眼睛虽小，但眨眼的频率极高："我好不容易对一个除了我偶像以外的人心动，拜托你了。"

"喜欢你自己去啊，你连要电话的勇气都没有，你怎么追他？"魏盼瞧不惯她忸怩的样子。

"我长得不好看。"宋雅继续撒娇，"白白长得漂亮，能要到的概率高。"

魏盼笑她的逻辑："万一那男的看上了她怎么办？再说了，以后你打算怎么办？和他聊天还借林朝白的脸吗？还是你准备网恋？"

"有始无终也比一开始就夭折得好。"宋雅也是个会强词夺理的人。

她软磨硬泡了好半天，林朝白终于受不了起身了，以前范玮维都没有这么啰唆磨人过。

林朝白起身过去的时候宋雅看上的帅哥已经不在三号窗口了，而是坐在了靠柱子旁的桌子边。一桌四个人全坐满了，其他人大概是他室友。他正巧面对着林朝白走过去的方向，和室友说话间一抬头就对上了林朝白的视线。

宋弈觉得那是个很漂亮的女生，省城这座大城市里最不缺的就是漂亮女生，林朝白是这一行列中的佼佼者，她漂亮，让人过目不忘。红格子的修身吊带裙，露在空气中纤细的脖子和锁骨都透着美。

"可以给我你的微信吗？"林朝白也是头一回要别人的联系方式，没经验归没经验，但好在被要的次数比较多。

她说完，餐桌上的其他人发出坏笑，和宋奕坐在一边的胖子笑得最开心："哇，宋弈，快给人微信啊。"

宋弈红着脸点了点头，从口袋里拿出手机点开"扫一扫"。

林朝白正要出示二维码的时候才发现是自己的手机，果然没有经验，她应该把宋雅的手机一起拿过来的。

"呵。"一声冷笑。

带着些许熟悉，夹杂着怒意。

视线从宋弈的餐盘移到他对面的餐盘，沿着胳膊往上，看到了那个林朝白走过来时一直背对着她的人的脸。

一哆嗦。

是姜修。

宋弈已经扫好了：“加了。”

林朝白手一抖，手机差点落在他们餐盘里成了加餐。望着那张带着怒意却挂着笑容的脸，林朝白所有的言语功能退化，好半天才张口：“我帮我室友要的。”

这回换宋弈愣住了。

姜修放下筷子，表情不变地仰视着她说：“手机是你的。”

明明是仰视别人，可他就是傲在身上，丝毫不弱势。

“头一回帮别人要联系方式，没经验。”林朝白缩着脖子，就怕一刀落在自己脖子上。

姜修一手端着餐盘，一手扣着她的脖子把她往餐具回收处带，放完餐盘又拎着她出了食堂大门。

食堂不愧是吃饭的地方，不仅是人吃饭的地方也是蚊子吃饭的地方。林朝白边走边拍着胳膊上的蚊子，姜修看了她一眼，说：“站着，等我。”

他进了超市，没一会儿拿了包驱蚊手环和一根旺旺碎碎冰出来。

林朝白把胳膊伸给他，说：“我想吃最贵的梦龙。”

姜修抬头看了她一眼，只一眼，里面带着无奈、无语和先前未散光的怒气，说：“要别人微信？胆子够肥啊林朝白，没给你个毛栗子吃吃就不错了。”

旺旺碎碎冰是葡萄味的。

林朝白冤枉，撇着嘴委屈道：“我真的是帮我室友要的。”

说完，室友们出现在了不远处，宋雅八卦的心和看见姜修给林朝白戴驱蚊手环时那八卦的笑容让她笑得牙龈都露出来了。

姜修看了不远处的三个人，问：“哪个？”

林朝白努嘴：“牙在路灯下跟反光似的那个。”

林朝白在宿舍宣布姜修是她男朋友之后，宋雅兴奋得差点把地砖蹦碎，全宿舍搬着小板凳想听他们的爱情故事。林朝白坐在桌子上抱着上上铺要用的楼梯，努力表现出一副弱小又无助的模样。

“读本科的时候在一起的，然后就谈谈恋爱啊，没有什么故事。”林朝白不是个会讲故事的人，主要也没有什么故事好说。

“他好帅，比三号窗口那男的都帅。”宋雅笑得嘴皮子都卡在牙套上了，“和这种帅哥在一起，就算吵架生气，一看见他那张脸都能不生气了。”

晚上睡前林朝白把宋雅的话发给了姜修。

“是个平平无奇的帅哥”：谁说的？牙反光的那个？

“看，这个人没有 ID”：对。

十分钟后，手机一响。

第一行是宋弈，第二行是年龄、身高、体重。

下面依次是考研成绩、经历概括，以及理想型择偶标准。

“是个平平无奇的帅哥”：给诚实孩子的奖励。

林朝白把这些转发给了宋雅，还推送给她宋弈的微信号。

十分钟后，快熄灯的女生宿舍里发出哀号，哀号声从四号床响起：“啊——他拒绝了我，说姓氏一样，八百年前可能是一家，亲戚不能结婚。”

林朝白把宋雅“失恋”的实况用文字转播给了姜修，隔壁床的魏盼刚和爸妈通完电话从阳台回来，徐振男给每个人发了她妈妈自己做的小香囊，说是可以安神还可以驱蚊虫的。

“看，这个人没有 ID”：宿舍里都是有娘疼的孩子。

“是个平平无奇的帅哥”：母爱我是给不出来，要不我给你点父爱？

“看，这个人没有 ID”：也行，那你要每天给我买棒棒糖吃吗？

“是个平平无奇的帅哥”：我们家的父爱是不听话一顿打。

“看，这个人没有 ID”：再见。

林朝白偶然发现，她的男朋友有点受人欢迎。

她是不干监视姜修这种事情，但是同宿舍的魏盼和姜修是同学，有些事情魏盼总是会第一时间告诉她。

比如最近有一个女生在追姜修，叫任蓓。

一次去超市的时候，她还遇见了这个任蓓，当时魏盼拿着一袋薯片挡住嘴巴，给林朝白使眼色。告诉她，就是那个长头发、背着“香奶奶”的女生。

林朝白看了过去，确实是一个很好看的女生，从头发丝一直到脚指甲都是精致的。

魏盼还告诉林朝白："听说是留学回来的。"

后来几次林朝白在学校里见到她，她永远保持着精致模样，不仅如此，还积极参加学校活动。

哪像林朝白，憋不出一篇研究生文章的时候，人家已经给经济杂志撰稿了。

然而人倒霉的时候，真的喝口水都塞牙缝。

周末和姜修去宾馆过二人世界的时候，他非要开着窗户，然后林朝白出了一身汗吹了风。

再一次感冒了。

虽然平时打架一流，但是身子骨还是弱了一点。

一觉睡醒，嗓子哑了。

林朝白花了三天的时间把嗓子发炎变成了感冒，再变成现在的重感冒。

假期结束回学校，她憔悴得不得了。

宋雅调查全宿舍假期的满意程度，林朝白拖着一副病体，答案全写在脸上了，她过得一点都不好。姜修说她活该，谁让她不肯打针不肯挂水的。

感冒也没力气收拾自己，没死就不错了，什么打扮都放在其次。

食堂里的饭菜一点也勾不起林朝白的食欲，她吃着咸肉豌豆饭，饭有些硬，吃得她嗓子疼。

路过的好几个女生都纷纷回头看她，虽然她的确是浪费了粮食，但奈何饭菜太难吃，她的喉咙实在是太痛。林朝白原先不在意，直到她有些口渴去买水，看见排在她斜前方的女生回头看她，那上下打量人的目光丝毫不掩盖，又给旁边同行的女生使了个眼色。

隐隐约约听见她们说话。

"……就是她。"

"素颜和化妆差距还蛮大的，还以为多好看呢。"

脑子死机。等她们走远了，林朝白才明白，话里话外，不就是说她配不上姜修嘛。

她郁闷了好几天，也不知道是自卑在作祟，还是没把奶茶泼那两个女生脸上的后悔在作怪。

郁闷使她看上去更憔悴了，不过还好化悲愤为食欲，一天三顿，顿顿不落。

宋雅安慰她，说这不是生病，是仙女在凡间水土不服。

这叫渡劫。

听见宋雅“仙女论”地夸人，林朝白还挺开心。可惜没开心多久，魏盼下课之后回宿舍给林朝白来了当头一棒：“我们分学习小组了，你男朋友和任蓓一组。”

不过还有个消息。

魏盼学着宋雅摸着她脑袋，安慰她：“你男朋友可能要被选去比赛了。”

一个经济比赛，最后获胜的人可以在银行带薪实习。被选上了就没有什么空闲时间了，林朝白就会迎来每月两周的“孤独”。

魏盼说的这件事是今天上课时宣布的，林朝白被室友安慰了一阵子之后，找到自己手机。

两分钟前姜修发了短信过来。

“是个平平无奇的帅哥”：带你去补补。

林朝白还没有来得及回复。他电话已经打进来了。她吃一堑，长一智，先问清楚：“你付钱？”

还是跟上次吃火锅一样又要教育她不要轻易感动。

“你生病瘦几斤几两我都给你补回去。”他打包票这回他付钱。

林朝白也没收拾，头发乱糟糟的，素着一张脸。

爬上副驾，林朝白看着脚下印着车标的垫子，一瞬间觉得自己脚上九块九包邮的人字拖逾越了。

“走吧。”林朝白系上安全带，“我想吃火锅了。”

“你这嗓子还能吃火锅？”姜修笑她，“鸭子听了还以为亲戚来了呢。”

林朝白一说长句子嗓子就要劈，他趁机在口头战争中用字数占据攻击优势位置。林朝白用手机搜着餐厅，摸了摸自己的喉咙，开头第一个音就没发出来，她咳嗽了两声说：“分手还是说得出来的。”

他打着方向盘，从宿舍区驶出，同时对她说：“现在说分手不觉得有点亏吗？怎么说也要把因病瘦下去的几两肉吃回来了再考虑。”

“没瘦。”林朝白摸了摸肚子，虽然没有游泳圈，但是肋骨摸着也没有以前那么明显了。

“突然没有挽留你的理由了。”他倒是会装，故作惋惜的样子，像极了渣男。

林朝白哧了声，朝着他咳嗽了两声：“魔法攻击。”

火锅店人不多，无籽的西瓜上了一盘又一盘。姜修喝着柠檬水，抽了张纸巾替她擦去沿着手臂流下来的西瓜汁，嘴里还说：“你可真容易养。”

他刚说完，林朝白打了个嗝。

这里的无籽西瓜很好吃，汁多肉甜。嗓子被西瓜润得舒服了许多，她勉勉强强能说上一句话。林朝白说完一句话嗓子没劈，也是有些兴奋，像是哄小动物似的温柔地摸着她自己的嗓子安抚。像一个有语言障碍的人终于能说出一句话一般。

姜修笑她：“我们好像是那种痴情男友和因病智力退化女友的组合。”

“不知道被气死的人死后有没有什么特征，否则我真怕你会成为法网下的漏网之鱼。”林朝白能感觉血海深仇的羁绊加深了，“我们冷战十分钟。”

就像是上班准时准点打卡的人一样，吵架拌嘴可能会迟到，但永远不会缺席。

锅底加热得有些慢，姜修百无聊赖地看着店外闲逛的人。林朝白眼瞅着清汤锅底沸腾了，她忘了自己是个不会判断肉类熟不熟的人，一片牛肉来来回回烫着还问：“牛肉是不是好了？”

她问，但姜修看了她一眼，错开视线，没有说话。

店外清洁车已经开过来了，他想到小时候和唐旭尧看完《天龙八部》之后，那段时间他们对拿扫帚的人都特别有礼貌。火锅店里放着最近音乐节目的热门单曲，某男明星的歌声在火锅沸腾的雾气里飘荡着，最后落在碗里，成了就餐的助兴。

手机上显示分钟的数字变动了两次后，姜修开口：“肥牛烫一下就好了，倒进去的都老了。”

“你不早说。”

姜修耸肩：“你说冷战十分钟的。”

“我叫你别惹我生气的时候你怎么不听？”林朝白咬牙切齿。

“大病一场，听力受损，听觉神经接触不良，选择性失聪，无药可医。”他扯出一副狡黠的笑容。

“我真的要被气死了。”林朝白捞着锅里的牛肉，“分手算了，正好你又要参加比赛。”

"分手"两个字一说出来，他脸上先前狡黠的表情没了。他装作没听见，问她："你怎么知道我要参加比赛？"

"魏盼回来告诉我的。"牛肉煮得太久了，口感都不好了。林朝白如同嚼蜡，心里骂着他。

不仅知道你要参加比赛，还知道任蓓和你一个学习小组呢。

可他一直到刚才都没有主动说。

姜修夹走了那些不怎么好吃的牛肉，问："你想我去吗？"

"你想去吗？"林朝白问完他就点头了。

有些意外，林朝白一直以为他不是个喜欢参加这种活动的人，至少在上次的竞赛上他没有表现得多心甘情愿。但再想想，一个是母亲逼迫的，一个是难得自己主动报名的。

"那你去呗。"林朝白夹了一片白菜叶子，胃口没了一大半。

结账的柜台前有一面可以照脸的镜子，林朝白看了看里面的自己。眼下的乌青基本告别了素颜的清纯有活力，五官虽然姣好，但病气有些浓。身上穿着阔腿牛仔裤，脚踩一双人字拖，整个人也和精致搭不上边。

再看看他，黑色短袖除胸口那个品牌大标志以外也平平无奇，军绿色的工装裤，和身上黑绿搭配得很好的球鞋，简约又大方。衣服很衬他，他也很好地驾驭着衣服。

自己这个专业弄得林朝白晕头转向，能否顺利毕业都是未知数。而他呢，可能要去参加比赛。

追他的人还那么优秀。

人比人，气死人。

自卑的小种子开始发芽了，扎根在血肉之上，沿着血脉准备撑破胸膛。

她开始郁闷，上车之后一直看着车窗外的街景。郁闷他为什么不主动说，郁闷自己为什么突然就平平无奇了，郁闷一切都不顺心。

不安全感在作祟。

"我送你回宿舍？"姜修问。

她拒绝了："不要，我要去理发店。"

"去干吗？"姜修没多加思考便随口一问。

"废话。"无名之火冒了出来，"去理发店不剪头发能干吗？我去买奶茶？"

也是，姜修道歉："怎么想到去剪头发了？"

"对不起"三个字显得她多无理取闹，显得他多温柔体贴啊。这真是让人讨厌的三个字。

林朝白随口胡诌："有个男生喜欢我长头发的样子。"

他伸手摸了摸她的脑袋，说："那是要剪了。"

她靠着车窗，看着他，只有一个侧脸。修剪过后的头发反而衬得他侧脸更立体，她努嘴道："你怎么这么招别的女生喜欢？你现在还要和那个叫任什么的美女一个小组学习，你都没和我说。"

他停在斑马线前等红绿灯，没转头看她前就听出她语气不太对，转头望去的时候，果然一副要哭的样子，赶紧说："她也值得我提？你就为了这么个我不喜欢的人哭？再说了，我又不是人民币，哪有那么招人喜欢？"

"她们都说我配不上你。"林朝白从座位中间的储物格里拿了张纸巾，也不是擦眼泪，主要是感冒不得不擤鼻涕。

这一擤倒是更显得楚楚可怜了。

姜修："你听见了没撕了她们的嘴？"

就是没动手，也没有骂回去，她回想起来就觉得亏，越想越觉得亏，然后就自己把自己给气到了。

"下回一定。"林朝白保证。

车子启动，他的目光和注意力在路况上，随口问："你不是挺有自信的吗？"

"省城大学啊，追你的全是和我考差不多分数的，还有些比我分高比我聪明，我就直接淹没在人海之中了，能不自卑吗？"林朝白诉苦道。

"可你就是你，我喜欢的就只能是你。别没自信，我喜欢的就是你。"姜修借此又好好教育了她一番，"还有，熬夜使人变老，你再天天三四点睡，到时候就只能更自卑。"

林朝白："我涂熬夜神器了，涂了之后觉得不熬夜就浪费了脸上的护肤品。"

姜修笑了笑："你逻辑怎么这么奇怪？"

"这才是主流思想。"

车到店门口的时候，林朝白又改了主意，她不想剪头发了。

姜修把她送到宿舍楼下，没让她直接下车，而是从车门边拿了些效果比较好的感冒药给她，并下了最后通牒："三天后感冒再不好，你嗓子里要还住着鸭子，我扛都要扛你去医院挂水。”

一听见“挂水”两个字，林朝白就开始手痛，人蔫巴了，说：“知道了。”

回到宿舍，手机一振。

“是个平平无奇的帅哥”：那就让一个帅哥天天说一句我喜欢你，来给你点自信吧。

“是个平平无奇的帅哥”：我喜欢你的呀。

无籽西瓜好甜，甜到现在嘴巴里都还有甜味。

没两天，魏盼告诉她，姜修被选进了辅导员组里了。消息刚在宿舍宣布，姜修就告诉她训练从下周开始。她感冒稍微好点了，但为了防止姜修把她骗去医院打针挂水，林朝白躲在宿舍里，发誓：感冒好前，谈情说爱都要排在后面。

魏盼宣布完消息之后，拍了拍隔壁床的林朝白：“白白，其实还有一件事……”

林朝白看她欲言又止的模样，还以为又是什么“绿茶”的故事。

魏盼说不是：“你男朋友最近有点奇怪。”

林朝白狐疑：“什么意思？”

“就……”魏盼努力用一个理科生的脑子去想着贴合事实的措辞，“就……他开始有些不修边幅。也不是邋遢，就是像没了偶像包袱，穿着随意，而且衣服也不怎么好看。对了，他头发又剪了。”

上完课，姜修从卫生间出来，换掉了上课那套衣服。

宋弈看了眼他，看了眼他手里换下来的衣服，问：“阿修，你累不累？宿舍里一套衣服，出门一套。”

他晚上睡觉还有一套，是睡衣。

“这叫爱，你不懂。”姜修刺激他没有对象。

女朋友既然总担心别人喜欢他，那他就让别人不喜欢他。变好看难，装丑还不简单吗？

前两个晚上怕被他拉出去打针的林朝白今天终于肯见他了。他找了顶帽子，拎着昨天买好的零食出门。今天他们两个都没有晚课，十月份的天气蚊子都寥寥无几，她还能有本事把四周的蚊子全招过来？

林朝白精神看上去比前两天好多了，她等他期间，无聊地踢着路上的小石子。小石子滚进了下水道里，她又对另一块下脚。

突然抬头，像是有心灵感应一样，正巧他走了过去。把手里的零食递给她，林朝白没接，伸手掀他的鸭舌帽。

面容被路灯照亮。

头发又剪短了，这回长度和《太阳的后裔》里的宋仲基头发长度差不多。换上他以往的衣服，依旧很好看。

林朝白：“你买了很丑的衣服？”

“有那么几件是我室友选的。”他变相承认了，摸了摸头发，“这回有安全感了？”

林朝白没说话，想笑，又想哭。有一次和叶姝一起午睡前，她想着珍妮特，想着珍妮特说过“我渴望有人暴烈地爱我”。

原来，这句话被兑现的感觉是这样的。

她体会到了。

见她一直不说话，姜修拿起手机照了照自己的样子，说：“挺好看的。”

林朝白这回点头了，说：“好看的。”她走上前，踮脚亲了亲他的下巴，看着他的脸，“好看死了。”

27
Chapter Twenty-seven

第二十七章

林朝白承认自己就是条“咸鱼”。

全宿舍忙着参加社团活动的时候，她躺在宿舍床上琢磨什么样的床垫久躺不伤脊椎还能躺着舒服。全宿舍忙着复习的时候，她用一个晚上一支笔一本书在等一个奇迹。

明明在一个校区，还能过成异地恋。

就连他生日也就喊上唐旭尧和叶姝一起吃了顿饭，中途还被和他一起参加训练的学姐喊走了。

一个学期就是一眨眼的工夫。林朝白想等奇迹，魏盼看不下去，拉着她去图书馆感受一下省城大学学子真正应该有的样子。徐振男说图书馆好，有空调，全宿舍的人都去了，就能省下一下午的空调电费。

结果到了看着比早高峰地铁还拥挤的图书馆，她们挤不进去，最后在学校外面的奶茶店复习。题目没背进去多少，一下午奶茶、甜品消费就两百元左右。

林朝白发了条朋友圈：百年省城大，考啥都不挂。

姜修在下面评论：你想啥好事呢？

他评论的时候正巧从辅导员办公室出来。过两天就是期末考试了，辅导员说最近都不用训练了，让他们好好准备期末考试。除了要比赛的那几个学长、学姐寒假需要留下来，剩下像姜修这些才加入的和明年才比赛的，考完试就可以正常放假回家了。

前辈们聊着等会儿聚餐。

姜修就在一旁听着，因为集训，姜修总是会把手机调整成振动模式。

手机一振。

是林朝白回复的评论。

——要你多管闲事！

他笑了笑。

聚餐说是吃火锅，就在学校外的火锅店，鸳鸯锅照顾了不少人的口味。姜修不是个能喝酒的人，啤酒拿上来的时候，他已经给自己倒好了果汁。

拿出手机，林朝白没有回他，而是在朋友圈吐槽高等数学。

下面有叶姝的留言，一股子来自数学系大学霸的站着说话不腰疼，林朝白在求教。

叶姝发了个斜视吃瓜的表情，表情后面配上一行字。

“小叶小叶，天天熬夜”：你不是有私人家教吗？

一分钟前，林朝白回复了。

“看，这个人没有 ID”：什么私人家教？我只是个男朋友健在的单身汉。

姜修点开林朝白的头像，半个小时前的最后一条消息是他发的，林朝白一直都没有回复。他聊天的背景图是林朝白一次学小榴梿吃东西，学得很像，很搞怪。

“是个又要竞赛的帅哥”：生气了？

消息发过去石沉大海。

“是个又要竞赛的帅哥”：喂喂喂，呼叫一个美女。

“是个又要竞赛的帅哥”：有没有美女收到呼叫？收到请回答。

终于，手机上显示“对方正在输入……”

“看，这个人没有 ID”：请问您哪位啊？

称呼用的不是“你”，而是“您”了。

“是个又要竞赛的帅哥”：我难道不是你第一喜欢的男朋友了吗？

先收到的是一个小人吐瓜子的表情，配字“he——tui——”。

“看，这个人没有 ID”：男朋友？我怎么不知道我还有个男朋友？我还以为我单身呢！你见到我男朋友了？问问他是不是棺材板上的土压得太厚了，所以爬不出来看不了女朋友？还是棺材板屏蔽信号，所以手机打不了电话？

阴阳怪气的。

上回见她是过去挺久了，他们也好久没有一起吃饭了。补课训练的时候总是不能及时回复她消息，到了饭点都是大家一起叫外卖。难得上次圣诞节他得了空，结果刚见面就被辅导员叫了出去。林朝白看着他挂了电话开始出门，他说处理完就回来。

“是个又要竞赛的帅哥”：我错了，对不起。

她依旧没回复。姜修找着跪地认错的表情包。还总是说他是天蝎座记仇，她生起气来，也跟个天蝎座差不多。

“是个又要竞赛的帅哥”：真的知道错了，喂喂喂，理理我行不行？

还是没有任何回复。

“是个又要竞赛的帅哥”：你男朋友叫我从阴曹地府给你快递了一份无敌高数补习。

十秒钟后，六个“点”出现在白色的对话气泡里。

“看，这个人没有 ID”：点点点点点点。

再发过来的表情包都变成粉红色了。

“看，这个人没有 ID”：这就来查收。

果然，有求必会变脸服软，这么久了，这个特点还是一点都没有变。

一看见她下了台阶，不生气了，姜修非要继续刺激她，给自己找事做。

“是个又要竞赛的帅哥”：哎哟，你谁啊？是他女朋友吗？他和我说他女朋友人美声甜，一点脾气都没有，一个脏字都不说，你看着不像啊。

姜修现在能想象到林朝白在手机那头的表情。如果室友在旁边大概会面无表情或是皮笑肉不笑；如果室友不在，大概会面目狰狞地把一样东西物化成他，然后摔了又砸。

“看，这个人没有 ID”：当然是我啊，小哥哥。

“是个又要竞赛的帅哥”：是你啊，那麻烦你帮我一起抬一下棺材板，是有点重，快爬不出来了。

他一直在玩手机，旁边的学姐给他夹了一块牛肉，喊了他的名字：“你不吃吗？快点吃吧，别玩手机了。”

姜修看了眼她，说了声谢谢。碗里的肉没碰一下，他起身和其他人打招呼：“我突然有点事情，这顿饭就算我请客了。大家慢用。”

早走不行，但是早走把单结了就可以了。

出了火锅店，一月的寒意轻易就找到了衣服与人之间的缝隙。华灯初上，五颜六色的霓虹灯招牌，他和那时被乱花迷眼的白居易是一种感受。

挂了姜修电话的半个小时后，林朝白在室友纷纷要上床捂被窝的晚上起床了。

宋雅洗完澡看见林朝白下了床，她顶着一个爆炸发型看着林朝白站在衣柜前换衣服，就问："睡美人，你终于肯下铺了啊？怎么，要出去啊？"

林朝白把头从衣服里伸出来，回道："嗯。"

魏盼从遮光帘后探头："晚上回来吗？"

"不一定。"林朝白穿上雪地靴。

姜修在酒店洗了个热水澡，等他洗完了，林朝白才姗姗来迟。透过猫眼往外看，她噘着嘴，一脸的不情愿和不愉快，手一下一下地按着门铃。按铃毫无节奏感，只剩下些暴躁。

省城是座多雨水的城市，到了冬天雪也多。她来的时候天上飘起了几片雪，等她走到半路，雪势已经很大了，屋内的暖气融化了落在她大衣和围巾上的雪花。雪花消失了，只剩下用手才可感受到的潮湿。

电视在播放，是体育频道的球赛。

他的衣服一半挂在衣架上一半随意地搭在椅子上。

内搭是件联名款的卫衣，外套是件挺韩风的棉服，之前剪短的头发又长了。她脱了大衣外套，里面就只有一件毛衣。她朝他伸出手，问："高数复习资料呢？"

姜修抬手，往她手掌心拍了下去，手掌心估计是被打红了。他拍下去后顺势握着她的手腕说："你就一点都不想我是吧？打酱油去了？嘴巴噘这么高。"

她要抽回自己的手，越是挣脱，他握得越紧。

她叹气："先去洗澡，头发都打湿了。"

她把衣服脱了扔在洗手池里，内衣团成一团扔在旁边。他站在水池旁帮她把贴身衣物洗了，在酒店衣柜里找到了一个衣架，用纸巾把衣架来来回回擦了好几遍，才把她的衣服放上去，挂在空调出风口。

其间，扔在被子上的手机响了。

来电的不是一起训练的前辈，而是唐旭尧。

“喂，阿修你现在有空吗？”

姜修找好挂衣架的地方，随口回道：“说。”

唐旭尧：“你一般惹林朝白之后要哄多久？怎么哄？”

“你问这个干吗？”

电话那头沉默了两秒，唐旭尧坦白自己网恋了个对象：“我惹她不开心了，要怎么哄啊？我已经哄了好久了，怎么还是没有效果？”

“装什么装，是叶姝吧？”姜修找好了位置，等会儿他还要哄呢，“哄多久这个是随缘的。”

唐旭尧放弃了：“我都困了。算了，先去睡一觉再说。”

姜修笑他没经验，说：“那基本就是最坏的结果了。女生生气就是这样，她可以不理你，但你绝对不能不找她。她不会说为什么生气，但你一定要自我反省到重点上。你要敢在冷战期间睡觉或做别的事情，你就等着分手吧。”

听见姜修说唐旭尧的世界观在崩塌：“那我已经哄得好烦了，你就不会不想哄吗？”

“不会。”姜修拿着空调遥控器调着温度，“问好了吧？我挂了。”

“等一下，我再问一下。”唐旭尧又把之前的问题重点问了一遍。

姜修翻白眼，可惜他看不见，他问：“你真的就问一下？你确定你问了一下？”

“你看，我就问问你你就这样，你还说你愿意哄林朝白？你这个耐心能不睡觉去哄她？”唐旭尧企图重建三观。

姜修：“我对你就会不想哄，我对她就不会。好了，我挂了。”

“呵？我们多少年的关系了？从小学三年级起我们就是晚上要打一两个小时电话的人，你现在有女朋友了，就不想和我打电话了是吗？”唐旭尧痛斥他的没良心的渣男行为。

姜修扶额：“大哥，你一个大男人和我一个大男人大晚上打电话，你不打游戏，我还要去谈情说爱呢。”

这回姜修说完就直接挂了，回过神来浴室已经没有水声了，取而代之的是吹风机的声音。

在林朝白胳膊举酸的时候，姜修进来了，从她手里拿过吹风机。他吹头发的技术也不怎么好，给她梳头也弄疼了她。最后吹到快干了的时候林朝白为保发量说不吹了。

一出去就能看见她的内衣挂在显眼的位置吹风，贴心是很贴心，就是断了她今天晚上回宿舍的后路。

“无敌的奥数补习呢？”

姜修指了指他的太阳穴说：“在这里呢。”

“所以怎么着？你是打算等考试那天把你脑袋拧下来装在我脖子上吗？”明知道他是什么意思，林朝白偏要抬杠。

说到底他们其实都是嘴闲的人，都是不说话带刺就觉得亏，不和对方抬杠就浑身难受的“工地抬杠”专家。

姜修叹气，也不是生气，就是无奈。

无奈她生气，无奈自己又要哄人，也不是不情愿，只是最近三天一小吵似乎成了呼吸。手伸到她腋下，将她抱上床，身高差转换了，他开口：“对不起。”

她就像是小学老师喊同学起来回答问题，回答出来了，还要再提问为什么答案是这个：“哪儿错了？”

姜修犯贱：“斗嘴赢了你，我错了。”

林朝白怒了：“姜修，我真要生气了！我刚刚洗澡都听见你和人打电话了，什么哄不哄的？”

“那是唐旭尧。”

说着姜修让她查手机。

林朝白拿过手机随便翻了翻，但突然又想到真要是别人，他估计也已经删掉了，退出界面的手却不小心碰到了好友栏。

点进了和她的聊天界面。

在一堆日常吵架拌嘴的对话里一切都很正常。

但聊天背景就不正常。

仔细一看，是她的丑照。

“你拍我丑照？”

姜修坐过去，看了看手机又看了看她：“哪里丑了？挺可爱的。”

“请问你这‘可爱’两个字是怎么写的？横折横竖横吗？”林朝白抬腿朝着他踢过去。

横折横竖横。

"丑"字的笔画顺序。

他一把抓住她脚踝。

林朝白打了个激灵，按住浴袍的下摆，但一条腿还在他手中，于是吼道："你撒手。"

他没松手。

林朝白用另一条腿踢了过去。他压根不在意，拎着她的腿往床上一推，说："宝贝，你能不能文明点？"

他从小到大生活环境开明，姜家第一个孙子，而且外貌、成绩同样优秀。爷爷疼奶奶爱，上街小姑随他买，生活开心美好。结果年纪轻轻，为她昙花一般的温柔所骗，吃尽了爱情里的毒打和苦。

"温柔是你的美。"她朝着他耳边怒吼，"听懂了吗？温柔是你的美。"

知道交涉失败，林朝白让他起开："你喊我来是探讨学习的。"

"所有事情都有学问，所以所有事情里都有学问值得探讨。"他自然不会起，低头吻了吻她的嘴角，说，"骂人的时候嘴巴够毒的，吻起来倒是一直都这么软。"

姜修刚说完，她仰头，说："是啊，所有事情都有学问，你要不要探讨一下我巴掌下的学问？"

姜修有些狐疑，他那么说是因为对那里头的学问真的有所探讨。但林朝白说的打人的巴掌倒是难倒了他，这能有什么学问？他拆台："行啊，你今天要是不能围绕巴掌写出篇小论文，你要为你的言行负责任。"

"行，同理。公证人没有，全凭诚信。"林朝白举手和他拉钩，"你的人，我的手。我给我的手一个力的方向，朝你身体任意一个位置攻击，要让你和我的手所受合外力不为零，丑照使我爆发，丑照越多，你受到的伤害越大。"

很简单的一个知识点。

林朝白："到你了，你的小论文呢？"

姜修继续了动作，口中说道："我不太擅长口述，竞赛队进得多了，擅长实干。"

"姜修，你个大骗子。"林朝白唾弃他，"臭流氓，你居然用神圣的学习为借口骗我过来。"

他压着她的手臂，鼻尖蹭着她脸颊说："包教包会。"

他言出必行。

之后还真的拉起林朝白给她讲了会儿题目，她脑子昏昏沉沉的什么都没有听进去，也记不住。

早上看姜修手机，没有未接电话，倒是看见她自己九点要开班会，于是从腰上把他手臂拿走。她换完衣服洗完漱从卫生间出来的时候姜修醒了，趴在床上玩手机，看到她出来就问："你考到几号？"

"七号。"林朝白从椅子上拿起压在他外套上的围巾。

"我十号下午考完，我开车回去，等我。"

林朝白系上围巾，说："飞机、高铁哪一样不比你开车快，还比坐你车舒服。"

她走出房间等电梯的时候，口袋里的手机响了，是姜修的短信。

——等我一起回家。

姜修考完试后来宿舍楼下接林朝白，她收拾了一行李箱的东西回家。爬上副驾驶还感慨她提下来的时候恨不得直接从楼上扔下去。

从省城开车回家开了五个多小时，他不累，林朝白坐得都嫌累。

一路上在服务区休息然后再启程，从天亮一直开到了晚上，姜修风尘仆仆地往林朝白床上一躺，全是灰尘的味道。

她的小公寓一直处于没有人住的状态，自然全是灰尘。

他又爬起来，灰尘过敏让他立刻连打了好几个喷嚏，用手捂着鼻子去开窗，同时说："晚上住酒店吧，明天白天回来好好打扫一下再住。"

林朝白躺在没铺的床上不以为意："将就着睡一下吧。"

"可我对灰尘过敏。"所以他以前上学从不弄学生档案的原因有二，一是懒，二是灰尘过敏。

林朝白反应过来了，他估计是打算留宿，就说："那你回家住啊，我不过敏。"

"免费带你回家，这么大的恩德不感谢一下？"姜修一手捂着鼻子一手把她从床上拉起来。

真要用力气，林朝白还是拿姜修没辙。

他一手提着她，一手提着她的行李箱。

进了电梯，她一屁股坐在行李箱上，跟个孩子似的问："你不累吗？"

姜修："还好。"

"可我好累啊。"林朝白将脑袋靠着他胳膊。

车停在了他之前住过的那家酒店，他还特意让前台开了那间 1501。

刚才的灰尘让他眼睛、鼻子和皮肤发痒，去酒店的路上林朝白在药店买了抗过敏药。姜修忘了告诉她要买哪一种，结果很不巧的是，店员卖给了她眼药水和口服滴剂。

姜修不喜欢滴眼药水和喝口服液，就像林朝白不喜欢打针挂水，直接口服的药片还可以接受，但他讨厌口服液完全占据味觉的那种感觉。

林朝白看着使用说明书研究着用量，让他自己选择是先喝口服液还是先滴眼药水，等了他一分钟他还是没选择出来，就在林朝白选择用强制手段的时候口袋里的手机响了。

是叶姝："你敢相信吗？都这个年代了，居然还有雄性生物以输给女生为耻，这简直就像他们妄图复兴一夫多妻制一样愚蠢。"

林朝白开了个免提让姜修拿着，他紧闭着眼睛不让她得逞。林朝白没辙只好掰着他眼皮，他动着脑袋妄图挣扎。林朝白双腿跪在他身体两侧，他倒是会揩油，伸手捏了捏她的腰，林朝白瞪了他一眼说："别摸我，你也别动。"

又对着电话说："怎么了啊？"

姜修一闭眼，眼药水滴在了他睫毛上。

又滴了一次还是失败了，林朝白干脆让他自己先吃药。

叶姝："我一个同学，考试输给我了。怎么了？难道判断一个人优秀与否要生理检测吗？"

一顿吐槽，张口就来。

林朝白给姜修倒了一瓶盖口服液，递过去，从他手里交换回自己的手机。

姜修嫌弃地看着那一瓶盖口服液，嘴巴里已经发苦了。伸出舌尖想尝试一下，林朝白看见了，立刻阻止他："你别舔，直接干脆利落一点。"

"额……嗯……"电话那头叶姝想要吐槽的所有话都卡住了，想到电话刚接通的时候林朝白那句"别摸我，你也别动"，她想到了一些事情，"我挂了，你们继续吧。"

林朝白疑惑地啊了一声，有些蒙，疑惑着吐槽和批斗怎么这么快就结束了，但还是说："哦，那我们继续了，拜拜。"

姜修把口服液拿远了一些："先滴眼药水吧。"

在快要浪费半瓶之后，终于滴完了，他不适地眨着眼，就像是被弄哭了似的。

林朝白拧上眼药水瓶盖，说："快喝药。"

"我记得我小时候喝过一种水果味的感冒药，跟果汁似的。"他卖惨，可惜林朝白不吃这一套，就像她害怕打针时他也不吃自己撒娇那一套一样，最后干脆用起了灌药那一招。

苦涩的感觉在口腔里蔓延开来，姜修表情不太好看。

林朝白抽了张纸巾给他擦了擦嘴角，纸巾移开后，蜻蜓点水似的在他嘴角落了一吻，问："甜了吗？"

脑袋还没移开，后脑勺被一只手扣住，他延续了刚才一吻的时间，妄图撬开她牙关，林朝白不从，毕竟他刚吃了药。姜修有经验地往她腰上捏了一把，她被一刺激没守住防线。

苦涩的药味终于在两个人口腔里蔓延开来。

他顺势想做些别的，林朝白挣扎着没肯，推开他，一嘴苦涩的味道让她都蹙起眉，她说："先洗澡。"

姜修去洗澡。

林朝白蹬掉了脚上的鞋，也不在意大衣会不会皱，直接倒在床上。姜修洗完澡出来，她保持着他去洗澡前的姿势，和着衣服直接睡着了。

"去洗澡。"他发凉的指尖捏了捏她的脸颊。

她哼唧了一声，没起，就翻了个身。她困倦得很，坐车也是件消耗体力的事情，时间长了还导致浑身酸痛。睡意在她还在车上的时候就袭来了，她现在一动都不想动。

朝着他伸了伸腿，脚尖碰到了腰，说："过来给我按按腿。"

"是，大爷。"嘴上这么阴阳怪气地说着，手还是伸过去抓住她的脚踝，一下一下地按着她的小腿，"我踩了三百多公里的油门、刹车都没叫你伺候呢。"

力度掌握得不错，林朝白被按得昏昏欲睡。半张脸埋在柔软的枕头里，说话的声音半慵懒半带着笑意："我管你这种非要自己开车回来的行为叫脑神经短路。"

她说完，小腿上的手移开了，一巴掌拍在她屁股上，声音随之而来："快去洗澡。”

林朝白跟他撒娇，想让他帮自己脱衣服。

姜修上手，帮她把外衣脱掉。林朝白享受着，突然听他开口：“都说省城大食堂很容易养膘，看来不是虚言啊。”

女人最大的禁忌是别人提体重和年龄，大多不能保持风度，况且她这种一向不走小鸟依人路线的女生。

她眯眼笑着，说：“你是想‘寿命’二字开头？”

手掌心里她小腿的肉很软，她稍微胖了一些后，全身上下哪儿都软软的。她以前是有些瘦了，在姜修眼里现在正好。

他故作祈求，语气有些惨兮兮：“杀意已决的话能给受压迫人民一次选择的权利吗？”

林朝白：“准奏。”

他觍着脸，也不觉得不好意思：“我想做个风流鬼行吗？”

姜修一说完，果不其然她一脚朝着他胸口踢过来，腿酸导致她力气不大，软绵绵的，一点也不痛，这种力道反倒是有些情调。

林朝白翻个身将腿缩了回来，说：“亲，我这边建议就地问斩。”

28
Chapter Twenty-eight

第二十八章

酒店的枕头太软了，还有些高。还没睡到后半夜，林朝白就觉得头痛，将枕头从脑袋下拿走，可没有枕头她又睡不着。

入睡前是相拥的姿势，睡到现在两个人各不相干地各占据半张床，各自睡成自己最舒服的姿势。

林朝白翻身，扯过姜修的手臂。他被弄醒了，感觉身旁贴过来一个人，脑袋枕在他胳膊上，一点也不客气。

他伸手握着她的后颈，抬了抬她的脑袋调整着位置让两个人都舒服一些，同时说："不是睡前还说我臭流氓吗？你睡我怀里干吗？"

推开是不可能的。

口头上不损她两句也是不可能的。

林朝白睡意正浓，懒得和他斗嘴，抬腿跷在他腿上，作为"女朋友就是要双标"的证明。

所有住宾馆的人都难逃早上被隔壁退房人吵醒的下场。枕着姜修胳膊睡也不是很舒服，她把脑袋下的手臂拿开，懒得去够被她踹下床的枕头，就抢过姜修的枕头。一个枕头导致他们面贴面凑得太近，鼻息交织，有些扰人。她一晚上都是朝左侧睡，现在只想朝右，可是朝右又要面对着姜修，于是推了推他："你翻个身。"

他照做了。

林朝白舒舒服服地把手圈在他精瘦的腰上，抬腿搭在他身上，像是睡觉有癖好的人会抱一个巨大的抱枕一样抱着他。

姜修还没醒，嗓子还哑着：“你是对自己现在的体重没数吗？”

还绕不过长胖这个坎。

“能吃是福。”她摸着自己的腰，“吃得白白胖胖人家才会觉得你这个男朋友好，会照顾人。”

姜修笑了笑，说：“你没看过那种男朋友把女朋友养胖后甩了对方的新闻？”

林朝白的睡意瞬间没了，支起上半身，从他身上越过想去够床边的拖鞋，同时问：“欠揍？”

奈何手有点短，还没有碰到就被姜修重新拉回原位，他说：“再睡会儿，等睡醒了你再揍我。”

早饭是酒店提供的。

每次吃饭姜修总是会点和林朝白不一样的，不管哪份是谁点的，林朝白挑剩下的那份总是他的。

她吃了一整碗海鲜粥，最后还馋他那份蟹黄包。他去了蟹黄包的皮，把整块蟹黄肉夹到她喝粥的勺子里。

她想吃，勺子刚递到嘴巴边又放下了。

“不吃？”姜修又夹回来。

林朝白视线跟着蟹黄移了一路，最后含恨错开目光说：“不吃。”

坚决不成为新闻主人公。

可他也没有推让一下，再怂恿她一下，嘴甜地说两句。

林朝白在他马上要把蟹黄送入口之前阻止了他的动作：“你就不能说些别的话吗？比如‘哎呀一块蟹黄吃不胖的’。”

姜修把蟹黄拿远了，夹着蟹黄的手停在了和嘴巴的安全距离之外，问：“你们女生就喜欢听这种虚假的甜言蜜语吗？”

林朝白点头：“一般会做人的男朋友都这样。”

“一般？”姜修笑了笑，“是不是说‘哎呀宝贝你又不胖，吃，继续吃啊’？”

林朝白继续点头，看着姜修的笑却觉得事情不太简单。

那笑容的笑意只在嘴边，他不假思索地将筷子上的蟹黄送入口，边吃边说：“我非一般，从小我就有一种美好的、少有的品德，那就是不随波逐流。”

林朝白学着他刚才的笑容，笑得比他还假：“我真是被你气到了。你好‘敬业’啊，每天记得加深我们之间血海深仇的羁绊。”

在省城大学第一年的生活林朝白没有察觉就结束了。魏盼跟着社团到处体验生活；宋雅追星、学习两不误。同样是谈恋爱，徐振男就能天天和男朋友腻歪在一起，而她，学习学习一般，恋爱恋爱在“单身”。

她过得枯燥，却不代表所有人都这样。

下一个学期林朝白迎来了人生第一次挂科重修。查成绩前她还自我催眠：“应该还可以，不过不管过不过我都尽力了。”

姜修想到她之前的状态，就说：“尽力？”

“考试前，我在朋友圈发了锦鲤保佑，还换了菩萨作为头像祈求佛祖保佑，尽力了。”林朝白拿着自己的准考证耐心地等着网页跳转。

“是啊，你头像一换我差点没有分清楚哪个是你哪个是我奶奶。”话里的嘲讽丝毫不掩盖。

最后还是姜修给她查的成绩。

挂科了。

懊恼了好几天之后林朝白的心情便平复了下来，啃着奶茶吸管自我安慰：“毕竟没有挂过科的学习生涯是不完整的。”

姜修从竞赛资料里抽空抬头看了她一眼，说：“原本我还以为你会难过到想不开，正准备送你一件礼物的呢。”

林朝白伸手，说：“看看。”

是个手镯。

当然也不是真的因为她挂科难过买的。礼物是他爸一个朋友送给他老妈的，结果因为年龄气质问题，一条项链和一个手镯都不是很合适，最后这套首饰送给了他妹妹。姜修是那个负责送货的人，中途扣下了这个手镯。

手镯是某牌经典的那一款。

林朝白试戴了一下，确实适合她这个年纪。

戴上后，他也没有要回去。

回宿舍后，宋雅看见了她的手镯，就说：“你挂科你男朋友送了你一个手镯？我挂科我爸妈送了我一个‘毛栗子’。”

姜修最近是实训周，魏盼加入的书法协会要去隔壁市的希望小学免费给孩子们进行书法宣传。

林朝白的补考还有一段时间，反正也见不到姜修，非协会的人也可以去，林朝白干脆跟着魏盼一起去了。

林朝白原本就是来玩的，很快就被小学校园里的一条小黄狗吸引了注意力。

魏盼告诉了她集合时间，就放任她自己在小学校园里到处闲逛。

没一会儿，小黄狗就跑得没影了。

林朝白眼看追不上了，放弃得也很果断，转身去找厕所。这次活动是提供早饭的，林朝白喝了一整杯豆浆，现在需要解决一下生理需求。

她找了好久，在旁边的楼里发现一间小厕所。上面女厕所的标志挂在不显眼的位置。她最后还是依靠里面的设备确信这是女厕所。

里面没有可以挂包的地方，她只好把包放在洗手池上。

插销有些生锈，她费了好大的力气才关上。关上费力打开更费力，插销纹丝不动地卡在里面，任她怎么使劲都没有用。

手机在包里，她现在唯一能呼救的只有自己的嗓子。

她又用力，还是没能成功把门打开，自从大学运动会摔跤和被狗吓到崴脚之后她都没有这么倒霉过。

由此可见，梵克雅宝的四叶草并不能带来幸运，她摸着脖子上四叶草形状的吊坠，感慨着一切都是骗人的。

她自言自语着："算了，踹了吧。赔钱总比在这里被臭死得好。"

抬起的脚还没有用力，门外有男声飘了过来："里面有人？"

林朝白如遇大赦，说："有，隔间的门打不开了。"

"那你站角落，我帮你踹门。"

脚步声响起后，林朝白尽可能站在角落里抱着脑袋，下一秒门强烈地振动了一下，随后响起一声"嘶——"。

林朝白有股不祥的预感，问："你怎么了？"

门外的人有些尴尬地说："我好像把脚扭到了。"

英雄救美难道距离她的生活就这么遥远吗？她撇了撇嘴道："那你站角落吧，我自己动手。"

还好门没有整个掉下来，只是插销完全报废了。门打开了，林朝白拍了拍鞋上的灰，和门外那个目光呆滞的男生对视了一眼。

洗手背起包，一切自然得不得了。

林朝白：“你脚没事吧？”

他摇了摇头，但又点了点头：“能扶我一下吗？”

林朝白上下打量了他一眼，摇头拒绝了：“不行。”

因为她有对象了。

不解人意的回答让对方没了可以接话的余地。从厕所出来，那只小黄狗又在操场上欢脱地跑着，突然改了性子一样不怕林朝白了，小跑着过来学起了那个脚瘸的男生走路的姿势。

这一幕成了林朝白后面几天的快乐源泉。

林朝白补考前姜修结束了实训周，他强制拎着她去图书馆复习，她托着腮在图书馆对着课本、笔记发了三天的呆。今天依旧是她先去占位置，游离的视线看见了上回帮她踹厕所门的小学弟。

视线相交的时候他缩了缩脖子。

虽然上回没有帮到自己，但林朝白还是客气地问他脚怎么样了。

“好点了，就是走路一直都有点痛。”

“去医院看过了吗？”

他说：“看过了，医生就说要慢慢养。”

姜修来的时候就看见林朝白在和一个男生聊天，他下了课还帮她跑腿去买了奶茶，一共就两杯。林朝白出于客气，把自己那杯给了小学弟，又心安理得地喝起了姜修的。

塑料吸管最上面沾着口红，她百无聊赖地看着复习资料，嘴巴嚼着奶茶里的珍珠。

“怎么认识的？”

林朝白如实说是上回和魏盼一起去参加院书法协会组织的活动认识的，也说了她差点被关厕所里出不去的事情，以及小黄狗学他走路的事。

“事实证明什么四叶草一点都不管用。”林朝白吐槽着，真管用她就不会挂科了。

林朝白自从和他在一起，每年的情人节礼物、生日礼物全是四叶草系列的东西，但她依旧是个小倒霉蛋。说到礼物，林朝白就想到马上就到他的生日了。

她绞尽脑汁，最后送了两款香水。

“这恋爱谈下去不是没钱送你礼物，是没有脑细胞想要送你什么礼物了。”这一点在下一年他生日的时候林朝白更加确信了。

第二年，八月刚过，林朝白就返校了。

教变态心理学那门课的老师要抓一批免费劳动力搞研究，头一回让姜修开始“单身”。林朝白腰间和脸颊上的肉都肉眼可见地少了，还生理期紊乱，额头上开始长痘，皮肤也出油。

姜修好不容易中午和她一起吃个饭，鸡腿饭也勾不起她的胃口。

她吃了他碗里的番茄，说：“对了，帮我去买个药，你买完了之后让魏盼给我带回宿舍。”

“哪儿不舒服？”姜修看她气色的确不太好。

林朝白说了药名，怕他记不住，又在微信里发了一遍给他：“我延后了。”

对小情侣来说这句话的敏感程度仅次于“我怀孕了”，姜修拿筷子的手一顿，脑子里思索着上回所有的细节。

林朝白知道他在怀疑什么，就说：“不会吧？”

但她自己说得也没有底气。

一下午姜修上课都不在状态，手机里搜索着相关的信息。交往好几年了，林朝白的生理周期他记得，一直都很准。

最后他得出了她真有可能怀孕的结论。

林朝白上完晚课从教室出来，他在教学楼外面等她。

宿舍区域牵手约会的小情侣不少，姜修拿着手机手电筒给她照明，小心翼翼地拉着她坐在花坛旁边。

姜修冷静地和她说：“你明天什么时候下课？我带你去医院。”

林朝白觉得自己的小腹越来越不舒服了。

她蔫巴了：“我不会真的怀孕了吧？”

一想到那些青春片里去堕胎的女主角那疼痛的样子，她鸡皮疙瘩起了一身，连忙从花坛上蹦起来，幅度大得吓到了姜修，他拉着她让她小心点。

“这种小概率事件比陨石砸死我还低。肯定没怀，怎么可能这么容易就有了？”林朝白挣脱了他，恨不得原地上蹿下跳，以此来证明自己绝对没怀孕。

说完她又想到了以前运动会摔跤之后又被小区的狗吓了一跳，结果躲狗的时候把脚给崴了。

当时她否定的语气怎么和现在这么相似？

姜修说："我们结婚吧。"

"啊？"林朝白的表情震惊里带着些许嫌弃，伸手捏了捏他的脸，问，"你疯了？"

他又重复了一遍。

"我不希望你因为我怀孕才想和我结婚。再说了还没检查呢，我肯定就是普通的生理期延后。"林朝白懒得和他再讨论，说多了她自己都要神经质了。

晚上洗完澡后，林朝白看着镜子里的自己，又低头看了看自己平坦的小腹。

手掌心贴上去，什么都没有感觉到。

几秒后她被自己这个动作吓到了，裹着浴巾开始念咒："不会的，不会的。"

姜修上网的时候看到以前和他妹妹要好的小姑娘尹诗柳在线。她初中毕业之后就去国外读书了。最近的动态是她说自己要去纽约交换学习一段时间，让人给她推荐去纽约必须打卡的餐厅和景点。

姜修久违地和她联系了。

——能帮我买样东西吗？

澳大利亚和中国的时差是两个小时，她似乎刚准备睡觉。

——买什么？

——戒指。

他临时起意要买的，对这方面又没有什么了解。

点开浏览器搜索戒指，将具体的系列和名字发给她之后，他附言：银行卡卡号给我，我明天把钱转过去。

姜修在银行网站上把基金定投理财全部赎回了，加上定期存款，还缺一些。

奶奶接到孙子电话的时候正梦到自己在听戏，孙子电话打来只说要问她借钱。

自己孙辈就姜修最有钱，从小压岁钱就单独存着，长大了学会买基金，弄什么定投，小金库里钱不少，对于这个年纪来说是不少的一笔钱，还不够，现在还要问她借钱，她自然要问问原因。

"我过两天和你解释。"姜修不肯说，过两天把林朝白抓去检查，查出来有没有怀孕，到时候再和奶奶解释。

姜修早上收到了奶奶的汇款，上午把钱转给尹诗柳，下午抓着林朝白去检查。

她不肯下车，说：“我不要做检查。”

她不是没有百度过，要抽血。

抽血要扎针。

她抓着安全带不撒手，说：“我不要抽血，你别逼我。”

面对扎针，撒娇耍赖手到擒来，小嘴噘着，手虚虚地护着肚子：“这可是你亲闺女啊。”

姜修让她演，等她演完了，把她护着肚子的手往下拉了拉，放在她自己的小腹上，说：“你要真怀了我闺女，我闺女也是在你这里，不在你肚子的游泳圈里。”

说她胖。

验血报告要三到四个小时之后才能拿到。姜修查高考分数的时候都没有这么紧张过，看林朝白却不紧张，针头给她带来的恐惧远超过是否怀孕的紧张。

他有些坐立不安，外表冷静地坐在靠墙的休息椅上，脑子里不断地闪过他以后和小孩相处的画面，或许会是个儿子，或许是个爱穿小裙子的女儿。

林朝白站在台阶上，靠在他身上问：“还要等多久啊？”

姜修怕她摔跤，伸手圈住她的腰说：“过半个小时再去看看。”

“万一怀了怎么办？”林朝白明知道他肯定还是结婚那个回答，但还是想问他。

他的回答正如她所料。

——结婚。

“那万一没怀呢？”

她问完，姜修没声了。

林朝白从他身上起来，嫌弃地撇嘴：“你想结婚果然是因为我有可能怀孕了。”

“我怕没怀孕你不想和我结婚。”他补充，“没怀也结婚。”

没有立刻说出口的回答再说出口怎么听都不真诚了。

她哼了一声：“你猜对了，我是不想。”

自助取单的机器前排着队伍，林朝白拿着条形码在排队，姜修想替她排队，可她想自己第一时间知道答案，还让他站到一旁去，暂要将悬念留到最后。

刷过条形码后，屏幕上显示“正在打印”。

白色的纸张从出纸口探出一点，然后慢慢地一点一点地被吐出来。

她那颗心脏跳动的声音跟机器打印的声音交织在一起，她看到纸都吐了出来，是背扣着的。望了眼站在不远处双手插兜的姜修，扪心自问，她不知道自己究竟在期待哪个答案。

——没怀孕。

诊断结果只是她生理期紊乱了。

从取药窗口离开之后姜修还看着她的化验单。林朝白看他心神不宁的样子，都害怕他等会儿开车会出事。

“你就是把化验单看穿了，我也是没有怀孕。”林朝白一把抢过单子，揉成一团塞进口袋里，“现在注意力回归，开车回学校。”

“预约个B超再说。”姜修系上安全带，似乎还是不太信，“验血还是不太准的，况且是下午吃过饭之后。”

可接下来姜修被他导师抓去忙竞赛了，他叮嘱林朝白一定要去，怕她不方便坐公交、地铁还把车给她用，但第二天林朝白大姨妈终于姗姗来迟了。

“看，这个人没有ID”：我大姨妈来了。

吃了止痛药和红糖水之后，林朝白躺回床上，又给他发了条信息。

“看，这个人没有ID”：这位同志不要沮丧，下回努力，还有机会，不要气馁，再接再厉。

教“变态心理学”的老师去找博士生“麻烦”了，林朝白终于有了一丝喘息的机会。

姜修要过生日了，备战“双十一”的同时她搜罗了不少送男朋友的礼物，室友也给她出主意。

宋雅说：“手表。”

这点林朝白一早就否定了：“手表便宜得不行，太贵的我买不起。他爸妈、他奶奶就买了好几块手表给他，都贼贵。”

魏盼提议送球鞋。

“第一年在一起的时候就送了，而且网上说送鞋不好，男朋友会跑了。”

徐振男的点子最朴实：“发红包。”

林朝白想了好几天一直都没有主意，最后还是决定用徐振男的点子，可关键时候徐振男和宋雅上晚课回来被同校学生的电瓶车给撞倒了。

一个伤了右脚，一个伤了左胳膊。

快递员中午打了姜修的电话，他不记得自己买了什么，让快递小哥放在宿舍区的快递柜里却被拒绝了，快递小哥用不太标准的普通话解释：“贵重物品，需要当面签收。”

是之前拜托尹诗柳买的钻戒。

深蓝色的绒布里是一颗光芒璀璨的方形钻石。

最近他忙得都快忘了还有戒指这回事情，回想一下，当时他实在是太心急了，等检查结果出来再决定要不要买也为时不晚。总比现在好，她没怀自然不肯结婚，这戒指都不知道要怎么派上用场。

他坐在椅子上把玩着戒指盒子，打开又关上，关上又打开。

耳边响起了之前林朝白那句“你想结婚果然是因为我有可能怀孕了”，可现在知道她没怀，他还是想结婚。

想结婚的念头就像是落入水中的石子，激起的涟漪一圈一圈地扩大。

手机跳出了林朝白的信息。

宋雅和徐振男在医院，“双十一”刚过，全宿舍就她还有些存款，全拿去给她们两个垫付了医药费还差一点。

“看，这个人没有 ID”：借我点钱，我室友在医院，钱不够。

给她转了钱才问她怎么了。

“看，这个人没有 ID”：小概率被电动车追尾的事件不止我一个人遭遇了。

姜修开车去医院的时候，她的两个室友打着石膏躺在病床上。林朝白没有晚课，早早就上床躺着了，接到电话和魏盼赶来医院的时候她就穿着睡衣，连外套都没有来得及套一件。

他刚脱下来的外套还带着他身体的温度。

魏盼看姜修都来接人了，也识相地赶人：“白白，你先回去吧，这里有我呢。况且已经给她俩的爸妈打过电话了，叔叔阿姨都在来的路上了。”

宋雅举着打着石膏的手说："魏盼，你也和他们一起走吧，我们可以的。"

"她出钱我出力，你快把你那手放下来，到时候举不了单反你怎么给你男神拍照？"魏盼替她掖好被子，送林朝白他们到电梯门口。

电梯要从一楼上来，姜修的外套是宽松版的，穿在她身上就更大了，她掖着衣服不想让风钻进来，手臂碰到了有些鼓起的口袋。

她以为是烟盒，伸手探入口袋，还没有看清是什么就兴师问罪："你抽烟……"

话说到一半停了，因为她看见了那不是烟盒。

是个四四方方的盒子。

上面是品牌的名字和 Logo（标志）。

入夜之后走廊的灯光不是很好，但微弱的光线依旧能折射出它夺目的色泽。

心脏跳动的存在感太强了，她愣在原地几秒后，木讷地将盒子关上，原封不动地塞回他的外套口袋里。

姜修看着她的表情和动作猜不出她的意思，刚开口说了一个"你"字，她立刻伸手捂住他的嘴。

表情有些不知所措："你先别说话，让我思考一下。"

她一思考，思考到上了车还没有回答出来。

姜修握着方向盘也不发动车子，安静地等着她思考完。

林朝白重新拿出那枚戒指，巨大的方钻四周镶嵌了一圈小钻，一小撮钱围着一大撮金钱。

等待太漫长。

这时候她终于开口了："什么时候买的？"

"带你去检查的前一天。"

"当时不是都没确定怀没怀吗？你怎么就直接买了？"

他慵懒地倚靠在座椅上，转头看向她，说："你知道吗？四十年以后的日出日落会比现在更漂亮。"

"嗯？"她不解。

姜修没再解释，他收回了目光，看着前挡风玻璃外的夜色。

她过了好一会儿才懂。

四十年以后，是六十多岁。

那个时候，头发花白的两个人相守着度过每一天，去尝熬在生活里的蜜饯，去尝填满每秒缝隙之间的糖果。

——四十年以后的日出日落会比现在更漂亮，你要和我结婚吗？等到四十年以后我们一起去看。

林朝白把戒指盒还给他，张开五指："马上就要到你的生日了，本人名下所有财产只剩下小命一条，就当作生日礼物送你吧。"

后来林朝白问他这个戒指多少钱。

"三十四万。"

——知道价格后，林朝白无名指抽筋，没良心地开口，一副小财迷的拜金样："还好，还好嫁给你了。"

29

Chapter Twenty-nine

第二十九章

一路上林朝白都在打量自己手上的戒指，后知后觉地问："你怎么说服你爸妈的？"

"没说服。"姜修才想到，自己原先和奶奶借钱还说要给她理由，结果忙得他都忘了。

林朝白被他这句话噎住了，愣了好一会儿才问："你是打算私奔还是生米煮成熟饭？"

"你字典里就没有'先斩后奏'这个词吗？"姜修没朝学校拐弯，而是开去了学校旁边的商业广场。酒店自带地下停车场，他找了一个靠近入口的车位，这样就能少走不少路。他说："今晚在酒店睡一觉？"

话尾音向上扬起，带着询问的意思。

林朝白瞥了他一眼，说："你都独裁了，还等我发言呢？"

酒店只有一个前台在，手续办理得也很简单。林朝白早就洗过澡了，脱掉他的外套蹬下脚上的拖鞋，虽然一天自己什么都没有干，但还是觉得累。

耳边是卫生间传来的洗漱声，她眼皮有些重了，手指上突然戴了一个戒指还是有些不习惯。她看得有些入神，后知后觉地发现自己怎么突然就像个已婚妇女了。

脑海里想到曾经她对林锦文说过的话。

——我以后会孤独终老的，你毁掉了我对婚姻、对孩子所有的期待。

可生活并没有朝着她原先设想的发展，她会结婚的，会有孩子，会白发苍苍的，会有人陪她去看四十年以后的日出日落。

她是不是应该告诉林锦文？

还没有想好要怎么告诉林锦文，姜修洗完澡出来了。林朝白背对着他，也没有去看他是否穿着衣服出来，只听见他似乎去拿了东西，拖鞋踩在地毯上声音很轻，进被窝的时候他皮肤上还带着些湿气。

林朝白再见到姜修妹妹，发现她比之前更漂亮了。

她被姜修介绍给了他奶奶，不说是女朋友，他说："奶奶，这是我想要结婚的对象。"

见姜修妈妈是意料之中的事情，可能是看姜修这张脸让林朝白对他妈妈的设想太美好了，导致见到本人心理落差有一点大。姜修长得不像他妈妈，文珊算不上什么美女，但五官端正，清秀。不突出，但耐看。姜灿就长得比较像文珊，所以外表上比起他哥姜修稍微差了一点。

现实生活中大家都是要脸面的人，多少都不会像电视剧里那么明摆着破口大骂，但文珊也算不上多和蔼可亲。

调查户口是自然的，是否独生子女、父母什么工作、在哪里上大学。

"是独生女，在省城大学读心理学，父母离异，妈妈是心理医生。"

这个预防针姜修在来的路上就给林朝白打了，但他可没有说要让她一个人来面对，一回来他就拿着手机出去了。林朝白搬出曾经那副长辈都喜欢的乖巧样子，耐心地回答着文珊的问题。

文珊一开始还好，但听到父母离异，目光就变了，问："离异啊？再婚了吗？"

林朝白依旧能在这么不友善的话里保持淡淡的笑容，说："我判给了我妈妈，妈妈没有再婚。从小就和爸爸不联系了，我也没有见过他。"

"心理医生啊，收入怎么样？"文珊问得很直接。

林朝白也没有怎么问过林锦文的收入，不知道要怎么回答的时候，坐在旁边只是在逗姜灿的奶奶开口了："文珊，你去厨房看看阿姨汤炖好了没有。"

文珊有些不情愿地起来，瞥了眼林朝白，还是恭敬地应声："好。"

奶奶姜沈氏抓了把小零食给姜灿，说："灿灿，上回你买的玩具放在抽屉里了，要不要去玩啊？"

支走了姜灿后，姜沈氏又抓了把零食放在林朝白掌心里，说：“小修都和我说了，这件事是我们家做得不好，你坐会儿，我去拿样东西。”

林朝白听得一知半解，眨巴着眼睛，只好点了点头。

给小女儿扫完墓回来，姜沈氏进屋前被孙子悄悄地拉到一旁。

她自然了解自己的孙子，那样子是有求于她。

“奶奶，等会儿我妈肯定要来。她到时候肯定要为难我女朋友，你帮个忙从中间调和调和？”说着，拉起她的袖子撒娇般地晃了晃。

“真就这么喜欢？考虑清楚了吗？”

姜修点头：“我占了人家姑娘的便宜，总要负责吧。”

姜沈氏脸色一变，气不过想打他，最后还是没落下，说：“你就和你爸当年一样，一门心思吊在你妈身上。我不同意，结果你妈就大着个肚子和你爸一起要挟我。”

“也罢。”姜沈氏抚着胸口，“也让你妈妈尝尝被要挟的滋味。”

第一次见面自然要给红包，林朝白偷偷看了眼姜修，扯了扯他的衣摆。姜修不客气地接过红包，说：“那我们就谢谢奶奶了。”

林朝白站在他身后，小声地说了声“谢谢奶奶”。

这次回来正好卡在姜修过生日的时候，他和家里说马上就回学校，却拉着林朝白在附近的宾馆里住了两天。

“怎么，是宾馆会员？你过生日的时候酒店能送你份大礼吗？”林朝白是个不喜欢住酒店的人。

他惬意地躺在床上刷手机，说：“是在等一份生日礼物。”

林朝白没听明白，直到第二天，他一大早把她弄醒，拽着她去了民政局。填表宣誓的时候她还蒙着，踏出民政局，看着手上两本红册子，她有些没缓过神来。看着册子上的照片，她没笑，反正旁边穿着白衬衫的姜修脸上挂着笑容。

她鼻子一酸，就说：“你看看你的表情，一副奸计得逞的模样。你再看看我，这么水灵一小姑娘。”

她开始哭，号的声音也不小。

四周路过的人纷纷注目，姜修没有带纸巾，捧着她的脸说：“结婚第一天你就哭，多不吉利。”

林朝白一抬头就看见了上面有离婚登记处的方向指示标，指给姜修看。

姜修顺着她手指的方向望过去，看见了“离婚”两个大字。提着她塞进了车里，他说：“嫁给我就等于领养老金退休了，这么好的差事想离婚？林朝白你识不识时务？”

林朝白越看越觉得结婚证上的自己像个被骗子骗走的失足少女，有些委屈地说：“可我才多大啊就结婚。”

“啧。”他发动车，恨不得一踩油门把那个“离婚登记处”的告示牌甩在身后，“你多大？综合考虑自然因素和社会因素，国家制定了法定结婚年龄达到的情况下，你早够资格结婚了。”

“可我有的时候觉得自己还是很孩子气的。”她越看照片上的自己越觉得可怜。

“霸王条款了解一下。”姜修趁着在路口等红灯的工夫抬手捏着她的下巴，把她的脑袋转过来。

霸王条款：离婚是不可能的。

“我一瞬间感觉自己老了十岁。”她看着两本红册子心情复杂，眼不见心不烦，顺手塞进储物格里。

因为之前知道要见他家人，林朝白把婚戒摘了。姜修拉过她的手戴上她的无名指：“嫁给我这么不开心吗？你的状态和我想象中的不一样。”

“也不是。”她是觉得自己这样丧着脸不吉利，“就是需要时间平复一下。”

姜修拉起她的手，说：“看看三十四万的钻戒，平复好了吗？”

林朝白摸了摸肚子，说：“如果能有顿洋房火锅就好平复了。”

“馋。”姜修见她能开玩笑也知道她不再纠结了，“先送你去看看我岳母，等你见完了我带你去吃。”

林朝白虽然和林锦文关系一直不太好，但自己结婚的消息多少还是要和她说。姜修将车停在诊所外的停车场，问：“真不要我陪你一起？”

林朝白解下安全带，点了点头：“我先去说，到时候再带你去见她。”

前台登记的员工认识她，朝着林朝白打招呼：“来找林大夫啊？”

“嗯，我妈妈在忙吗？”林朝白刚准备登记名字，前台员工让她直接敲门进去。

林朝白推门进去的时候林锦文戴着眼镜正在看杂志，听见敲门声抬头对上了自己女儿的视线，她颇感意外，将眼镜摘下，开门见山地问："你怎么来了？"

林朝白转身关上门，没有走过去在她前面坐下来，想着措辞，好一会儿才开口："我结婚了。"

林锦文一愣，视线从她脸上移到她肚子上，也看见了她垂放在身侧的左手和左手上的戒指。

林朝白知道她的猜想，就说："没有怀孕，他是我本科同学，也是我现在读研的校友，是正常交往了几年后因为互相喜欢所以发展成了婚姻关系。"

"他人呢？"

"在外面等我。"

"怎么不叫他一起进来？"林锦文起身，"中午一起吃饭吧。"

林朝白下意识地拒绝了："不用了，我们准备回学校了。我过来只是觉得应该告诉你一声。"

林锦文点了点头，说："你自己既然决定结婚，也应该是做好了承担风险的准备。"

林朝白在她的视线下点头："那我走了。"

关上她办公室的门，林朝白站在门口有些晃神，自问心情，不算好。因为林锦文的反应实在是太过平淡了，那不是个母亲应该有的样子。也是了，她们之间从不像其他正常的母女。

她没走两步，办公室的门又打开了。林锦文喊了她一声，手里拿着一张银行卡，说："拿着吧，他们家给你买了戒指，你总也要给他买一个婚戒。听说还要给女婿买黄金，有的规矩我也不是很懂，你自己看着去买吧。"

平淡是因为没有办法在乎，也因为不知道怎么去在乎。女儿散养在外多年，如今也不知道要怎么圈养，也不知道要怎么扮演母亲的角色。林锦文把她送到门口，看见了女儿口中的结婚对象。

简单地知道了名字，林锦文其余的什么也没有说，只是叮嘱道："你们回学校路上小心。"

车缓缓开出诊所，姜修察觉到林朝白兴致又不高了。

他随口找着话题："刚聊了两句，阿姨……不是，咱妈说要你给我买戒指？走吧，你要带我去哪里破费？"

“就新泰吧，里面大牌比较多。”她自己又很快从这阵不愉快里走出来。

姜修：“大牌？看来我们是真爱，这么舍得给我花钱。”

挑来挑去，姜修和林朝白都看中了一款男士戒指，一问价格，就林朝白手上那枚的零头。

但放一起还挺配的。

林朝白蹙眉，憋着笑，说：“你这个好像我这个做完之后剩下的边角料。”

不过他的手格外好看，白皙，指节修长，银色的戒指卡在无名指上，在店内灯光的照耀下加分不少。

林朝白在朋友圈发了动态，熟练地选择屏蔽对象。动态是一张照片，照片里是两本结婚证，一起入镜的还有两只戴着婚戒的左手。

附言：余生不准你指教，都得听我的。

临回学校前，他们去见了一次没考上研现在开始上班的唐旭尧。

火锅店的包厢里，唐旭尧从椅子上站起来，动作很快，把服务员都吓了一跳。

“你们结婚了？”他看着朋友圈那条动态还没有缓过神，伸手痛苦地抓着自己的头发，最后也不和自己过不去了，目光从手机移到新婚小夫妻身后，然后又重复了一遍，“你们结婚了？”

姜修听烦了，说：“你复读机啊？”

“你们结婚了？”

林朝白和姜修默契地同时翻了一个白眼。姜修懒得理他，说：“真复读机。”

倒是林朝白回他，微微仰着头，斜睨着他：“对，我们两个结婚了，你有意见？”

唐旭尧看着她的表情缩了缩脖子，这股扑面而来的恶寒有些熟悉，后槽牙紧跟着一疼，结巴地回道：“没、没有。”

“闭嘴吃饭，再重复一句我就让你在火锅锅底里洗澡。”林朝白以手做刀，划过自己的脖子。

他这下乖了，但忍不住端着茶杯凑到姜修旁边，小声编派她：“看来以后你们家不愁没人管孩子了。”

姜修听罢看向林朝白，替她将头发撩到耳后，说：“就是感觉有点费孩子。”

唐旭尧是个八卦的人，他实在是好奇姜修和林朝白为什么突然就结婚了，今天似乎不从姜修口中知道个让他满意的答案他是不会罢休的。

姜修听见唐旭尧还在问他为什么结婚，叹了口气道：“你就天真地以为我不像我老婆能揍你，是吧？”

听见他口中“老婆”的称呼，唐旭尧不怕死地做出嫌弃的表情，用实际行动向姜修证明他还真不怕。

姜修：“因为我喜欢她，所以想和她结婚。”

唐旭尧不信，理由太简单了，就说：“就这？你们也太草率了吧？”

“草率吗？”姜修不觉得，“结婚难道不是因为双方互相喜欢吗？喜欢和爱才应该是想要结婚最根本的原因吧。”

他望着走在前面的身影，收回目光看了眼旁边的唐旭尧，伸手拍了拍他的肩膀，说：“我结婚的时候什么都没有想，真的，就是因为想要结婚。”

想结婚，尽所能，不辜负。

林朝白结婚还算结得悄无声息，同宿舍的室友都不知道。为了防止露出马脚，她把戒指和结婚证都放在了姜修车里，这个时候姜修那枚男戒就显得好多了，别人看着都联想不到结婚戒指。

然而林朝白瞒过了所有室友，瞒过了姜修所有的同学，最后还是在过年的时候败北了。

事发简单。

放寒假的时候，新水地的楼盘开盘，姜修家准备买，当他妈揣着户口本去的时候，看见了自己大儿子那一页，婚姻状况那一栏盖着“已婚”印章。

姜修熟练地把自己老妈的手机号拉黑，窝在林朝白的被窝里，继续睡觉。他说：“我妈知道了。”

还在睡梦中的林朝白一下子就惊醒了，坐在床上愣了十几秒，最后无力地重新躺下，说：“你没把户口本藏起来？”

“忘了。我妈说要买房，我想着以后当我们的婚房挺好，结果后来我才想到户口本上戳了‘已婚’章了。”姜修说得就像是没考一百分被发现了一样，“过年要不要来我家吃年夜饭？”

“然后和你妈商量一下分手费？”林朝白叹气，“不对，应该是离婚费。”

“都合法化了，你还想着钱呢？”姜修习惯了她这么小没良心的样子，“我们要不抓紧点？你赶紧怀一个，到时候按人头算，能多分一点。”

“阿姨……不对，咱妈房子买了没？如果买了那不就是婚后财产？”林朝白干脆将没良心发挥到底。

姜修：“但好像房子是我爸妈的名字，作为你丈夫，从配偶的切身利益考虑，我这边建议你还是怀一个靠谱。”

他们俩有一搭没一搭地聊着，林朝白叹气，姜修倒是轻松地说：“过年带你见家长。”

“你这不是大过年的硌硬你妈吗？”

“我妈当年也是这么对我奶奶的，她挑剔你也站不住脚，再说了我奶奶想你去。”姜修说完，听林朝白忸怩地还不肯答应，只好使出撒手锏，“知道吗？结了婚之后你去我家吃饭是可以拿红包的，奶奶可大方了，这个红包估计挺厚实的。”

林朝白投降。

姜修奶奶的确如他孙子说的那样对林朝白很和蔼可亲。奶奶拉着她在客厅聊天，一杯饮料下肚，林朝白起身去找厕所，一楼的厕所在走廊尽头。

还没走近就透过走廊的窗户看见花园里姜修吊儿郎当地坐在藤椅上，他对面是已经快要气疯的文珊。

“你本事可真大啊，结婚都不告诉我们，要不是我那天发现了，你还想隐瞒到什么时候？等那个女的肚子大了，是不是直接让我抱孙子啊？”

姜修窝在藤椅里玩手机，听到这儿终于抬眸看了眼文珊，说：“改一下称呼，她现在是我老婆了。还有，这招你不是也对奶奶用过吗？这叫不是一家人不进一家门。”

“你……”文珊被气得胸口疼，“我和你爸爸是真心相爱的，就算你爸一无所有我都愿意。”

“你怎么知道我和我老婆不是？真心相爱这东西是限量的吗？就你和我爸可以有？再说，图我们家钱就图呗，我们家最不缺的就是钱。”姜修懒得和文珊再说，将注意力重新投入手机显示的文章上，“总之，这婚我不可能离。”

文珊气他和自己唱反调，就说：“你才多大啊？她什么家庭你不知道吗？父母离异，父亲职业不详，母亲是个心理医生。她可能是个好姑娘，但你知不知道这原生家庭有多少潜在问题？”

“和她结婚就是害我吗？怎么，我和她结婚，我不离婚会死是吗？那我心甘情愿。”姜修起身准备走，当着奶奶的面总能断掉文珊的唠叨。

“你是我儿子我还能害你吗？你怎么就不听我的话呢？”文珊气不过，抬手打在他身上。

她记得自己儿子不是这样的，从小他都很听话，她将这个归咎于枕边风吹多了。

“那你就让我害我自己一次不可以吗？从小到大我喜欢什么你都要管，二十多年了，我就想按我自己的意愿选择一次，可以吗？我就认定她了，你和我爸说什么都改变不了我的决定。”姜修推开玻璃移门走进来，正巧撞见要上厕所的林朝白。

他一愣，问：“你怎么在这里？”

林朝白假装什么都没听见，回道：“找厕所。”

厕所门口，林朝白看着站在自己旁边的人，他似乎有要跟进来的打算，就问：“你跟着我干吗？”

“陪你啊。”姜修说得自然。

“怕我顺走你们家厕所里的东西？”林朝白无语，拧开厕所门把手，把他挡在门外不准他进来，“走开，不准跟上来。”

女生上厕所都磨叽，姜修稍微等了一会儿，开门进去的时候林朝白刚准备洗手，看着直接被打开的门她一愣。

姜修当着她的面，演示了两遍拧门把手：“忘记告诉你了，锁是坏的。”

那他守在门口还算贴心。

姜修倚着门框看她洗手，问：“感觉怎么样？”

他问的是她结婚后见家长的感觉。

林朝白会错了意思，点评起了厕所：“你奶奶很会享受，我强忍住了偷马桶圈的冲动。”

有加热功能，冬天上厕所再也不用担心屁股冷。

姜修：“……”

30
Chapter Thirty

第三十章

结婚被发现也有好处，至少现在假期回来，林朝白不用第一天住酒店第二天再回家打扫卫生。

刚买的新水地的房子才开始装修。

林朝白不跟姜修去他爸妈家住，不去自讨苦吃，所以他们两个总是待在姜修奶奶那里。老人家喜欢热闹，总是很欢迎他们。哪怕不和他们待在一起，只是住在一个屋檐下就可以。很多时候奶奶不是在花园里就是在房间里休息，林朝白不是医生也看不出她身体好不好，只是觉得她越来越没有精神。

林朝白已婚的秘密一直瞒着学校里的人，其他的她也没有可以说的人。在帮林朝白保密这方面没有比姜修妈妈做得更好的人，她妄图掩盖自己儿子已婚的事实，这样万一儿子离婚也不至于风评受损。

但姜修是文珊保密之路上最大的障碍。文珊记得以前姜修总不喜欢出门，结果现在结了婚之后倒是每天准时带着他老婆去小区广场舞池旁边打卡。从前也不是个嘴甜的人，现在碰见了文珊的熟人隔老远就喊“叔叔阿姨好”。嘴喊着人，手牵着人，就差没有把结婚证挂在脖子上抢过广场舞的音响介绍一下他旁边的人是他老婆。

姜修的饭后散步在小区的人基本都知道他结婚后就终止了，彻彻底底地把文珊的血压都气高了好几天。

有时候林朝白单独陪姜修奶奶出门的时候被人问起是谁，奶奶倒是也和姜修一样大方地说：“这是我孙媳妇。”

这话后面会跟一句“是个好孩子”或是“我孙媳妇好看吧”。

林朝白大概就懂了，原来姜修的显摆是遗传他奶奶。

林朝白知道文珊被气到是她把姜灿送过来的时候。无论什么时候文珊都打扮得体，那天妆也没化，导致脸上的斑和细纹得不到掩盖，整个人都憔悴了不少。往常她会在老太太面前转一圈，那天把姜灿送到后她连招呼都不打就走了。

林朝白和文珊在门口打了个照面，她不知道要喊文珊什么，应该喊妈妈，但估计文珊会生气，但喊阿姨又怕被文珊抓住当纰漏。权衡了许久之后，林朝白朝着她低了低头连带着背脊也弯了一下算作打招呼。

文珊什么都没有说，让姜灿进屋后就走了。姜灿倒是很喜欢林朝白，因为这个姐姐能帮他对付他哥哥，长得也漂亮。

林朝白吃过早饭后回房间把碰见文珊的事情告诉了姜修，往常林朝白都是熬夜晚起赖床的人，但“寄人篱下”的她总有意无意地变成以前在亲戚家寄宿时装乖巧的样子。家长都喜欢早睡早起的孩子，所以她只要住在姜修奶奶家总是一大早就起床。

姜修起床刷了个牙，但没下楼吃早饭，重新躺回了被窝，似乎对自己老妈的事情不感兴趣。

他朝着空出来的那半边床躺过去，那是昨天林朝白睡的半边床，她起床后那半边的床和被子都有些冷了。他稍微掀开被子问：“回笼觉睡不睡？”

没有人能抵抗住回笼觉的魅力。

林朝白踢掉脚上的拖鞋，因为不出门只是吃个早饭，她在睡衣外面套了一件毛衣，毛衣脱掉的时候有些静电，害得她头发全糊在脸上，随手抹了两下后才恢复正常。

男生怀里似乎永远恒温，林朝白将手塞到他腰上，听见他嘶了声。

他本能地稍微挣扎了一下：“这是谋杀。”

“你怎么可以这么形容你对我的爱呢？”她也是被惯得厚颜无耻了。

“我可以这么形容，我也想你可以那么回报我。”他突然睁开眼睛，眼窝有些深邃，扇形的双眼皮很好看。

林朝白没懂他说一半的话，问：“什么意思？”

他笑了笑，卧蚕有些突出。没解释，只是从被窝里拉起她的手，慢慢牵引着摸向他的小腹。

林朝白懂了。

姜修和她面对面躺着，近到鼻尖都快要碰到，刚睡醒的他嗓子还有些哑：“老婆。”

自从结了婚之后，回回这种时候他不再叫她宝贝，而是喜欢喊她老婆。

“老婆”这个词比“宝贝”更让林朝白没有抵抗力。

她没拒绝也没有答应，但在姜修的判断之下，只要林朝白没有说“不要”就是在等待他继续。

……

门把手和钥匙一样是打开门最重要的一环，门把手转动的声音是恐怖的，这点林朝白很久以前就从毛姆的《面纱》里读到了，查理·唐森和凯蒂·费恩偷情，在听见被丈夫瓦尔特碰响的门把手时，凯蒂·费恩尖叫了。

走廊上，稚童的脚步声响起，随后跟着的还有“哥哥，奶奶喊你不要赖床……”。

当门把手被拧开的那一刹那，那声稚嫩的“哥哥”从门口传来的时候，被子迅速地将两个人从头盖到脚。

那一刻，林朝白终于懂了凯蒂·费恩的心情。

她也想尖叫。

被子下她的鼻尖碰到了他的肩膀，被子里的空气很快就消耗殆尽，胸闷的感觉瞬间袭来。压着她的人僵在她身上。

她因为紧张，于是下意识地绷紧了身体。

闷哼声在被子里格外清晰，他好一会儿后将被子稍微扯下来了一些。

站在门口的姜灿就这么看着自己哥哥，他还没走过去就被自己亲哥喊停了。

“姜灿灿，站住。”

姜灿驻足。

姜修：“别过来，出去。”

姜灿有些委屈地说：“奶奶叫你起床吃早饭。”

“知道了，出去。”姜修又不忘补了一句，“关门。”

关门声响起后，林朝白才从被子里探出脑袋，脸红得很，她说：“为什么我有一种我们在偷情的感觉？”

姜修捏了捏她酡红的小脸，问：“刺不刺激？”

林朝白点头道："但被你弟弟看见了怎么办？是不是有点教坏小朋友？"

"放心，我弟没看见，只以为我还在睡觉。"

她叹气，身心俱疲也懒得思考，半张脸埋在枕头里，闷声说："如果怀孕了，我们是合法的，我敲诈不了你了。"

姜修听懂她话里的意思，也就是，怀不怀都听天由命。他吻了吻她的眉眼，说："没事，我们可以去敲诈我爸妈和我爷爷奶奶，孙子和重孙他们稀罕得很。到时候什么满月酒、双满月多办两场。以后的压岁钱我加油你买包。"

林朝白举手和他击掌："妙。"

林朝白的毕业道路上虽有磕绊，但终于顺利毕业了。

毕业前最后一个晚上，宿舍四个人都在。

宋雅叹气道："毕业季到了就是大规模分手的时候了。"

全宿舍谈恋爱的就只有林朝白和徐振男，这个时候话题也只能落在林朝白身上。

"白白，你和你男朋友挺好的吧？"

林朝白嗯了一声，回宿舍的时候她就把戒指摘了放在枕头底下，伸手摸着枕头下的戒指，她犹豫了好一会儿才开口："其实我结婚了。"

宿舍里默契地安静了五秒后，爆发了。

"结婚？"

林朝白在昏暗的环境里点了点头，也不知道室友看不看得见。省去所有的细节，林朝白只是很简单地说了她其实很早就跟姜修登记结婚了，结婚原因只是互相喜欢。

宋雅哭号："我上次和魏盼去食堂还看见你男朋友，不，应该是你老公，没有想到居然已经是个有妇之夫了。帅哥都英年早婚，我以后还怎么结婚啊。"

林朝白听着摸了摸自己的小腹。算了，还有些事就不说了，免得打击太大。

六月的时候林朝白已经显怀了，三个月的肚子已经有些大，孕妇又怕热，婚礼全程交给婚庆公司，姜修加了不少的钱最后定在了六月末，就是一场小型的家庭婚礼，只有双方至亲出席。

月份越大，林朝白越懒得动弹。

姜修奶奶说这样不好，总是拉着她去小花园里做些简单的事情，后来林朝白也养成了每天早起后浇花的习惯。奶奶后来身体不太好了，就把陪林朝白散步的工作交给了自己孙子。

姜修总觉得林朝白有假借怀孕之名过嘴馋之瘾的嫌疑。

看见烧烤摊她就挪不动脚，看见甜筒就两眼发光，小喇叭里吆喝的新店开业买一送一她更有一双顺风耳一样大老远就能听见。结果她吃了两口就开始反胃，最后姜修走回去的路上一手拿一只带了个牙印的鸡腿，一手拿着个样子难看的甜筒。

在姜修爸妈家住了没几天，林朝白馋姜修奶奶那儿做的鸡翅又搬去奶奶家住了下来。刚回来称体重，林朝白体重没变，奶奶以为是秤坏了，换姜修踩上去，却比他结婚之前胖了几斤。

奶奶让林朝白转了一圈，看着没瘦是没瘦，就是也不胖，可月份涨上去了，体重没跟上不是件让人放心的事情，就说："你妈没给做饭啊，怎么没胖呢？"

"这我得替我妈喊冤，鸽子汤、燕窝每天煮。我晚上带她去散步又管一次饭。吃再多，半夜让你重孙折腾得全吐了。"姜修也是累，林朝白半夜不舒服他也跟着睡不踏实。她腿抽筋要喊他按摩，月份大了起夜还要他扶一把。

不光是林朝白听见二胎头痛，姜修听见也浑身打哆嗦。

晚上睡觉前，姜修侧躺着看着她的肚子，她刚涂了防妊娠纹油，快二十周了，医生说这个时候会出现胎动。只要姜修手一贴在林朝白肚子上保准没有动静，等他放弃了，就能看见她肚子稍稍鼓起一个地方随后又瘪回去。

国庆的时候林朝白进入了孕晚期，天气还热，她吹空调吹得有些不舒服，好在奶奶家里的客厅很阴凉。她喜欢坐在地毯上，当天晚上奶奶就让人把地毯里里外外洗了一遍，还让姜修买了几个坐垫回来。

虽然结婚前文珊不待见林朝白，如今林朝白怀孕了，这成为一家人已经是不可逆的事实，她也不挑刺了。林朝白怀孕期间文珊该买的补品、该炖的汤、生孩子时该找的医院一样没落下。

文珊看着林朝白的肚子觉得又像儿子又不像，就问："酸儿辣女，你想吃什么？"

林朝白抿了抿嘴，看着电视机里的咸肉炖笋，缩了缩脖子说："我想吃咸的。"

姜修回家的时候给她带了话梅，没吃两粒，文珊就偷摸着告诫自己儿子：

“咸的吃多了容易水肿和妊娠高血压，你看着点你老婆。”

林朝白的羊水是凌晨三点多破的。姜修睡得迷迷糊糊的时候感觉有人在推他，睡意笼罩着他，他本能地嗯了一声表示自己醒着。

下一秒，林朝白那句“我好像要生了”彻底把姜修给震醒了。

十一月的早晨天亮得不算早，姜修急得团团转，但要生孩子的林朝白看上去倒是很淡定，刷牙洗脸吃早饭，还在车上擦着护肤品，涂了个润唇膏。

她说：“我总不能很邋遢地生孩子吧。”

文珊给林朝白找了一个评价很好的助产士和一个主任负责接生，待产室里全是哀号着等开指和宫缩的孕妇。主任提前拜托了待产室的护士多照顾照顾林朝白，护士简单地和她说了要注意的事项和她将面临的问题。

刚进来的时候她还觉得哀号是否有必要，没一刻钟，她就加入了合唱团。

只有进了产房姜修才可以陪同，此时她已经疼得快把脸埋进枕头里了，邋遢就邋遢，她无所谓了。

助产士让姜修陪林朝白聊天分散她的注意力，姜修照做，替她把头发撩到耳后，拿着餐巾纸小心翼翼地替她擦着眼泪，刚开始还挺人模狗样地说什么“老婆加油挺住，宝贝辛苦了”。

他凑过去吻了她汗津津的额头说：“嗯，老婆你现在带着股早餐小笼包的味道，亲得我有点肚子饿了。”

一大早他紧张得什么都没吃，林朝白进了待产室他更没有什么胃口，文珊硬要他去吃早饭，吃了两口他就饱了。

林朝白从疼痛中分散注意力，白了他一眼，说：“你身上臭死了。”

“我喷了清新剂了。”姜修自己闻了闻衣服。

“你嘴巴里喷了吗？”

姜修：“不可食用，我往嘴巴里喷了就是我躺在这上面你坐在我床边喊‘老公加油挺住’了。”

林朝白又气又觉得好笑，一直不能理解为什么顺产的时候可以陪产，难道就不怕夫妻打起来吗？

“你去我待产包里找找，我记得里面有包糖。”

姜修在包里找到了糖，还找出了矿泉水和牛奶，以及一包五香牛肉干，最下面还有包辣条，开口问："你来野炊的吗？这不是我上回不准你吃的辣条吗？"

"辣条你不准吃，那是我藏好的。"林朝白盯着他，以防止辣条惨遭毒手。

他只拿了粒水果糖，说："你果然养仓鼠啊，还藏吃的。"

她闭上眼睛吸了吸鼻子，样子可怜地说："就这么一包。"

助产士检查着林朝白开指的状况，让姜修给林朝白适当地喂点水喝。

姜修找来吸管插在矿泉水瓶口，可是一不小心倾斜太多，矿泉水从瓶口倒出，全倒林朝白脖子里了。

孕妇还没有发飙，助产士率先看不过去了，说："先生，你要不还是出去吧。"

林朝白在下午一点生了个女儿。

被推出产房的时候她眼睛都睁不开，孩子已经先出来了，姜修在产房外等她，告诉她是个女儿。

林朝白说她知道："好丑啊，姜修……我们女儿好丑啊。"

经过了一个月，女儿终于不负所望地长开了。

取名叫姜也。

随机翻字典翻出来的。

大家都说小姜也长得不像林朝白，有些像姜修，但更像姜修的姑姑姜婉。

林朝白曾经在奶奶房间的相册里看见过姜修姑姑的照片，那是个不输给同时代女星的长相，当妈的终于不愁闺女的颜值了。

林朝白喂完奶，拿了块小毛巾搭在姜修肩头上，让他给女儿拍奶嗝。姜修戴着婚戒的手小心翼翼地落在女儿的后背上，一个月的小孩软得不得了，身上全是奶味。

喝完奶小姜也通常都要去姜修奶奶房间里转一圈，林朝白这个妈除了是个饭碗其他的什么都不需要她操心。

文珊可能是自己生了两个儿子的原因，所以格外喜欢姜也，小衣服买了好几套。姜修看着还没拆封的礼盒，对她说："妈，你买这么多衣服给她干吗？你儿子我没有衣服穿了，你有这个钱给我买两件行吗？"

一说完，不出意外被文珊嫌弃了一番。

小孩子一天一个样子，从开始学翻身到坐，再到学走路、学说话。随着小姜也渐渐长大，模样越来越像姜修，只是性格不知道随谁。每一个玩具的寿命都不超过一天，说好听点是活泼好动，说难听点就是一个小皮猴子，没有消停的。

唐旭尧养了一条性格温顺的金毛，有一回金毛和姜也相遇了，一人一狗玩了没半个小时，金毛就躲着姜也了。

从此姜也多了个绰号，叫狗嫌。

狗都嫌弃。

姜修说女儿的性格随林朝白，原因之一是小姜也还没有学会说话就能和姜修吵架。一天中午文珊请了一个阿姨来教林朝白做孩子的辅食，正好姜修无事可以带孩子。

结果辅食还没做完，林朝白出来拿东西就看见姜修坐在沙发上和女儿吵架："你和我横？可以啊，你才吃几瓶奶你就敢和你爹叫板？"

躺在沙发上手舞足蹈的姜也哼哼唧唧地在抗议，至少林朝白是听不懂"婴语"。

姜修："呵？不服气？我们父女两个比画比画。"

姜也："%……*&#@￥……"

性格随林朝白的依据之二是姜也再大一些后那"小白眼狼"的没良心样子和林朝白一模一样。姜也不喜欢姜修抱她，更不喜欢被他亲亲。她反而特别喜欢姜修的妹夫陆煜洲。

姜修看着女儿乖巧地趴在自己妹夫的肩头上，还故作矜持地偷亲了一下陆煜洲。他心塞道："冬天里的破洞背心，三伏天的加厚羽绒服。"

当然，午睡醒后迷迷糊糊的时候，小姜也就像个精致的小洋娃娃，任由姜修抱抱亲亲。

是林朝白亲生的最大证据就是姜也从小展示的胆大和动手天赋。有一次文珊带小姜也去逛菜市场，准备买些银鱼给她炖蛋吃。结果路过家禽区域，大人都怕的村头一霸大白鹅，她一个小屁孩丝毫不怯懦。

晚上姜修回家看见桌上烧了红烧鹅肉，不记得昨天有人说要吃鹅。

姜修问："妈，怎么今天吃鹅了？"

文珊将给姜也炖的蛋端出来放凉些，回道："你女儿厉害，她都还没只鹅高，结果一把掐住了鹅脖子拖到人老板面前，让老板给她结账。"

林朝白："……"

人才一点点大，胆子倒是不小。

后来姜修的妹妹怀孕了，生了个儿子，叫小十一。

小十一是林朝白心目中完美小孩的样子，模样好看，性格静，一笑起来虎牙露出来甜死人了。

姜也比小十一大了三岁多。有一次姜修妹妹带着孩子来做客，正巧遇见小区里有人打架。

这种热闹大家都远远地看着，生怕波及自己。

结果姜也两条小短腿跑得飞快，一眨眼就到了战场边缘，还不怕死地朝着林朝白挥手，喊道："妈妈你快过来看，有两个人在打架，妈妈你快过来看……"

林朝白扶额，看着旁边的小十一害怕地趴在他妈妈怀里，再看看自己女儿那看见热闹后发亮的眼睛，自惭形秽。

夜里，姜修把女儿哄睡着后，林朝白和他吐槽起了今天姜也的表现。

"你外甥都怕，她一个姑娘家恨不得去传达室拿个麦克风给全小区来一次实况转播。"林朝白叹气，"你们姜家基因非要这么参差不齐吗？"

姜修不认，说："怎么就我家基因参差不齐了？我们各占一半。"

林朝白知道他要说姜也这是随她，她也不肯背锅，就说："长相不是随我吗？瞧我把你闺女养得多好看，白白净净的。再说了，女儿都像爸爸。"

"是是是，闺女什么好的都是像你，什么不好的都是随我。"姜修不和她争辩，朝着林朝白身旁躺过去，手环上她的腰，"要不再生个儿子？我看你不是很喜欢小十一吗？"

"我实在是不觉得我们两个能生出小十一这样的儿子，你外甥性子静是因为你妹妹、妹夫都是性子静的人。"林朝白打掉他开始揩油的手。

姜修贼心不死地道："不试试你怎么知道？"

"要再给你生个姜也出来呢？"

林朝白说完，姜修乖乖地只是抱着她说："睡觉睡觉。"

从医院探望孕妇回来，姜也已经在医院的儿童活动区里玩累了。告别后，姜修脱下自己的外套裹着女儿。夜里的医院很安静，等电梯的时候林朝白也有些倦了，捂着嘴打了一个哈欠，下一秒一只手搭在她肩头，将她揽入怀里。

姜修看她打完哈欠后眼尾带着泪水，就问："困了吗？"

林朝白点头，下午听说他妹妹要生了，她没睡午觉就过来了。

姜修拍了拍姜也的后背，叫道：“醒醒。”

眼睛都睁不开的姜也被姜修放下来。

姜也看着自己爸爸背着自己妈妈，她困得不得了，朝着她爸伸手臂，但没有被抱起来，委屈地问：“爸爸，我怎么办？”

姜修看了她一眼，说：“怎么办？你自己走呗，还能怎么办？跟着。”

被姜修背着的那一刻林朝白其实不怎么困了，但还是心满意足地趴在他后背上。露天的停车场一抬头就能看见夜空，只是星星不再多见，夜晚的凉风带着寒意，吹开她的衣袖。

她仰着脖子看了好一会儿都没有找到星星，就说：“我小时候很喜欢和我外公外婆一起在院子里看星星，可惜现在星星都不常见了。”

“下次放假，我带你去看星星。”他侧过头，用余光看着她。

林朝白将下巴搭在他肩上，学着她女儿偷亲陆煜洲那招，偷亲了姜修，她没说话。

小时候，她拥有的东西不多，所以她喜欢看夜空，看见银河璀璨。

可现在，星星都多余了。

－完－

番外一
唐旭尧和叶姝

就像是波士顿龙虾其实产于北美洲东北至加拿大东部沿岸地区，而不是产自波士顿，美国东北部的新英格兰地区和英格兰也没有什么关系。

波士顿的制造业19世纪中期在重要性上压倒了国际贸易。11世纪20年代第一拨欧洲移民潮的到来导致波士顿的人口构成发生戏剧性的变化。通过填平沼泽、海滨泥滩和码头之间的缝隙，从1630年到1890年，波士顿的城市规模扩大了三倍。

叶姝从森林公园泡完氧吧出来，也不是为了养生，只是小组作业让她有些火大。

她已经认识森林公园里所有的树了，闲着无趣，中了迪士尼的毒，做作地朝着树木挥手，嘴里还说："你好啊，简。你也好啊，托比。哦，艾莉，你的枝干还好吗？我听你的老朋友布莱克说你的叶子被昨天的大风刮落了。你知道吗，艾莉，在我们人类中你就是个小秃头。天哪，你千万别再生气了，艾莉，再生气你就要从秃头变成光头了……"

这还是拯救不了她被延毕的悲惨心情。

刚和老叶打了电话，今年圣诞节和春节她都要留在波士顿了。挂了电话后，显示有一条未看信息。

是林朝白。她的头像早就改成了她女儿的照片，一个戴着墨镜坐在钢琴琴键上的小姑娘。

——唐旭尧好像要结婚了。

将“唐旭尧”这个名字输进她和林朝白的聊天记录搜索栏里，只有寥寥几条信息与他有关。

——你和唐旭尧怎么了？

——等会儿再说，我去把唐旭尧养的金毛从我闺女手里解救出来。

——废话，除了唐旭尧的相亲对象，还能是谁的相亲对象？那个女的的照片看不看？我有她微信。

老叶刚放下的手机又响了，才打电话来说不回来的女儿，突然又说要回来了。

林朝白问叶姝是不是因为唐旭尧要结婚了才回来的，她说不是，只是圣诞节时在波士顿还开着门的餐馆都难吃，所以她才回来的。

被时差困扰的叶姝下午才起床，起床后她去林朝白和姜修家做客。林朝白小夫妻两个带着姜也去旅游了，正好昨天才回来。

也不是多爱孩子的举动。

林朝白说要趁着女儿没到一米二，多去蹭蹭免门票的优惠。

叶姝毫不掩饰地给了她一个白眼：“你老公家破产了？”

“没有。”林朝白也不嫌丢人，“最近沾了女儿的光，小日子有肉有酒。”

叶姝看着小姜也的辅食，胡萝卜、虾仁、南瓜一锅乱炖，色香味一样都没有。但小姜也意外地不挑食，叶姝都心疼，问：“你平时就和你闺女吃这个？”

林朝白找手机点外卖，嘴里说着：“不，就她吃。我是不可能吃她的饭的，实在是太难吃了。”

叶姝：“……人话？”

第二天叶姝带着小姜也去逛商场。小孩子不认生，林朝白下午正巧有事，放心地把孩子交给了她，叮嘱叶姝千万别给她买玩具，别给她买衣服。

打发走了林朝白，叶姝颠了颠怀里的小人儿，说：“小心肝，我们去买漂亮的小裙子好不好啊？”

姜也的眼睛很漂亮，完美地遗传了她爸爸的双眼皮，她说：“那……那我妈妈凶的时候，阿姨你在吗？”

“在，我保护你。”叶姝和她达成共识，“阿姨先去买杯咖啡。”

以前叶姝不喜欢喝咖啡，但喜欢咖啡的香味，后来去美国读书，她就靠着一杯杯咖啡在学期末尾几天赶完一整个学期的作业。她原以为自己的嘴巴是喝一辈子甜奶茶的嘴，就像她原以为她和唐旭尧之间最多就是一辈子的对方口中“我以前有个同学”的那种关系而已。

小姜也看中了冰柜里的小兔子蛋糕，叶姝给她买了。

她的小手拿着把勺子，还大方地喂了叶姝一口。店里开着空调，叶姝给她把外套脱了，里面是件特别衬皮肤的枣红色连衣裙，叹气道：“心肝啊，你爸妈这基因就应该多生两个。”

小姜也抬头看她，说：“爷爷奶奶也这么说。”

“哦？”听小孩子说话是件有意思的事情，叶姝托着腮问她爸爸妈妈怎么回答的。

小姜也蹙着眉，学着她爸爸的样子说：“爸爸说，那是另外的，得爷爷奶奶给钱。”

“你爸妈这个小算盘拨得叮当响啊。”

小姜也老气横秋地叹气道：“爸爸妈妈说全靠我养活他们两个。”

小蛋糕吃完了，叶姝刚准备带小姜也去逛街，迎面走过来一个女人。

和她年纪相仿。

是苏好，她臂弯里挎着个包，拿着手机的那只手的无名指上戴着枚钻戒。

再相见倒是没了以前那种针锋相对，毕竟都是亲戚。叶姝听说她搬去另一个城市定居了，现在也就逢年过节才会回来。也听说了她快要结婚了，结婚对象是她所在的舞团的一个负责人。

苏好说：“我下半年结婚，小姨他们和你说了吗？”

“说了。”叶姝朝她扯了扯嘴角，“但是我不一定能去。”

她表现得有些惋惜，说：“挺希望你能来的。”

苏好看见了她怀里的小姜也，热情地朝她挥了挥手，问：“这是……？”

“姜修和林朝白的女儿。”叶姝让姜也打招呼，“心肝，叫阿姨。”

苏好硬要包一个红包给姜也，叶姝推托了一下还是收下了。苏好下午也有事，没有再闲聊，直说下回再聊，但都知道不一定有下回了。

临别前，苏好看着穿着枣红色小裙子的姜也，眼眸里藏了些许情绪，轻声说：“像他的。”

童装店在四楼，因为基因好，姜也的衣服很好买，从头到脚，从小包到小帽子都配齐。小姜也长得漂亮，店员围着她给她拍照。叶姝觉得哪件都好看，要把每个颜色每个款式都买了。

她翻到了一条黑色的小裙子，伸手刚碰到衣架的时候，旁边也伸过来一只手。对视了一眼，两个人都同时松了手。

对方也是个好说话的人：“我就看一下，你先。”

叶姝客气地让她。

她也不再推让，拿起来好好地打量着，没一会儿转过身朝着远处挥了挥手，问：“这件衣服好看吗？”

走过来的人是唐旭尧。

叶姝和他的目光短暂地在空中交汇，她立刻错开目光，他没打招呼，只是走到那个女人身边，问她要买给谁：“你哪有侄女？”

女人有些惋惜地说：“小女生的衣服多好看啊，以后我一定要生女儿。”

叶姝背对着他们，手里机械地翻着柜子上的衣服，她没看，但能想象到他们现在说着话的模样。

他是个很好的男生，该幸福。

“叔叔。”姜也认出了唐旭尧，从椅子上蹦下去直直地跑过去抱住了他的腿。

“你怎么在这里？”唐旭尧把她抱起来，提醒了旁边的人，“这是姜也，姜修女儿，还记得吧？”

女人是个会哄孩子的人，说：“当然记得，我们小姜也多漂亮啊，阿姨看一眼就记得了。小宝贝，你怎么在这里？”

“我和我干妈一起来的。”说着，姜也指着一直背对着他们的叶姝。

到了不得不转身面对的时候，叶姝朝着他们扯了扯嘴角，双手揣在大衣口袋里，握着拳头，故作轻松地说了声“你好”。

唐旭尧不知道该把视线放在哪里，匆匆从她脸上移开，问：“你什么时候回来的？”

“回来没多久。大概一个多星期了。”

女人看了唐旭尧一眼，问：“你认识？”

“我以前大学同学，她和姜修、姜修老婆还有我，我们四个是一届的。”

唐旭尧刚说完，叶姝补了一句：“不过不是一个专业的，不太熟。”

唐旭尧他们准备走了，姜也倒是很喜欢他，抱着他脖子一声一个叔叔，喊得唐旭尧给她在店里也买了些东西。他们要走，叶姝看得出姜也有些不情愿，就逗她：“你要不跟你叔叔走？”

姜也想，但今天妈妈把她交给叶姝干妈，她总要听话。无法抉择的时候就都要，于是问：“我们一起不行吗？”

“不行哦。”叶姝摇头。

女人倒是挺客气，说：“我们要去楼下吃甜品，可以一起啊。”

听见甜品，姜也更不想离开唐旭尧了，眨巴着眼睛看着叶姝，叫她：“干妈。”

叶姝态度坚决，说：“不可以哦，你妈妈说不能让你吃甜的，你牙齿还要不要？”

“一起吧。”最后还是唐旭尧开了口，“老同学了，一起喝杯茶吧。”

“不了，我过会儿还有事。小姜也想吃你带她一起吧，我给林朝白打个电话说一下就好了。”叶姝不觉得自己和他们待一块儿还能喝得下茶。

林朝白的电话打断了尴尬的气氛，她说姜修正好在附近，让他把叶姝还有姜也接回家，他们一起吃个晚饭。

姜也等到了分开的时候看着叶姝，最后有良心地抛弃了唐旭尧。叶姝抱着姜也去停车场等姜修。姜也没吃到甜品有些不开心，她说：“干妈，你是不喜欢唐叔叔吗？”

脚步一顿，她没回答。

姜也叹气，小小的手捧着她的脸，说：“唐叔叔以前来我们家总是问妈妈你过得好不好，妈妈说那是唐叔叔想你，喜欢你。妈妈说人不能没有良心，你要有良心，所以你也得想唐叔叔，你也要喜欢唐叔叔。”

唐旭尧的车停在负二楼，电梯里很安静，突然旁边的人用胳膊撞了撞他，问：“那个人到底是谁啊？”

唐旭尧知道她说的是叶姝。

他想到了那天在宾馆里发生的一切，后来自己联系她，她也装作什么都没有发生过。

“没谁。”唐旭尧装傻，“我妈叫你今天过去吃饭。”

“不去。”女人拒绝，“小姑肯定又是给我介绍对象。说起来都怪你，你不肯找对象还拿我当挡箭牌，说什么姐姐还没有对象我不着急，现在你妈比我妈都关心我的婚恋状况。”

说着气不过，抬手要打他。

唐旭尧一躲，说：“你在童装店里不是还看小孩衣服，说以后要生女儿吗？”

“过嘴瘾的，我就说说。”

那次其实是他考研的前一天。

唐旭尧太紧张了，就把叶姝喊出来了。

原以为叶姝这种经历过大风大浪和国赛洗礼的人能给他一点克服紧张的办法，可惜她是学霸，说从来没有体验过紧张的感觉。

她说什么都很有把握。

至少叶姝在这之前是这么觉得。

简单言语安慰不行之后，叶姝买了啤酒回来，两个人坐在护城河的健康步道旁。

微醺的感觉最好。

淹没意识，放大感官，像是平静湖面被丢入了一颗小石子，勇气和冲动是被激起的涟漪。

叶姝侧过头望着唐旭尧，他站在余晖里。

真好看。

她问他做不做坏事：“还有更解压的，试试吗？”

然后叶姝把他压在宾馆床上了。

从宾馆离开后，叶姝对他采取沉默技能，信息、电话，一概忽视，不回。

林朝白谴责她的无情，说：“真不给人留点念想？”

“知道比异地恋更傻的是什么吗？”叶姝正在收拾出国的行李。

林朝白摇头。

“那就是异国恋。”叶姝将行李箱盖上，也不怕坏，直接一屁股坐上面，“我将所有不能面对面吵架扇巴掌的恋爱都归在不可谈范围里。”

番外二
唐旭尧和叶姝

姜也生日，林朝白他们决定借着女儿的光让她爷爷奶奶买个烧烤架。

烧烤架买回来的那天就给叶姝打了电话。

叶姝昨天晚上研究了一晚上试剂反应，眼底还有些乌青，都是熬夜造成的。

姜也不在。

林朝白说送她去上兴趣班了。

叶姝坐在院子里的秋千上，仰天打了不知道今天第几个哈欠，说："也太惨了吧，小小年纪就要上兴趣班。"

林朝白在拆买回来的食材，只说："还好吧，班级里有个比她大一岁的小男生，她在我耳边念叨了好几天，我估摸着对方是她上兴趣班的动力。"

叶姝说："可以啊，小小年纪就自己解决了终身大事。"

林朝白抬眸看了她一眼，问她："她都知道，你呢？"

"我来你家就是为了不被我爹妈唠叨，合着最后来你家我还得听你唠叨？"耳朵里的茧子都要出来了。

"阿姨、叔叔一和你说这个话题你就翻脸，只能来找我，让我对你旁敲侧击，说你相亲差点和人打起来，再提相亲你就直接找房子要搬出去？"

"你是没看见那个'妈宝男'和他妈的嘴脸，这种男的在这个年纪还没有对象都是有原因的。"现在说起来，叶姝还来气，"我觉得和一个认识几个月的男人结婚简直是一件特别可怕的事情。"

林朝白停了手上的动作，抬头看她，说："现在不是有个现成的大学同学，够了解了吧？”

说的是谁，不说名字都心知肚明。

“你们家是收了他钱吗？有这么推销的吗？”叶姝从秋千上下来，“不吃了，我要回去睡觉了。”

林朝白连忙说：“不提了。困了，去楼上睡会儿。”

睡人夫妻的床不太好，所以叶姝睡的姜也的小床，床单上是一抱小姜也就能闻见的味道。儿童房布置得很漂亮，墙壁是粉蓝色的。入秋之后，林朝白在房间的地上铺了地毯，床头柜上是小姜也的百日照片。

他们夫妻会打算，买的儿童床很大，只要质量过关睡到小学毕业都没有问题。

许是睡意太重，叶姝没一会儿就睡着了。

唐旭尧下班顺路去接了姜也。她骗来了一个气球，系在手腕上，是最近热播的动漫卡通人物的气球。到家了她还没忘记气球的贿赂，搂着唐旭尧的脖子，说：“唐叔叔对我真好。”

“你这个女儿以后饿不死的，会骗。”唐旭尧把她放下来，环顾了四周，没看见叶姝。

姜修后脚也回来了，把新买的烧烤架带回来了，很快组装好了，男人在组装东西这方面总是很有天赋。姜修把现场收拾好后，食材也全部准备好了。

“叶姝呢？”

林朝白指了指楼上，说：“昨天晚上熬夜了，今天来了一直在打哈欠，我就让她去睡会儿了。”

姜也没眼力见地说她去喊人。

还是姜修一把抢了她的气球，父女大战一触即发。林朝白笑眯眯地向唐旭尧使了个眼色：“在姜也房间睡觉，你去喊她下来。”

姜也房间有一股薰衣草的味道，助眠效果格外好。

小夜灯播放着轻不可闻的催眠曲，和缓慢又沉重的呼吸声交织在一起。

唐旭尧没看过她的睡颜。

他站在床边看她，她的睡颜算不上多惊为天人，和她醒着的时候气质差距不大。他纠结着怎么叫醒她，喊了她一声，没有任何反应。

伸手触及被子，他慢慢用力推了推她，指节只有被子的触感，但得到的感觉又是那么神奇。

她醒了，还有些蒙，所以还没有体会到尴尬。

她浑浑噩噩地从床上起来，转身把床上的皱褶扯好，只是头重脚轻越弄越不好。

“我来吧。”他的手捏上被子，一切都信手拈来。

“贤惠。”她还没睡醒，伸手拍了拍他的肩膀，打着哈欠下了楼。

她喝了点酒，所以不能开车回去。

唐旭尧送她，虽然不怎么顺路。问了地址，发现不是她爸妈家了。

“你要是单身的话你就能明白了，天天在你耳边推销男人和婚姻的好。”叶姝说着解开安全带下车，“你不是，所以你体会不到。”

怎么他就不是了？

“我单身啊。”

“啊？”叶姝被他的答案也弄蒙了，“什么？”

“我说我单身。”

管他单不单身，反正请他上楼喝茶是不可能的事情，她在小区门口下了车，朝他挥了挥手，只出于礼貌地说了谢谢，让他回去路上注意安全。

最近的天气阴天偏多，时不时地就来一场雨，她裹紧了身上的衣服往单元门走。保安开着巡逻的电瓶车停在了她所住的单元门口，拿着胶水贴着新的通知单。

叶姝随便瞄了两眼，是说最近要注意门锁安全，提防陌生人。

出了电梯，感应灯随之亮起，她迈出电梯，从口袋里找出钥匙，没有什么女生精致钥匙扣点缀，还是房东交给她时的样子，上面系了根红绳。

洗过澡后，熬夜的虚乏稍稍补回来了一些。把茶几上一堆研究报告收拾好，装订的装订，扔进碎纸机的扔进碎纸机。

叶姝这次回来之后，找了个研究所的工作。

催着报告的教授像个无情的周扒皮。

同所的一个师姐请了假，说是怀孕了，由于是大龄产妇，得回家保胎，有些实验也不能让孕妇做。头三个月过去师姐就被调去了比较轻松的岗位。

于是师姐手里所有的项目不得不转交给叶姝。休息室里叶姝正在看马尾的分叉，告假的师姐回来收拾东西，正好看见她在用无聊打发时间。

“怎么了，小叶？”

“马上我头发数量就能一目了然了。”叶姝叹气。

她也想请假，但脱发达不到请假标准。

望着师姐还不明显的孕肚，她决定了，说：“我也要结婚，生孩子，我也要休息。”

师姐笑：“那你结婚的对象呢？和你一起生孩子的对象呢？”

“我什么时候能跳过找男人这一步变成已婚并且怀孕啊？”她趴在休息室的桌上，备受打击。

未婚的女性牵动了所有已婚女性的心，每个有对象的人都喜欢给没对象的人介绍对象，师姐把护手霜之类的东西都送给了叶姝，说：“我老公有个弟弟不错，你要……”

叶姝支起身子，满脸都写着拒绝：“不要。”

给她们打扫休息室的阿姨来换垃圾袋，听见了叶姝的话，就说：“小叶是不是有喜欢的人了？所以谁给你介绍对象都不要。”

“没有目标。”叶姝立即澄清，“不着急。”

清洁阿姨笑她：“还不着急呢，我来的时候看见小淮在隔壁发喜糖呢，人家比你还小几岁呢，如今都结婚了。”

阿姨说完，休息室的门开了。

被阿姨称为“小淮”的纪淮的手腕上挂着几个袋子，喜糖连清洁阿姨都有一份，他说：“师姐们好，这是请帖。”

“恭喜恭喜。”叶姝看着手里那份红色炸弹，欲哭无泪还得笑，“一定到，一定到。”

于是，全所的未婚女性就剩她一个了。

又是忙到凌晨的一天，叶姝手里拿着喜糖和请帖驱车回小区。上车后，随手剥了一个糖，喜糖看上去价格不菲，吃起来也不错。

地下停车场的空车位还有不少，她找了一个相对比较近的位置，拖着酸痛的身体往电梯口走。

还没走进电梯口，她就听见闷哼和拳打脚踢的声音。

所有的酸痛和困顿在那一刻消失得无影无踪，她放轻了脚步，慢慢朝着声音发出的地方走去。在安全通道里，声音感应灯亮着，女人的鞋子和外套落在台阶上，口红、粉饼以及背包散了一地。

她站在拐角处，在美国留学的她见识过很多暴力冲突的画面，于是壮着胆子朝上看，一个身材不算高挑的男人挥动着手臂，一拳一拳地打在倒地的女人身上。

逃跑和见义勇为同时在脑海里蹦出来让她做选择。

腿本能地驱使她跑，但从小的品德故事和老叶的教导又让她开口叫那个男人住手。

高中体测她都没有跑过这么快，理智告诉她不能躲在车里，但回神的时候她已经上了车，咬着牙点火，不顾趴在她引擎盖上的男人，她一脚油门开了出去。男人在引擎盖上挣扎了好一会儿后，在速度还没完全提起来的时候跳了车。

找小区保安，再报警叫救护车。

折回事发地是保安陪着她，她看见衣不蔽体的女人倒在地上，连忙让保安站在转角处别再走过来。

忍痛割爱把自己过年才买的新大衣给女人披上，想着干洗店能抢救就不厚着脸皮找人赔了。

“什么？你遇见变态了？”

昨天晚上的事情轰动不小，还上了当地电视台的社会新闻。只是没让见义勇为的“叶女士”露脸出镜，看新闻的时候她还有些不开心，说：“我见义勇为，怎么搞得像我是歹徒呢？”

叶姝终于以遭受巨大恐吓为理由请假休息了。

她是无所谓，林朝白却被吓了一跳，下意识地环顾她公寓，说：“那你还敢住在这里？”

叶姝不以为意道：“又不是传染病，再说歹徒都被抓了，最危险的地方就是最安全的地方。”

林朝白还是不放心，第二天牵了条狗来，说是给她当保镖。

叶姝挠了挠金毛的脑袋，还挺乖的，问：“你哪儿来的狗？”

林朝白把狗绳给她，回道：“唐旭尧的狗儿子。”

叶姝：“……”

金毛叫豆豆。

这名字普通得很。豆豆来的第二天赶上打春雷，叶姝迷迷糊糊听见有狗在挠门，起身去开卧室门，它眼疾手快地挤了进来，往她被窝里一钻。

动作娴熟，看来唐旭尧平时没少惯着它。

叶姝赶了半天都没用，只能委屈自己和狗睡了一晚上，早上起来还从嘴巴里吐出一根狗毛。她受不了了，给林朝白打了电话："把狗带回去，就这小破胆子真是随它爸。我怕遇见危险我逃跑的时候还得给它实施救援。"

狗还得住她这儿。

因为唐旭尧出差去了，得月底才回来。

得知自己女儿见义勇为，叶太太终于舍得来探望她一回了。

看见叶姝在家，她还好奇地问："还在家呢？"

"受了惊吓，要休息。"叶姝用手拿了块熟食店买的卤牛肉，在被叶太太打手之前，叶姝又拿了一块奖励了豆豆。

叶太太拿着勺子在撇沫子，问起了这条狗是怎么来的。

叶姝实话实说："我同学的。"

叶太太知道自己女儿从小就不喜欢养猫啊狗啊的，嫌脏又嫌麻烦，问她怎么转性肯养。

"不是前些天出了那些事情吗？白白怕我一个人在家害怕，所以就问他借了条狗来壮胆子。就养了没几天，他出差了，今天回来，我叫他一回来就把狗带走。"叶姝觉得自己再养下去也得吃宠物吃的化毛膏了。

"出差啊？他是做什么的？"

被催了这么久的婚之后，这话一出，叶姝就懂了她妈的想法。

"妈，找以前同学结婚是一件很别扭的事情好吗？谁会和同学结婚啊！"

"白白和她老公不是同学？我看人家现在小日子过得不要太好啊。"叶太太开了小火慢慢炖，"到时候你同学聚会，人家聊老公、老婆和孩子，你就在旁边聊你的化学分子和试剂。"

"行了。"叶姝表面服软，"我今年一定结婚生孩子，可以了吧？"

"我信你，你一天到晚就口头生孩子，你但凡有白白一半效率，你孩子现在都比这条狗高了。"

亲妈就是亲妈，做完饭就被女儿气走了。

一桌子的菜是挺美味的，就是等会儿收拾起来麻烦。

灵机一动，问了今天来接狗的唐旭尧吃没吃晚饭。

唐旭尧到的时候她已经开吃了，让他自己去找个碗拿筷子去盛饭。厨房一看就不像是经常开火的，这饭菜估摸着也不是她做的。

“狗不乖吗？”

叶姝啃着鸡翅，吐出鸡骨头，说：“也不是不乖，主要它胆子也太小了，喜欢钻被窝。”

“它怕打雷是因为我……”唐旭尧解释，说到一半一顿，“我有一次出差，把狗寄养在一个朋友家里，有一次那个朋友打它，把它关屋外了。那天正好打雷，所以它之后就特别怕打雷。”

对待宠物的同情心是任何人都泛滥的，叶姝把啃了一半的鸡翅赏给它。还好前些天打雷，自己没硬把它从床上赶下去。

吃过饭，叶姝的小心思显露了，对他说：“饭我请你吃，怕你有心理负担，碗你就洗了吧。有洗碗机，你应该会用的吧？”

她老妈来看她顺路买了些水果，唐旭尧把锅碗放进洗碗槽，看了眼购物袋里的水果，问她：“水果吃吗？”

叶姝赖在沙发上回道：“不吃。”

十分钟后，他端了盘洗好切好的水果拼盘出来。

她拿了块削了皮还剔了核的梨，说：“吃。”

茶几上堆满了她的书和研究报告，上面还摆着一份显眼的请帖，他拿起来看了眼。叶姝没想太多，指了指袋子里的喜糖说：“我师妹的喜糖，还挺好吃的。”

豆豆被带走了。

叶姝以为自己能舒舒服服睡一觉的时候，唐旭尧给她打了电话，问她是不是给豆豆吃了什么东西。

电话那头说是狗反胃，回家后一直吐。

“没有啊，就吃了你给的冻干羊奶和狗粮，还有些骨头什么的，没瞎吃任何东西啊，要不要紧？”

“那算了。”他没多说什么便挂了电话。

叶姝有些过意不去，第二天狠心去宠物店买了一百块一斤的狗粮，老板还笑着说："对不起，这款狗粮只有十斤装的。"

拎着四位数的礼品登门拜访。

唐旭尧现在住的房子是个独栋，他的狗儿子在小花园里玩着玩具球。

叶姝把狗粮递给唐旭尧，说："我猜测你家狗没病，只是没反应过来小公寓和独栋空间差距罢了。"

唐旭尧把狗粮放进专门存放豆豆的东西的房间里，里面全是狗玩具，还有架子上摆着罐头、牛奶和宠物零食。叶姝倚着门框，骂了一句："以前读书就觉得你们富得流油，请问还养狗吗？未满三十，双学位的那种。"

他笑了笑，伸手说："搭着爪子。"

真来？

叶姝撇嘴，转身就走。客厅是玻璃的移门，一只金毛在院子里的草坪上撒欢打滚，精神好得很，一点也看不出来昨天晚上吐得萎靡不振。

她也不是抠门，但问："你狗儿子的精神不是挺好的吗？我买狗粮的时候老板说可以退货，你要不还我吧。"

"你和林朝白真不愧是从小一块儿长大的。"唐旭尧给她倒了杯水，里面掺了净水器里的冷水，温度合适，能直接喝。

"是你们这种公子哥不懂我们这种小老百姓赚钱的艰难，你看看我，搞科研，钱没赚到，头发都快赔光了。"

她们研究所旁边那栋写字楼是著名的游戏大楼，里面有不少游戏公司，清一色的格子衬衫搭配发光的头顶，于是楼下的投广告牌上全是些生发产品和植发的推广。

有次对面的人还开玩笑，问研究所上班的叶姝他们能不能研究出能生发的产品。

豆豆还算乖，没给它擦脚，它就坐在外面等。

等唐旭尧拿着毛巾过来把它四只脚和身上擦了一遍，它才进客厅。

没想到只和叶姝住了几天，它还能记得人。

叶姝摸了摸它脑袋，说："孩子啊，等会儿吃狗粮的时候让你爸找张阿姨的照片出来，你到时候看着阿姨的照片吃，别让阿姨的一千块钱白花了。"

看她忍痛割爱、舍不得的样子，唐旭尧说："我请你吃饭可以了吧？"

唐旭尧让她选餐厅，她看了看自己出门时随便穿的衣服，就说："外卖火锅吧。”

火锅外卖会来得比较晚，叶姝背负着手像个老干部似的参观起他家。他院子里种了一棵橘子树，长势不太好。

她站在移门的门轨上，扒着移门，半个身子都倾在外面，说：“你还真有闲情逸致，养养狗、种种树。”

唐旭尧站在她旁边，看了眼她指的那棵树，就说：“这是我们大学植树节种的那棵，我挖回来了。”

“真的？”叶姝震惊，还记得当时他拿铲子挖了姜修和林朝白的橘子树，被教导主任追着跑的事情。

瞧她的表情，唐旭尧起了捉弄她的心思，说：“嗯，晚上牵着狗散步的时候路过，想着自己种的橘子树一个橘子都没有吃到，我就翻墙挖了。”

说得一本正经，但叶姝又不是傻子。

知道他在逗自己，叶姝哧了声。

两个人的相处是件很别扭的事情，尤其是上过床，但又没有任何关系。

院子里没有什么好看的，只能说打理得不错，装修很简单，甚至可以说是简单过头了。

叶姝不禁好奇地问：“你这装修花了多少钱？”

“随便装修了一下，就是为了和我爸妈分开住。”

“哦——啊！”这回答倒是正常，“哦”的尾音拉得稍微有些长，还没停，一股力量踹在她腰上，一下子把她从里面踢到草坪上了，眼前是草坪的一片绿。

什么电视剧里的英雄救美，什么浪漫地一起摔倒都没有。

唐旭尧都没有反应过来，她就摔在了草坪上。

凶手是他的狗儿子。

动机是看他们两个挤在移门处，天生爱凑热闹。

不只是摔跤的疼痛，有一股疼痛感从腰部慢慢分散到四肢上。唐旭尧拉她，她连忙叫停：“疼疼疼！”

“你这是讹人？”

“你就是这么看待我的？虽然我的确想把那袋狗粮拿回去。”叶姝扶着他的胳膊，爬起了一半，又跪回地上，“我好像把腰扭了。”

她真的把腰扭了。

医院里戴着眼镜的老头是这么说的："可以不住院，处理完回家躺上一个月。"

出了急诊大楼，她坐在轮椅上，从来都没有这么凄惨过，她对唐旭尧说："误工费、伙食费、医药费麻烦赔偿一下。"

"没钱。"唐旭尧把她抱上副驾驶，给她系上安全带，轮椅是租用的，还要还。

叶姝看着他走远，然后又走回来。

"没钱？"叶姝重复了一遍，"骗谁呢？看看你的车，看看你的大别墅，你良心不会痛吗？"

"装阔绰知道吗？都是虚的，充面子。"唐旭尧绅士地给她选择，"住我家还是住你家？"

"你想干吗？"叶姝瞪他，"当然回我家。"

他把叶姝抱回她公寓的床上，她拿着手机正在拍片子和医疗诊断，在向研究所请假，还不忘让唐旭尧站在旁边，等会儿算账。和所长聊了几句，她终于放下手机了。

她指着床边的人问："你到底怎么处理？"

"狗粮还你。"

叶姝抄起旁边的枕头砸过去，说："误工费就算了，总得给我叫个保姆，给我洗衣做饭。"

他也退一步，同意了："行。"

叶姝躺在床上，听见外面开关门的声音，大概是他走了。以为他不回来了，外面又有动静了，还有一声狗吠。卧室的门开了，没一会儿一个黄色的狗脑袋搭在她床边。

"你还有脸来看我？"叶姝扯了扯它的笑脸。

不疼。

瞄了眼门口的人，问他："你不是走了吗？"

"保姆总要明天找，后天才来，怎么，你这两天不吃不喝，拉撒都在床上？"他喊了声"豆豆"，狗跑到他腿边，"你好好休息吧，我睡客厅沙发，有事叫我。"

门还没关，床上的人就叫了。

叶姝："对了，我们的火锅外卖呢？"

唐旭尧扯着抹省了钱得意的笑容道："我刚回家吃了。"

又是一个枕头砸过去，没碰到他就中途降落了。他弯腰捡起抱枕，拍了拍上面的灰，放到她旁边，还装模作样地问："要不闻闻？上面应该还有股火锅味。"

……

晚上，林朝白哄完孩子，玩手机刷到了一条奇怪的朋友圈。

是叶姝的。

——想吃狗肉火锅了。

早上醒来，那股疼痛感骤然增加。为了听见她的动静，卧室门没关，她刚醒，客厅也有了动静。他居然还特意带了套睡衣过来，倚着门框，还没睡醒，问她："你要上厕所吗？"

被一个没什么关系的大男人一大清早问自己要不要上厕所是件很奇怪的事情。

叶姝的腰伤也没有到那么严重的地步，就是行动不便，能坐一会儿不能久坐，起身得人拉一把。

她以为昨天坐轮椅已经够狼狈了，直到今天她需要别人帮她脱裤子。

她僵在厕所门口，欲哭无泪。

"不上？"唐旭尧问。

"你总要给一个即将被别人脱裤子的少女一点时间做心理建设吧？"

唐旭尧笑："少女？你？"

"就算是二十七八岁的少女被人脱裤子也需要时间接受现实吧。"

然而现实是，真的尿急。

裤子被脱下来的时候，她觉得自己要哭了，伸手捂着唐旭尧的眼睛，叫他别看："闭着眼睛，出去等我。"

听见冲水声，他刚准备进去，里面的人叫停："我自己穿。"

"你行吗？"

行是行，就是疼。

听见倒吸气声，他还是进去了。瞧她视死如归的表情，唐旭尧安慰道："放心吧，上衣下摆很长，看不见。"

连刷牙的时候都是一副崩溃的表情。

"就这表情？"

“你随便问问，哪个女的发生这种事不是这个表情？”叶姝越想越气，自己事事不顺，先是延毕，再是被催婚，到现在重伤。

唐旭尧和她挤在一面镜子前刷牙，说：“被人脱裤子是这个表情？你脱我裤子的时候我也没见你这么不好意思啊！”

这是要翻旧账。

事情没有处理好，所以才会被翻出来。

的确是轮到叶姝心虚。装聋作哑，谁都会。她也擅长。

唐旭尧斜睨她：“怎么不说话？”

叶姝故作听不懂，说：“在美国待了太久，中文听力水平下降了。”

唐旭尧请了一个保姆。

阿姨是个勤快的人，打扫卫生、买菜、做饭，样样都让叶姝满意。每天的饭菜都做得又好吃又好看，她天天拍了照发朋友圈。

问了问阿姨的工资，叶姝死了以后也请保姆的心。

叶姝以为保姆是二十四小时，但是她晚上做完饭菜，等唐旭尧来了就走了。

“不是二十四小时？”她有些舍不得，早知道趁着保姆在，上个厕所了。

唐旭尧把水果放到桌上，说：“我就付十二个小时费，你要续费，自己出钱。”

“误工费都不给，还这么小气。”叶姝哼了一声，端着排骨汤喝了个精光。

“这不是换我来伺候你了吗？”唐旭尧拿着她的碗，又给盛了几块肉，“我不服侍得也挺尽心尽力？”

排骨煮得有些烂，方便吃骨髓。

叶姝：“呵，不一样。保姆照顾，我心里比较能接受。”

唐旭尧给自己盛饭，拖开她对面的椅子，看了她一眼：“比较能接受？能接受被阿姨脱裤子？”

“咳咳——”她被骨头汤呛到了，一咳嗽起来，连着腰也疼。

语出惊人。

但事实的确是。

唐旭尧就不理解了，问：“为什么？阿姨不是陌生人？”

“阿姨是女的。”

唐旭尧还是不理解：“我们还上过床呢。”

“咳咳——”危险的骨头汤，她放下碗，给自己扯了张纸巾。

连着好几天都是这样，白天是那位保姆照顾，做好晚饭后，等唐旭尧下班回来了就离开。

叶姝也学聪明了，每次都在唐旭尧回来之前就上个厕所，洗个澡。基本只需要他早上扶她起来刷个牙。

暂时一起养在她公寓里的还有那只金毛豆豆，阿姨还尽职尽责地负责遛狗。有天叶姝说豆豆臭了，第二天阿姨就带着狗去洗了个澡。

叶姝晚上端着果盘，突然想到了这件事，还和唐旭尧提了一下：“你这阿姨哪里找的？哪个培训机构？我突然有了奋斗目标，老了也要找这么一个保姆。”

他没回答，而是有些困倦地倚着沙发小憩。

她天天吃了睡、睡了吃，精力无处消耗，也就不怎么困。看他有些疲倦也就自己回床上躺着了，他养的狗比她还积极地上了床，躺在了床尾。

拿着手机看了一集恐怖片，终于有了些许困意。

还没入眠，床榻另一边陷下去了。

她伸手开了房间的灯，他眯着眼睛，一条腿已经上了床。

“你家的沙发真的一点都不舒服，再睡下去，我也要去医院看腰了。”唐旭尧不客气地倒在她旁边。

“旁边多个人我睡不着。”叶姝不同意。

他哭丧着脸说：“我明天还要开会，加班，我只想在床上睡个好觉。要不你委屈一下，去睡沙发？”

“唐旭尧你是觉得你很幽默吗？”

“我就只想睡觉。”

“好了。”叶姝把枕头横在他们两个中间，“你晚上要是和我抢被子你就死定了。”

他晚上的确没和她抢被子，甚至睡得格外安分。早上和她差不多时间醒，照常扶她起床，然后等阿姨来给他们做早饭，吃过早饭去上班。

阿姨把唐旭尧送到电梯口，笑眯眯地转身回来问叶姝要不要洗澡。

叶姝摇头，昨天的排骨汤热过了之后，味道依旧美味，她说：“不洗，我没有早上洗澡的习惯。”

“那好吧，我看沙发没有睡过的痕迹，想你们昨天睡一块的，你不舒服得洗澡，看来是昨天晚上洗过了。”阿姨自以为分析得头头是道，摸着豆豆的脑袋，给它准备伙食。

“咳咳——”叶姝放下碗，这排骨汤没法喝了。

之后几天，他照常睡床，也照常只是单纯想睡床上。

只是叶姝的伙食从猪蹄汤、排骨汤变成了双耳牡蛎汤、党参莲肉汤和薏米扁豆粥。

她没意识到有什么不对劲，只是发了几天的朋友圈之后，怀孕的师姐来找她了。

——小叶，怎么还不发喜帖？

“小叶小叶，天天熬夜”：？？？

——都在吃备孕餐了，还不结婚啊？

“小叶小叶，天天熬夜”：？？？

备孕餐？

晚上，等唐旭尧回来了，叶姝看着那个保姆走了，打小报告：“唐旭尧，你找的这个阿姨太不正经了。”

“你不是很满意被她脱裤子吗？”唐旭尧洗着水果，没当一回事。

“她给我做备孕餐。”叶姝怕他不信，还特意百度了，全是些补气血、调经、补锌的。

唐旭尧甩了甩手上的水，把洗好的草莓递给她，拿过手机看了两眼，说：“知道了，我明天和她说一声。”

伙食又恢复了，阿姨又干了两个星期。

阿姨突然说不做了：“我家里有点事情，实在是不好意思。”

“没关系，这么多天谢谢你了。”叶姝还是有些舍不得那么好吃的饭菜。不仅帮她做饭，还照顾她生活起居，老叶说工资是唐旭尧给的，但是多少也要送点东西给别人表表谢意。

东西是老叶准备的。

养生的补品，也是别人送的。

“那多不好意思，原本就应该二十四小时照顾你，这拿着满额的工资，只让我做白天。”阿姨熟练地推托了两下又收下了。

她说满额工资，叶姝记得唐旭尧说过只给十二小时的工资。也不清楚他们是不是说的时候没讲清楚。

“工资你和唐旭尧商量一下，我也不清楚你们当时怎么签的合同。”

阿姨摆手道：“没事，我都给他们家烧了十几年的饭菜了。工资本来就是唐太太给我的，不要小唐给我。”

叶姝一时间没有反应过来。

就听见那个阿姨继续说：“小唐回家说你腰弄坏了，缺个人照顾，唐太太就让我来给你做饭。我都收拾好衣服准备住过来了，小唐说你不太习惯晚上有人住在家里。我原本还担心他晚上照顾不好你，是我白担心了。他们一家人都好，你也是个好姑娘。太太叮嘱我……”

夜里，叶姝躺在床上，想着那个阿姨说的话，伸手拍了拍隔壁的唐旭尧，问：“你睡了没有？”

他嘟哝了一声：“睡了。”

叶姝腰好了不少，原本伤得就不重，又是一个月好吃好喝地养着，她抬脚，踢了他小腿一下，说：“你骗人。什么阿姨就服务十二小时，还说是我不习惯家里睡人，唐旭尧你挺能编啊！”

房间里安静了。

没一会儿，他翻身，面朝着她。

昏暗的房间里，他的声音穿过黑暗钻进她耳朵里：“我其实从那天打电话问你是不是给豆豆吃错东西开始就在骗你。我赌你第二天会来我家看它，我原本那天想和你说清楚的，就是没想到你摔坏了腰。”

她瞪着昏暗的房间，在消化他的话。

有种电视剧里路人成为大反派的错愕感。

“叶姝，我问你，我们有没有可能？如果没有，我现在就走，该赔的钱我会赔你，以后也不会烦你。”

他开始倒计时。

叶姝的思绪飞快地穿梭在过往的所有回忆里。

……

“十。”

“九。”

……

“六。”

……

“三。”

叶姝扯过被子，盖在头顶说：“闭嘴，我要睡了。”

很多时候，当一个人没有选择的时候往往已经给了答案。

她大可以像出国前那次一样直接明了地拒绝，但她没有。所以她在默许“同意”这个选项，他也大可以继续躺在床上。

但他不想，他这次一定要一个答案。

他起身，喊了趴在床边的豆豆。

叶姝从被子里探出脑袋，她没拒绝，难道意思还不够明显吗？

“你非要我说我可以是吗？”

他驻足，点头。

她没顾及自己的腰，直接坐了起来，抄起他刚枕过的枕头砸过去，喊道：“我可以，我愿意，我接受！可以了吧？”

从小到大，她都一帆风顺，被逼上梁山的感觉从来没有。她学习好，从小就没有在学业上犯愁过。她没谈过恋爱，也就没有为谁痛哭流涕过。

头一次没有退路，她发现自己讨厌这种感觉。

唐旭尧去哄她的时候被她用另一个枕头砸到了。

她生气，不准他过来，说：“抱着你的狗，睡沙发去。”

她躺在床上，感受着时间的流逝，她怎么都抓不住困意，那句“我可以，我愿意，我接受”带来的窘迫折磨着她的理智，她把脸捂进被窝里，闷闷的尖叫声还是传到了客厅里。

豆豆机敏地抬起头，唐旭尧摸了摸它的脑袋，从沙发上起来，对它说：“没你的事，今天晚上不准挠门，睡外面。”

卧室门被打开的瞬间，叶姝开始装死。

他掀开被子，躺了过来。

这回，他容许了她的无声。

无声在这时候带着默许、肯定的意思。

被子下，两个身体在靠近。她的身体暴露在黑暗之中，却有一种无处藏身的羞怯。血液冲上脸颊，她能想到唯一的办法就是抱紧他，让这种羞怯被挤死在两个身体之间。

房间里的气味在变化，他尽可能地温柔……

番外三
姜修

暑假前的竞赛测试姜修发挥得不好。

老徐使用了名为“批评通告”的技能，他是被批评，文珊是被通告。

他不知道是第几次萌生了退队的想法，但他知道文珊是不会允许的。

早上他被姜灿吵醒，房间的空调冷气开得足，他用被子将整个人都盖住。床头柜上摆着厚厚一摞奥数集，一板吃了一半的止痛药和半杯水搁置在蓝封皮的竞赛题集上。

小区物业前两天发了通知，最近会修整绿化。文珊开了姜修的房间门，姜灿麻溜地蹦到他床上。空调被关掉，厚重的窗帘被拉开，一起被打开的还有紧闭的窗户。割草机工作的声音立刻侵入他的房间，青草的味道和七月上午十点多的热浪在他房间约会。

他快要天亮了才入睡，最近他失眠得很厉害。

看上去有些憔悴，他前两天说了一次自己有些累。文珊当时正在厨房准备姜灿的米糊，听罢，她冷哼着：“天天熬夜到天亮才睡觉，一天就吃两顿饭，一天到晚不是躺在沙发上就是躺在床上睡觉，怎么不累？”

知道文珊不会理解，往常这个时候姜修不会再说，或许是昨天失眠给了他坏心情，他又辩解了一句：“我不是晚睡，我是晚上失眠。”

“睡不着就是不累，累了的人往床上一躺，脑袋沾到枕头就睡着了。以后再睡不着你就去外面跑上十圈，你看看你睡不睡得着。”

话不投机半句多。

他懂，在不通情达理的大人眼里小孩子是种神奇的存在，一个个都是畸形儿，一个个都是机器，没有腰，不会不开心。

文珊曾经问过他，他为什么不开心，父母给了他这么优渥的生活。

那时候他没说话。只是好奇，什么时候优渥和快乐之间能画上等号？

不过也是，有钱了，谁还需要快乐？

可林朝白说过做个贪心的人没有什么不好，他能贪心地又有钱又有快乐吗？

昨天他又失眠了。他听了文珊的话真的去外面跑了两圈，然而头更痛了，更累了，但睡意依旧没有。胃里有些空荡荡的，他洗了个澡去厨房找吃的，冰箱里即食的东西不多。

姜修在储物柜里找到了姜灿的营养糊，随便拿了个碗，倒了些许麦片和营养米糊，他懒得烧热水，直接拧开净水器的龙头。米糊装在铁罐里，开口处刮破了他的手，掌骨上刮开了一个口子，血正在往外冒。

目光扫视了厨房一圈没有看见纸巾，抹布被家政阿姨洗干净摆在水池旁边，他看了一眼错开目光，随手撕下冰箱上的水电费通知单擦掉已经流下来的血。

他吃得很快，只是慢慢地喉咙咽不下去，可勺子盛着麦片已经送入口中。

下一秒，反胃接踵而至。手里的麦片被打翻在水槽里，他吃下去的也全吐了出来。更糟糕的是饥饿感没有消失，呕吐带起的胃酸流入食道反而让他多了一种难受。

回房间里他吞了粒止痛药，床头柜上的手机显示已经充电完成，他拔下充电器，凌晨三点已经过了十七分钟，朋友圈最新的一条动态是林朝白的。

十分钟前。

好几张图片，全是聊天记录，林朝白和叶姝的聊天截图。

附言：提到“卢克雷齐娅”，我们聊了艺术，吐槽了网络上关于她的爱情的故事，两个人驴唇不对马嘴地聊了半个多小时，才发现你想到的是卢克雷齐娅·博尔贾，我想到的是修女卢克雷齐娅。

同样是没睡，她有能和她谈天说地的好友，他只有难吃的麦片和一粒止痛药。

林朝白的朋友圈就和寻常女生一样，有她的自拍，有她和叶姝搞怪的合照，有日常生活，有聊天截图。姜修一条一条地看下来，嘴角缓缓扬起弧度。

他到四点都过了才睡着。

此刻，姜灿正在他床上蹦来跳去。他很不舒服，发火似的让姜灿从床上下去，不出意外文珊隔着被子打了他一下，说：“都几点了，早饭又不吃。”

姜修决定搬出去，文珊那关不好过，他聪明地跳过自己母亲，和父亲商量了。

他想一个人静静，好好学习。

父亲同意了。

他重新住进了1501，这回他不是短暂入住，是续月租了。

他找了个心理医生，诊断结果不是抑郁症。

但有抑郁情绪。

医生说只需要有自己的兴趣就可以了，专注在别的事情上。抑郁情绪不是洪水猛兽，不需要害怕。

复查的时候他在诊所遇见了林朝白，她来找林锦文要生活费，姜修后知后觉发现这里是她母亲和别人合开的诊所。

她将装着钱的信封塞进口袋里，对于姜修的出现很意外。林朝白看见了他手里拿着的预防抑郁症相关的宣传册子，先入为主地给他做了诊断。

意外偏多。

七月的日头毒辣，她沿着树荫慢慢走着，光影透过树叶间的缝隙，光影斑驳。修身的吊带裙将肩膀附近大片的肌肤露在空气中，一个个小光圈亲昵地擦过她的皮肤，她好像不会晒黑也不怕晒黑。这身体，呈现着油画一样的美，他亲眼见过，也尝过。

他记得那白皙的腰肢，纤细，之前他总有一握稍一用力就会折断的错觉。

乔治·巴塔耶在《眼睛的故事》里的观点此刻是那么贴合他的想法，一般来说，只有在生命没有味道的时候，他们才去品尝“肉体的欢愉”。

情色皆被诗意化，青春与年轻挂钩，欲望是“年轻，不懂人事”的潘多拉魔盒，于是青春里慢慢流淌出欲望的氤氲。

现在是他生命没有味道的时候，他处在一段漫长而讨厌的转变时期。

第三次是在林朝白的公寓，她那张铁床上。

结束后，姜修去浴室洗澡，林朝白从床上起来，翻出自己的日记本。

上一次写是一个月前了，她随便找了一支水笔，写下今天的日期。

——“当这个女人把自己的身体紧紧贴着男人的身体，牢牢地拥抱着他，用湿润的嘴唇狂吻着吮吸着他的嘴唇的时候，因为她的动作常常也是情欲引起的，而她在找寻共同的快感的时候，就挑动他去奔赴爱情的终点。”

这是古罗马哲学家卢克莱修著名的长诗《物性论》的句子，她写到最后才发现句子末尾有“爱情”两个字。

她听见浴室门开的声音，来不及多做思考，合上日记本，放下了笔。

番外四
姜 也

姜也小朋友从明天开始就要去早教班上课了。

林朝白按照老师的要求给姜也准备好了水壶、手帕，还有一套换洗的衣服，最后不放心地拿着清单又核对了一遍。姜修下班回来看见忙着核对的林朝白，将衬衫袖子卷起来，站在门口把姜也叫了出来。

姜修从林朝白手里拿走那张清单，把躺在沙发上看电视的姜也喊了过来："姜也，过来。"

姜也从沙发上蹦下来，过来的路上还一步三回头，依依不舍地看着电视机。

姜修让她自己检查东西带没带齐全："自己的事情自己做。"

说着，把纸给她，还拿走了她手里的遥控器。

但很显然姜修高估了他女儿的智商，那纸上的字也不是一个上早教班的小孩能看懂的，要是能看懂，她都不需要去上早教班了。

林朝白干脆把这件事丢给他们父女两个去完成。

姜也看着走开的妈妈，把纸塞给了她老爸。姜修报着清单上的名称，让姜也自己去检查在不在书包里。

姜修报了两个之后，突然想到一件事，坐地起价道："自己的事情自己做，但是爸爸现在帮了你，你欠我一个人情。"

姜也在隔层里找到手帕之后，拿出来对着姜修晃了晃，然后重新放回隔层里，说："那上次妈妈和你吵架，你为什么要叫我去给你送礼？自己的事情自己做。"

呵？真不愧是林朝白的亲闺女，在和人顶嘴、钻牛角尖这方面无人能敌。

最后磨磨蹭蹭地检查完，林朝白在厨房喊他们父女两个洗手吃饭。

姜也虽然调皮捣蛋，但是有一点是好的。那就是自己能吃饭，不用家长喂。

姜修用辅食剪帮她把牛排剪小，林朝白吃饭的时候还不忘提醒她："等明天上学了之后，也要自己吃饭，不要叫老师喂你。"

想叮嘱的话太多了。

虽然早上送去下午就接回来了，林朝白多少还是有些不放心。

从吃饭到上厕所，林朝白都叮嘱了一遍，最后还有一个重点："不可以打架。有什么话一定要好好说，千万不要动手打架。如果打架了……"

林朝白正想说要告诉老师为什么打架，要和对方道歉……但是自己说到一半，姜也突然举手发言，打断了林朝白的话："如果打架了，那一定要打赢。"

林朝白愣了一下，还没有来得及纠正姜也这个错误的观点，姜也继续说："就像妈妈一样，打架打赢。"

林朝白感觉自己光辉老母亲的形象被人抹黑了，打断了姜也的话："不对。我们要好好和老师说，然后为自己动手道歉。"

姜也一听林朝白这个观点，小脸皱起来："和叔叔说得不一样。"

林朝白抓住重点，问："什么叔叔？"

姜也意识到自己说漏嘴了，抬手捂住嘴巴。

但即便姜也不说，林朝白也知道这个人是谁，她朝着旁边光笑不说话的姜修瞪了一眼，说："喊唐旭尧速速前来受死。"

第二天，姜修和林朝白一起送姜也去上学。

林朝白低估了自己的泪点，也高估了他们夫妻在姜也心目中的地位，别的小朋友抱着家长泪洒现场的时候，姜也早就背着书包钻到了滑滑梯里。

姜修还是有点父亲的样子，和老师简单地交流了几句之后带着眼含泪花的林朝白走了。

车慢慢开到大路上，林朝白还频频回头看着后视镜里的幼儿园。

幼儿园外面都是用小朋友的卡通画做装饰，林朝白扫过那些卡通画，又想到了刚刚去玩滑滑梯的姜也，心想着会不会等一会儿姜也会哭，会不会小孩子现在还不知道爸爸妈妈已经走了。

姜修安慰她："放心吧，你闺女从小就是个缺心眼的人。"

林朝白听他说了大实话，但也不开心，说："有爸爸这么形容自己女儿的吗？你就没有一点舍不得？我都舍不得。"

……

舍不得。

……

商场里，换季导致衣服促销活动力度增加，夏季的衣服已经撤下去了，但是南方城市的夏天太长了，夏装还能再撑一个月。

叶姝在研究所连轴上了好几个班之后才休息。

她挽着林朝白的胳膊，看着旁边这个血拼的女人，说道："你的情绪转变得也太快了吧？你老公才说你舍不得闺女，还坐在车上哭呢，现在看见折扣力度，嘴角都恨不得咧到耳后根。"

不得不说，学校实在是一个伟大的发明，最起码能让当爸当妈的家长们轻松不少。

尤其是姜也要上学但是他们可以在家休息的日子，耳根清净了，眼睛里没有一个捣蛋鬼瞎蹦跶了。

姜修昨天加班回来有点晚了，早上也没起得来。林朝白把姜也送去学校回来的时候姜修刚醒。

林朝白蹦上床，长长地舒了一口气："我感觉到了光明的未来正在和我招手。"

"现在不会舍不得了？"姜修躺在床上，手臂屈着，垫在后脑勺上。

林朝白摇头，甚至现在早上送姜也上学的时候，姜也坐在后排的儿童座椅里还委屈地撇着嘴说："妈妈，为什么我感觉你现在好开心啊？"

林朝白把姜也的话转述给了姜修，脸上的笑容挡不住，她说她应该去钻研一下演技，总觉得以后送姜也上学还是要流露出一丝舍不得。

姜修早就习惯了林朝白的"没良心"了，他从床上起来，对她说："人大家闺秀笑不露齿，你一笑恨不得嗓子眼开天窗，让人看看你昨天吃的什么。"

看着他从床上起来，走进卫生间洗漱。林朝白靠在床头，朝厕所的方向喊了一句："那你想得太多了，按照我的消化能力今天早上的都已经没了。"